El Subrogado

Sexualidad Sagrada Taoísta
para la vida cotidiana

Raymundo Enríquez Cuevas

ISBN: 9798878583824 Sello: Independently published
Certificados del Registro Público del Derecho de Autor.
Número: 03—2023—022417093500—01
Ciudad de México., 27 de febrero de 2023
Derivada: 03-2024-020216491700-01
Ciudad de México., 6 de febrero de 2024
Certificado del Registro Público del Derecho de Autor.

ÍNDICE

Agradecimientos.

Gracias, gracias, gracias Creador de todo lo que es, Dios.

Los honro, agradezco y bendigo.

Eneyda y Raymundo, gracias por el regalo de la vida, los amo.

Jimmy y Alejandro, gracias por las sonrisas, las lágrimas, las aventuras y por elegir a los mismos padres, los amo.

Gala, Adler y Adrick gracias por ser mi inspiración, los amo.

Jimmy, gracias por siempre estar y por tu amor.

Familia Enríquez Cuevas, gracias por coincidir, los amo.

Amigos de la primaria, secundaria y de la Unidad Copilco Universidad, gracias por compartir los años maravillosos.

Rosa Irma, gracias por ser y por todo, te amo.

Maru y Juan Carlos Monroy gracias por ser Hermanos de vida, los amo.

Amigas y amigos, gracias por las sonrisas.

Maestras y maestros, gracias por guiarme.

Frida Ezban, muchas gracias por estar y por tu comprensión.

Miss. Alejandra Romero, Mr. Enrique Salazar, Mr. Gustavo Méndez, Mr. Flavio Mancilla, Mr. Iván Álvarez, Mr. Rhino JS, socias, socios, líderes y mentores de Ultron — Mavie, gracias por soñar.

Mujeres, gracias por enseñarnos a amar.

Mujer, muchas gracias.

Un humilde y sincero tributo a tí... mujer.

Raymundo Enríquez Cuevas

Canto a la mujer.

El día que la mujer decida abrir sus ojos...
El día que la mujer decida abrir sus sentidos...
Ese día la mujer observará su luz.
Ese día la mujer percibirá su esencia de diosa.
Ese día puede ser hoy...

El día que la mujer sea consciente de su magia.
El día que la mujer se decida a decidir.
Ese día la mujer nos guiará por un placentero camino.
Ese día la mujer nos seducirá, cooperaremos y jamás
competiremos.
Ese día puede ser hoy...

Un día la mujer, la bruja nos hará volar...
Un día la mujer con su plenitud nos iluminará...
Un día la mujer con su sensualidad nos sanará...
Un día la mujer nos enseñará y estaremos dispuestos a
aprender.
Ese día puede ser hoy...

Mujer mójanos con tu amor incondicional.
Mujer elévanos hasta nuestra divinidad.
Mujer transfórmanos con tu clímax.
Mujer ilumínanos con tu erotismo.
Que ese día sea hoy...

Prólogo.

Si lo qué dices me toca, es porque también está en mi. Dependerá de cada uno cómo resolver, gestionar o aprender de ello. Si hablar de sexo provoca algo en ti, entonces tiene que ver contigo y ya dependerá de tí, hacer lo concerniente y crecer o hacer caso omiso, para dejar las cosas como están.

El Dr. Eusebio Rubio—Aurioles, Doctor en sexualidad humana, dice: «La sexualidad humana es el resultado de la integración de cuatro potencialidades humanas que dan origen a los cuatro holones (o subsistemas) sexuales, a saber: la reproductividad, el género, el erotismo y la vinculación afectiva interpersonal. La sexualidad humana, se construye en la mente del individuo a partir de las experiencias que tiene desde temprano en la vida, y que la hacen significar e integrar las experiencias del placer erótico con su ser hombre o mujer (género), sus afectos que le vinculan con otros seres humanos y con su potencialidad reproductiva».

Rubio E. Introducción al estudio de la sexualidad humana: Conceptos básicos en sexualidad humana.
«Antología de la Sexualidad Humana». Tomo I. Consejo Nacional de Población- Miguel Ángel Porrúa. México. 1994.

Desde esta perspectiva, la sexualidad se construye en la mente del individuo, a partir de las experiencias de su naturaleza biológica y la interacción con el grupo. Si tratar la sexualidad es algo que te toca, entonces te enfrentas ante la oportunidad de conocer un punto de vista diferente de este tema y posteriormente tomar una decisión.

Mucho se dice que somos el resultado de lo que comemos, que somos lo que hacemos, que somos lo que decimos, que somos lo que leemos; sin embargo, creo que el desafío racional, está en preguntarnos. ¿Por qué comemos lo que comemos? ¿Por qué hacemos lo que hacemos? ¿Por qué decimos lo que decimos? O ¿Por qué leemos lo que leemos?.

Somos la consecuencia o el resultado de lo que nos enseñaron nuestros padres o tutores, la familia ampliada, la escuela, sociedad, integramos todo lo que forma parte de nuestra cultura, es decir, conceptos, ideas, hábitos, costumbres, rituales y conductas comunes y generalizadas; de hecho el principio de toda cultura es determinar lo que es correcto y lo incorrecto, lo bello y lo feo.

Así que somos lo que da vida a la cultura y la cultura es lo que da vida a las personas; sin embargo, en una aproximación a tu vida o la mía, de manera muy particular y específica, sí es cierto que somos lo que nos enseñaron, también podemos ser lo que aprendemos, también podemos ser el resultado de nuestro libre albedrío y para quienes tienen más de 40 años comprenderán mejor lo que expreso, porque las generaciones posteriores se distinguen, precisamente por tener la conciencia de aprender por su cuenta, más allá de lo que decidimos enseñarles los mayores.

Con base en esta hipótesis y con el deliberado propósito de ser redundante, he decidido compartir lo que aprendí, aquello que integré a partir de decidir emprender mi libre albedrío y dejé de absorber lo que mi cultura establece como lo apropiado, lo correcto, lo bueno y lo bello, para dejar de ser un resultado, un producto, un condicionado, un adoctrinado para reinventarme como un ser consciente; decidí distinguir que la vida sólo es, sin un bueno, ni un malo, que junto con una buena dosis de ingenio pueda seguir siendo un miembro de mi sociedad, tal vez para influir en ella y junto con muchos que pensamos similar, podamos alterar algunos elementos que pueden mejorar la calidad de vida de nuestra cultura.

Es preciso señalar que este libro es para todos los seres humanos, de preferencia mayores de edad, aunque dejo a criterio y albedrío de los padres o tutores el acceso de este contenido a los adolescentes, es para cualquier orientación sexual, muy recomendable para los millenialls tanto Y (nacidos de 1984 al 2004), como Z (nacidos de 1995 al 2005) ideal para los integrantes de la Generación X (nacidos de 1965 a 1983) y extraordinariamente apto, casi indispensable para los miembros de la Generación Baby Boomers (nacidos de 1945 a 1960). Las fechas son estimadas, ya que los autores especialistas en este tema difieren.

Este texto es un desafío a los paradigmas sexuales de nuestra cultura, ofrece otra alternativa, una opción diferente, una creencia acerca del poder de la energía sexual y cómo puede ser cultivada y aprovechada para mejorar nuestra calidad de vida, una visión de sexo filia de la vida, una manera de interpretar una condición de la naturaleza desde el amor incondicional, percibir al amor como servicio y al servicio como el más grande acto de amor; pongo a tu disposición información que pueda servirte para aprender, modificar tus creencias al respecto de la sexualidad.

Se basa en el conocimiento milenario de la sexualidad sagrada taoísta o kung fu sexual, también hace referencia al ZhiNeng QiGong y el Tai Chi Chi Kung, se comparte un modelo de certezas acerca de la vida en general, para ti, tal vez las consideres creencias, es una propuesta más que se suma a muchas personas, guías y maestros que en conciencia tienen el objetivo de aportar elementos para vivir con menos paradigmas limitantes.

Es la historia de un estudiante de la sexualidad sagrada taoíta, feminista, optimista y positivo, que se da cuenta de la gran ignorancia que prevalece en la sociedad acerca de la sexualidad, que la mujer desconoce su cuerpo, tanto física como funcionalmente, entonces a partir de estudiar estos temas, decide convertirse en un terapeuta sexual, específicamente un Subrogado, una persona que ayuda a la mujer a conocer su sexualidad, desde la sexualidad, de acuerdo a los síntomas de cada dama, en conjunto con ella, deciden lo que harán para resolver su condición y en los capítulos nones se narran los episodios eróticos y en los pares, el contexto.

Durante el proceso de redacción de la presente, la gente cercana y muy curiosa, en ocasiones me preguntaron si era una recopilación de hechos de la vida real, así que para saciar su inquietud, les comento que igual que en muchas novelas, una parte del contenido se basa en hechos reales y otra, es imaginación pura, tú decidirás cuál es anecdótico y cuál es invención, de cualquier manera es un debate estéril, que puede distraer tu atención de lo importante, además por ahí será tu imaginación la que construya la trama.

Es recomendable abrir la mente y también el corazón, es una novela, si algo te hace ruido, déjalo ir, evita el conflicto, lo que es inservible o es basura simplemente se tira, lo dejas ir, sin oposición, porque hacer lo contrario te daña y confío en que podamos hacer sinergia en cuanto a los objetivos, este encuentro es para crecer, aprender, romper los paradigmas que nos limitan, mejorar y transformarnos, tal vez haya desacuerdos y cuando eso suceda te invito a enfocar en las coincidencias y deja atrás lo que consideres que es inservible para ti o improcedente.

Por último, también me propuse un desafío literario, que comparto para tener la conciencia de ello durante el paseo, evité el uso de dos palabras: no y pero, porque confío en la riqueza de nuestro lenguaje y que puede narrarse una historia sin estos términos, salvo en citas de títulos de canciones, citas, nombres de alguna práctica o alguna referencia textual que era indispensable escribir tal cual, me propuse ese desafío y me gustó.

Raymundo Enríquez Cuevas.

Capítulo 1
Laura

Laura llegó a la estación del metro, ya era tarde, optó por caminar a la parte delantera del andador para abordar el primer vagón, en ese momento estaba vacío, sin gente, sobre todo en la dirección en la que viajaría; unos instantes después arribó el convoy, se detuvo, abrió sus puertas, observó si había alguien al interior del vagón y validó que estaba vacío, lo abordó, presurosamente buscó un asiento en la parte delantera, con vista en el mismo sentido en el que circulaba el metro.

Se sentó erguida y llevó su mano al rostro, el transporte inició su camino, con el dedo índice tocó ligera y suavemente su labio inferior, espontáneamente surgió una sonrisa, entonces cambió su postura, se deslizó lentamente sobre su asiento hacia adelante, llevó sus nalgas casi a la orilla, al borde del asiento, reaccionó y puso fuerte sus piernas, para regresar a la misma posición que tenía, ya con la espalda recta, los sentimientos la motivaron para resbalar una vez más sobre el asiento, con la intención de recrear las caricias que momentos antes había recibido, trató de reproducir la sensación que le generaron las manos de ese hombre sobre sus glúteos, aunque lejano el efecto, fue suficiente para que sus mejillas se ruborizaran.

Otra vez, sentada con la espalda tocando completamente el respaldo del asiento, empezó a abrir sus piernas, su falda larga le llegaba hasta los tobillos, lograba quedar lisa cuando abría sus piernas, al cerrarlas la tela de la falda se metía entre las mismas, deslizó un poco sus nalgas y continúo con ese movimiento, abría y cerraba sus piernas, la sensación era insuficiente, entonces eligió cerrar sus piernas y apretarlas, al tiempo que se meneaba para adelante y para atrás, eso le permitió estimular su vulva. En ese momento llegó a la siguiente estación y volteó para asegurarse que nadie subiera; sonó la alarma que indicó que las puertas cerrarían y junto con el reinicio del avance, retomó su caricia, cerró sus ojos y dejó que su imaginación la llevara al lecho de pasión que hasta hace poco testificó su placer.

Tensó sus brazos, se sujetó con fuerza del asiento, eso le permitió continuar su estimulación, la brisa que entraba por una de las ventanas abiertas, la regresó a su espacio presente, por lo que aprovechó para cambiar su postura, ya la piel de su rostro había recuperado su rubor, se sentó erguida y abrió sus piernas, metió sus manos entre éstas y trató de imaginar que eran las manos que hasta hace unos momentos recorrieron todo su cuerpo, así como los labios del amante que habían recorrido cada milímetro de su piel, para dejarla perfectamente húmeda, la temperatura de su cuerpo en ese momento empezó a subir, ella notó que esos recuerdos le habían permitido lubricarse una vez más.

Cobró conciencia del lugar en donde se encontraba, abrió su bolso y sacó su celular, automáticamente marcó el número de Soraya, estaba decidida a iniciar la conversación cuando, colgó la llamada, estaba a punto de explotar y sintió que si le contaba a Soraya, su amiga del alma, tal vez podría canalizar un poco de ese enorme cúmulo de energía; sin proponérselo al guardar el teléfono regresó al ambiente que había dejado, era incapaz de detener las imágenes, las emociones, las sensaciones que aún circulaban por su cuerpo, así que se acomodó en el asiento, para fluir a ese abismo de placer que la abrazó súbitamente.

Llevó sus manos al rostro, emanaron múltiples sensaciones, primero sonrió, después rio, con sus manos levemente acarició su rostro caliente, cerró sus ojos, necesitaba trasladar su imaginación a la habitación, al cuarto del hotel, aún cuando él le había dicho que siempre viviera en el aquí y el ahora, en ese momento, su mente y alma trataban neciamente de apegarse a los recuerdos, a las maravillosas y mágicas expresiones de sensualidad, erotismo y sexualidad que había dejado unas estaciones atrás, esa experiencia la había transformado, ella era otra, una mujer plena, había descubierto su capacidad multiorgásmica, renunció a todos esos paradigmas limitantes que la coartaron, la castraron, logró vivir su revolución interna, libró la pelea más importante y grande que puede tener un individuo, aquella que es consigo mismo.

El metro se detuvo en la siguiente estación, con nervios volteó con el deseo de que nadie subiera a ese vagón, lo quería para ella sola, lo necesitaba, su emoción apenas tenía el espacio suficiente para poder respirar, miró por la ventana el avance del furgón y sin querer perdió su mirada en las luces que dieron el efecto de acelerar su pasar y la conectó con la velocidad del cuerpo de él; decididamente metió su mano por debajo de su falda, encontró su piel desnuda, agradeció hacerle caso a Aldo, que le había pedido que se fuera sin pantis, estaba sumamente húmeda, paseó sus dedos por toda su vulva, todo le estimulaba, todo la conectaba con sus sensaciones, despertó su sensibilidad, la velocidad, las luces blancas, azules, rojas, la brisa, todo la conectaba con el calor de su vagina, su dedo medio aceptó bailar, lo metía y lo sacaba, subió su pierna izquierda en el asiento de enfrente, el furgón descendía su velocidad y en sentido contrario, la velocidad de su mano aumentaba, ya poco le interesó si alguien subía.

La aceleración fue tanto del transporte como de su mano, ahora con sus dedos medio, anular e índice, con movimientos circulares le rendía un homenaje a su clítoris que estaba erecto, caliente, húmedo, cerró sus ojos, meció su cabeza para atrás, con su mano izquierda acarició su cuello, todo su cuerpo se estremeció, al parecer este recuerdo fue tan lúcido que la hizo vibrar, remojó sus labios con su lengua, tan despacio, que nuevamente sintió como su vagina se lubricada aún más, estaba lista para recibir a ese hombre, subió su pierna derecha en el asiento, un sentimiento de libertad, de placer, de calor; dejó su pierna en el asiento frontal, subió y cruzó su pierna derecha, con fuerza las presionó y eso incrementó sus sensaciones, entre abrió sus labios, necesitaba sentir, necesitaba sentirlo, necesitaba sentirse.

Penetró su vagina con sus dedos medio y anular, giró su palma hacia arriba, inició la maniobra que le enseñaron para estimular su zona g, jalaba sus dedos para presionar esa zona, perdió la noción del lugar, del tiempo, sus dedos habían conquistado el ritmo perfecto, el resto de su cuerpo se contoneaba, mordió el labio inferior de su boca, después la abría y al hacerlo emitía ligeros gemidos, entre abrió los ojos y se percató que las puertas del metro se cerraban, el placer que sentía evitó que volteara a ver si alguien había subido a su vagón, sacó sus dedos y con el dedo medio estimuló su clítoris con pequeños movimientos en círculo, con su mano izquierda, con el dedo medio, tocó el orificio de su vagina, las luces pasaban muy rápido y cada vez más, los gemidos se hicieron intensos y junto con su cuerpo, anunciaron la llegada de uno más de sus orgasmos, el séptimo de la noche, sintió que el metro empezaba a frenar y ella aceleró el movimiento de su dedo, con un poco de más presión y cuatro gritos dieron la bienvenida y juntos clímax y metro llegaron a la estación.

Para cuando el metro retomó su camino, ella ya había llevado su mano derecha a su boca, la punta de su lengua y del dedo medio se encontraron, probó el néctar de las diosas y le gustó el sabor, le gustó el momento, le gustó atreverse, le gustó gustarse, esa mujer era una nueva y mejor versión de sí misma, una mujer asertiva, que se había atrevido a sentir, a dejar de pensar en el qué dirán, que se había propuesto conquistarse, encontrarse, descubrirse y lo más importante convertirse en una diosa.

Cuando llegó a su estación se bajó, al caminar sentía como se escurrían pequeños hilos de humedad y por un instante, se detuvo y sus pensamientos estuvieron a punto de traicionarla, trataron de sabotear su noche y convencerla de que la podían ver, de que hablarían de ella, de... entonces en voz audible, expresó:

—Cancelado, cancelado, cancelado, después agregó en silencio, Soy una diosa, todo y lo único que me importa es lo que yo pienso de mí.

Con ello logró recuperar su emocionalidad, caminó rápido pues eso le ayudaba a sentirse, pues debajo de su falta su mágica y desnuda vagina, estaba conectada con el centro de la amada madre tierra, se hizo consciente de esa sensación y lo disfrutó intensamente.

Al llegar a su departamento, instintivamente tomó el teléfono y le marcó a Soraya, ya se sentía más tranquila, necesitaba compartir y hablar de su esplendoroso despertar, de su transición a diosa.

—Bueno... —respondió Soraya— me levanté al baño y vi que tenía una llamada perdida tuya. ¿Estás bien? ¿Cómo te fue? Si cogiste ¿Verdad? Para eso era tu cita. ¿Cierto?

En ese momento Laura se dio cuenta de que había firmado un acuerdo y estaba impedida de contar su experiencia y sólo le pudo decir:

—Estoy bien, estoy muy contenta, empezó a reír, estoy plena, me siento inmensamente feliz, en ese momento fue interrumpida.

—Cuéntame hasta el más absurdo de los detalles, si es que hubo algo absurdo...

—Amiga. ¿Te parece si nos vemos mañana para desayunar y te cuento?

—Entonces para qué carambas me llamas y me despiertas, son las... bueno aún es temprano, eso jamás se le hace a una amiga, me calientas y evitas meterte a bañar, por favor dime algo... lo que sea, algo que me permita dormir intranquila y envidiarte, vamos dime.

—Amiga, quisiera contarte todo, es... estoy impedida de hacerlo, firmé un contrato y es así, te prometo pensar esta noche qué te contaré y mañana en el desayuno te lo diré.

—Eres una mala amiga, si quieres que te deje dormir me darás sólo un dato. ¿Cuántos orgasmos?

—Mmmm, seis... más uno; te lo prometo mañana te cuento.

—¡Cómo que seis más uno! Cuéntame...

—Mañana, por favor...

Capítulo 2
Aldo y Carím. ¿Te vas a morir o qué?

A la mañana siguiente Aldo tenía una cita para desayunar con su mejor amigo, Carím, un ser generoso, tal como el significado de su nombre y también un tanto silvestre; Aldo lo aceptaba tal cual era pues se conocían desde niños por ser vecinos, además de asistir varios años a las mismas escuelas. Carím había tomado el camino de las finanzas, el de la vida lógica racional, mientras que Aldo, que toda su vida profesional emprendió, tenía poco tiempo de iniciar un negocio de mercadeo en redes, en un proyecto de blockchain que desarrolló aplicaciones y al crecer comunidad, se convertían en co—propietarios de éstas; ganaba bien y esto le permitía destinar parte de su tiempo, para ayudar a las mujeres a conocerse y despertar su sensualidad y sexualidad.

Aldo y Carím se habían citado en Coyoacán, en un pequeño restaurante muy acogedor de comida oaxaqueña, atendido por una mujer cincuentona que tenía una deliciosa sazón. Al llegar al lugar en donde ya se encontraba Aldo, ambos se saludaron primero haciendo el símbolo del «amor y paz» con su mano izquierda la del corazón, era parte de la simbología en la que Aldo creía, ya se había convertido en un mudra; luego se dieron un fuerte abrazo de Hermanos y un beso en la mejilla, estaban vinculados por esa clase de relación que formamos con los que consideramos Hermanos del alma. Rápidamente ambos se sentaron y comenzaron a conversar para ponerse al tanto de sus vidas y de una que otra fechoría menor, de la que frecuentemente eran cómplices.

—Carím que gusto de verte nuevamente, en estos dos últimos meses fue imposible coincidir Hermano.

—Te ves muy bien, tienes un pacto con el tiempo, porque cada vez que te veo, luces mejor —sonrío—. Créeme que el mundo de las finanzas me deja extenuado y con poca vida incluso para mí, bueno, la verdad es que ya sabes, sólo me abro espacios para cogerme a una que otra vieja que ronda por mi gallinero... —sonrío. — Cuéntame. ¿Qué onda con tu vida?

Aldo miró con suma misericordia a Carím, sabía que era un buen momento para ayudar a su amigo a transformarse, a generar reflexiones que le permitiera acceder a una mejor vida.

—Querido Carím todo en la vida tiene un tiempo y un momento perfecto, creo que ha llegado el tiempo de compartirte algunas experiencias personales más profundas, que lo que acontece en mi vida cotidiana y confío en que puedan conducirte a reflexionar, posiblemente a transformarte y a su vez, a vivir una vida más plena.

En eso llegó la señora con sendos platos de enchiladas con mole, aun cuando sólo los servía con queso rallado, ya sabía que a ellos les gustaban con crema, misma que también traía de Oaxaca y un plato de frijoles refritos para cada uno, igual con crema y queso; después les llevó su típico café de olla, famoso en la zona. Ambos agradecieron a la señora.

—Ay Hermano me estás espantando. ¿Te vas a morir o qué?

—Algún día —sonrieron— se trata de compartir un poco de mi mapa mental, percibo que llevas años atascado en experiencias de vida muy similares, sólo deseo poner sobre la mesa posibilidades y crear alternativas que generan plenitud.

—¿Por qué lo dices cabrón? ¿Porque soy un cuarentón que ando con una y con otra?

—Carím, es sólo un tema para platicar y compartir experiencias, si al final consideras que tu estilo de vida te genera plenitud, entonces sólo te llevarás información, conocerás una manera diferente de ver la vida.

—Hermano, me siento censurado, siempre he podido hablar así contigo... libremente, como va. ¿Ahora vas a limitarme?

—Nunca lo haría Carím, es sólo que nuestras palabras y la forma en que nos expresamos dice mucho de lo que hay en nuestro interior y percibo que me hablas desde el tánatos, desde la tristeza e insatisfacción.

—¿Tánatos, Tristeza e insatisfacción... pinche envidioso? Ja!!! Que va, si mi vida está mejor que nunca, mira... soy libre, tengo un depa en Polanco, acabo de cambiar mi nave, gano bien, gasto bien y puedo estar con una pollita y luego con otra. ¿Qué más puedo pedir?

—Hay muchas maneras de interpretar al mundo, a la vida, distingo dos caminos muy claros: el sendero del eros, una visión hacia el placer, proactividad y amor; el otro es el sendero del tánatos, en donde reina la culpa, la vergüenza, el castigo, el miedo, la desconfianza, el sacrificio, la tristeza y la muerte. Por ejemplo, en tu cuello llevas una cruz. ¿Qué significa?

—Esta cruz es sagrada, me conecta con el Maestro Jesús, dio su vida por nosotros, para nuestra salvación.

—Desde mi punto de vista es una conexión desde el tánatos, porque recuerdas al Maestro desde la muerte, desde el sacrificio, desde la tristeza y la culpa. También puedes reconocer al Maestro Jesús desde el amor, tiene imágenes como el Cristo de la Misericordia, con la llama trina emanando desde su corazón, definitivamente también es una imagen sagrada que nos conecta con el Maestro Jesús desde el amor.

—Este ejemplo que pones me parece un poco exagerado, te concedo el beneficio de la duda, por favor ponme otro ejemplo.

—Con gusto, hace un momento te referiste a la mujer como un objeto que puedes «coger», te referiste a ella como «vieja» y «pollitas» eso es denigrante, hablas de las mujeres desde el tánatos. Celebro que tu vida está colmada de éxitos, de logros materiales, si continúas con esta concepción, corres el riesgo de quedarte tan pobre que lo único que tengas sea dinero. Permíteme compartir contigo algunos aprendizajes que desde el amor y por el cariño que te tengo, creo que pueden ayudarte a reflexionar acerca de la forma en la que vives la vida, y si tu consideras que esto resuena contigo, quizás quieras darte la oportunidad de vivirlo también.

—Hermano, te respeto y te admiro, ya sabes que soy medio necio y algo silvestre, trataré de asimilarlo, reconozco que siempre me ofreces enseñanzas para mi más alto bien, así que por favor continúa.

—Para empezar abre tu mente, reconoce que tu forma de ver las cosas y de vivir, es sólo uno de los miles de millones de opciones y perspectivas posibles que existen... ¿Puedes?

—Si Aldo, voy a intentarlo.

—¿Haz escuchado sobre la sexualidad sagrada taoísta?

—Creo que alguna vez; sin embargo, desconozco de qué se trata.

—Te explico, el Tao es un término que se le atribuye a Lao Tse, consiste en una forma de vivir, un camino o senda a seguir para aprovechar la fuerza creadora, infinita e intangible que proviene del universo y que el ser humano es capaz de almacenar en parte, dentro de su propio cuerpo. Este conocimiento milenario, proviene de China en donde los hombres se dieron cuenta de esta energía primordial, que más que describir o definir, pudieron vivenciar. Así como los seres humanos nacemos por el sexo, también morimos por la misma causa, ignorar cómo administrar, canalizar, expandir y disfrutar nuestra propia energía sexual como fuerza creadora y dadora de vida. Damos vida tanto a otros seres, como a nuestros proyectos, sueños, emociones, actos, a cada minuto, en cada instante de nuestra existencia. De esta manera, maestros del Tao, a través de prácticas sexuales, han desarrollado ejercicios y una forma de vida que nos enseña a canalizar nuestra propia energía sexual, esto significa en el hombre, cultivar su poder seminal y en la mujer cultivar su poder ovárico.

—Eso suena difícil de creer. ¿Por qué si esa información puede cambiarnos la vida, ha estado reservada, guardada y jamás se ha compartido con la sociedad?. También me cuesta creer que el sexo es sagrado y por ende debo dejar de practicarlo, francamente me resultaría imposible.

—Sólo debes aprender que la sexualidad es sagrada, que te conecta con la espiritualidad y que bien llevada, es fuente de vida, salud, prosperidad y energía. El semen es una sustancia sagrada diseñada para crear vida, su fuerza y energía es impresionante, con una sola descarga de semen se puede dar vida a un continente; ahora bien, imagina que el hombre sólo eyacula para tener orgasmos, entonces se desgasta, dice la sexualidad sagrada taoísta que así envejece, puede enfermar e incluso morir, así que debemos aprender a tener orgasmos sin eyacular, es decir, inyaculatorios y de esa manera conservamos y canalizamos esa poderosa energía para nuestro más alto bien.

—¿Estás seguro de que eso se puede?

—Por supuesto, implica ejercitarse, estar consciente en el acto sexual y practicar muchísimo, llevo seis años apegado a la sexualidad sagrada taoísta y en los últimos cuatro he logrado tener orgasmos inyaculatorios, que son mucho más intensos, profundos y placenteros.

—¿Es similar el placer de ese orgasmo, al otro, en el que te vienes?

—En el orgasmo inyaculatorio tienes más placer, la sensación dura minutos, hasta veinte o treinta, mientas que venirte te otorga un placer de siete segundos y sólo siete segundos, por más lentos que los cuentes —ambos rieron. —Además en caso de perder la erección, puedes volver a estimular tu pene y nuevamente tienes una nueva erección, ya que se conservó el poder y la energía. ¿Sabes lo que eso significa?

—Que puedes seguir cogiendo...

—Que puedes seguir haciendo el amor, Carím recuerda conectarte con el eros, desde el amor.

—Sé que te puede sonar presuntuoso, te juro que es cierto lo que te diré, a veces voy sólo a un bar, me tomo unos tragos y más tarde ya estoy bailando con una... ya sé desde el eros, con una mujer y un rato más tarde, tenemos sexo, dime. ¿Crees que si nos acabamos de conocernos podemos hacer el amor o sólo tener sexo? Estoy seguro he logrado que una mujer se sienta mujer conmigo.

—Primero te comento de esto último, nadie puede hacer nada para que una mujer se sienta más mujer, sólo ella, nadie puede lograr que un hombre se sienta más hombre, sólo él, desde el ego creemos que podemos hacerlo, eso es imposible, sólo una persona puede sentirse mejor consigo misma. En cuanto a lo segundo, si pueden hacer el amor, sólo deben respetar las tres reglas de la sexualidad: evitar hacerse daño a uno mismo, las relaciones deben ser consensuadas y entre personas mayores de edad y evitar hacer daño a terceros. Es preciso estar conscientes de que la intención sea querer hacer el amor y algo fundamental, amar a través del servicio, ocuparse del placer de tu pareja. Ayuda mucho mostrar un legítimo interés en ella, saber su nombre, preguntar por el significado de este, pedirle que siempre manifieste con absoluta confianza lo que le gusta, que exprese aquello que prefiera evitar y que para ambas partes quede prohibido fingir, deben ser auténticos y honestos con sus emociones, sensaciones, gustos y deseos; algo más, decirle aunque sea con el pensamiento, te amo aquí y ahora, es decir, ejercer el amor incondicional.

—Aldo, Hermano, jamás una mujer ha fingido un orgasmo conmigo.

—¿Cómo lo sabes?

—Porque lo sé, pues porque las escucho, hasta las que apenas se expresan, siempre sé cuándo una mujer alcanza su orgasmo.

—¿Mencióname por lo menos cinco reacciones de un orgasmo femenino?

—¿Reacciones?

—Si. ¿Qué le pasa a la mujer cuando logra su orgasmo?

—Ah pues, gime más fuerte, mueve su cuerpo, aprieta sus manos, mmmm, todas son diferentes.

—Si nos basamos en las evidencias que mencionas, piensa y dime. ¿Podría una mujer fingir su orgasmo?

—Bueno si y por favor piensa. ¿Para qué carajos iba a querer fingir un orgasmo?

—Como un acto de defensa, para cuidar su imagen y evitar que pienses que es frígida, tal vez esté irritada y lo único que quiere es que te bajes o ella de ti, los motivos pueden ser muchos, en ocasiones buscan tener sexo casual, precisamente para tratar de alcanzar un orgasmo y durante el evento, se bloquean y se dan cuenta que les resultará imposible alcanzarlo y mejor lo fingen.

—Me cuesta mucho creerlo.

—Te comento cinco reacciones que la mujer tiene cuando alcanza un orgasmo: el clítoris, los senos o los pezones se inflaman y se vuelvan un poco más duros, la vagina lubrica, la temperatura de su cuerpo aumenta y el ritmo cardíaco se acelera, lo que produce que se irrigue más sangre a todo el cuerpo y se ruboricen, tanto en el rostro, también en zonas erógenas como el pecho. Cuando la ola de placer finalmente llega, las paredes vaginales se contraen brevemente y las pupilas se dilatan. El clítoris está en extremo sensible, por lo que la mujer es capaz de alcanzar, en cuestión de breves minutos, otro orgasmo si la estimulación continúa, gracias a que las mujeres tienen una capacidad multiorgásmica directa y práctica.

—Hasta donde sé, ser multiorgásmica es un regalo, un don que sólo algunas pueden lograr. ¿Cierto?

—Si en efecto es un regalo, es un don que el universo les concedió a todas las mujeres; sin embargo, nuestra cultura, los sistemas de creencias machistas, han provocado una castración en muchas de nuestras mujeres con lo cual, algunas jamás han logrado un orgasmo. En la sexualidad sagrada taoísta, a las mujeres se les enseñan ejercicios a través de los cuales pueden dejar de menstruar y con ello, detienen su proceso de envejecimiento, también le aportan salud y calidad a su vida, pues dejan de perder esta energía capaz de alimentar y almacenar vida, que mensualmente expulsan y sale de su cuerpo en cada ciclo menstrual. La mujer tiene cuatro zonas erógenas primarias mientras que nosotros sólo una, el pene tiene doscientas mil terminaciones nerviosas, mientras que el clítoris tiene el doble. ¿Te das cuenta? La mujer está diseñada para el acto del amor, para la sexualidad y nos hemos encargado de castrarlas. Una mujer puede llegar a tener muchos orgasmos al hacer el amor, estos provienen de las cuatro zonas erógenas primarias: el clítoris, zona g, vagina y cérvix, como ya te dije por naturaleza son multiorgásmicas, el hombre debe educarse para poder serlo también; nosotros si eyaculamos, se «acaba la fiesta», por lo mismo, hay desgaste, cansancio y es imposible acompañar a la mujer con más placer, lo que nos convierte en malos amantes, seres egoístas que sólo buscamos nuestra propia satisfacción y si ella logra la suya o la finge, finalmente da lo mismo. Hay hombres que tratan a sus mujeres como simples excusados, a donde recurren para ir a descargarse y punto, dejando en ellas toda su frustración, su enojo, estrés y demás. Si la mujer ignora esto, va a permitir que la energía nociva de su compañero sexual la contamine e incluso la enferme.

—Es impresionante, jamás había pensado en lo que me cuentas, vivía convencido de que era un buen amante, de que la multiorgasmia era un don exclusivo de algunas mujeres, jamás pensé que una mujer podía fingir un orgasmo y también ignoraba que se registraran reacciones específicas en el cuerpo de la mujer al momento del orgasmo, me siento entre nervioso y asustado —rio nerviosamente—.

—Evita esas sensaciones del tánatos, mejor comprométete contigo a aprender sexualidad sagrada taoísta y cambiarás tu vida y la de las mujeres que tengas el privilegio de conocer.

—También me preocupa dejar de venirme, creo que es una sensación maravillosa, porque tengo que confesarte que además de las relaciones sexuales, también me masturbo con frecuencia.

—Desde el eros, la sexualidad sagrada taoísta y sexo filia sugieren sustituir la palabra masturbación por auto erotización, ya que esta es una palabra sexofóbica, es decir, de un pensamiento que percibe al sexo como malo, sucio, pecaminoso, contra natura y la sexo filia ve al sexo como natural, normal, limpio y sano. Te digo que cada vez que eyaculas tiras tu energía poderosa que podrías contener para fortalecer tu salud.

—Creo que estoy en shock, ha sido demasiada información para un desayuno, confío plenamente en todo lo que me dices, porque aun cuando ignoro todo lo dicho por ti, sí resuena en mi corazón. Siento que he cometido muchos errores y que he desperdiciado mucha energía.

—Entonces es importante dejar de tirar esa energía, es tiempo de aprender a cultivarla y también por medio del QiGong puedes fortalecer y exaltar tu energía, ahora deja de pensar en los errores que hayas cometido en tu vida, ni cuánto tiempo te haya costado, lo que sí importa es aprender de ellos, ahora podrás tener acceso a otro tipo de orgasmos, dame la oportunidad de enseñarte cómo hacer que estos sean mejores, para que puedas realmente acompañar a una mujer en su camino de placer, y que también logres tu plenitud sexual junto con ella.

—Estoy impactado, mi ignorancia del tema es total y estoy dispuesto a aprender, aunque también me preocupa el estilo de vida que llevo.

—Deja de preocuparte, mejor ocúpate, te voy a ayudar como algún día lo hizo mi maestro por mí, me enseñó y me orientó, gracias a él soy lo que soy.

—Ah sí. ¿Y qué o quién eres?

—Somos información, energía y materia, un terrestre con materia extraterrestre, un ser que cultiva su plenitud. ¿Haz escuchado el término subrogado?

—Si en una película, aunque desconozco qué significa, de plano estoy en la oscuridad completa en este tema. —Ambos soltaron una carcajada liberadora, pues la conversación había salido de lo trivial y se había tornado intensa—.

—Además del ejercicio de mi profesión, también realizo una actividad como subrogado sexual, es decir, soy una especie de terapeuta sexual que a través de la sexualidad ayudo a las mujeres a superar sus miedos y limitaciones en el sexo, para recordar su poder multiorgásmico y conectarse con lo que son, diosas capaces de volar a otras dimensiones sólo con su poder y energía sexual.

—Ay Hermano, ahora si te la mamaste, que forma tan elegante de decirme que eres un prostituto —rieron— ¿Cuánto cobras?

—Si es para ti, puedo darte una cortesía.

Explotaron en una enorme carcajada.

—Ahora si me hiciste reír Aldo, quise evitar parecer presumido al contarte que eventualmente tengo sexo con mujeres y tú te dedicas a hacerle el amor a mujeres impotentes, wow por si aún nos faltaran más sorpresas...

—Primero, retira la expresión «mujeres impotentes» facilito la transición y transformación de una mujer en una diosa, por medio del redescubrimiento, y autoconocimiento de su ser sagrado femenino, se empoderan al encontrarse y reconocerse con su enorme potencial, en este caso multiorgásmico.

—Si Hermano y yo nací ayer. ¿Lo disfrutas?

—Claro que lo disfruto, las mujeres son maravillosas, el enfoque es en ellas, en su aprendizaje, su disfrute, su beneficio, su satisfacción. Una mujer que descubre su poder sexual y después es capaz incluso de enseñar a su compañero, va a ser una mujer plena, empoderada y feliz. Esa es la mujer que necesita hoy el mundo.

—Si una mujer llega a «entrenarme», literalmente me encabronaría.

—Eso piensas ahora porque asumes una visión desde el tánatos y el machismo, cuando lo hagas desde el eros comprenderás que ellas nos pueden hacer volar, si nosotros aprendemos de ellas, al ejercer el amor incondicional, entonces comprenderás y aceptarás que ambos pueden darse mucho más, te aseguro que jamás te molestarías.

—Lo dudo Aldo.

—¿Sabes por qué estudio y practico la sexualidad sagrada taoísta?

—Por favor cabrón sorpréndeme... para variar.

—Cuando tenía como 30 años me enamoré perdidamente de una diosa y ella me dejó por ser totalmente inexperto en sexualidad, placer y erotismo. Ella era capaz de volar a través de sus orgasmos y yo sólo podía darle uno o dos, máximo, ella conocía perfectamente su cuerpo, manejaba su respiración y subía su energía, mientras yo me la pasaba como perrito jadeando hasta que me venía. En la última ocasión que estuvimos juntos, cuando comencé a jadear anunciándole mi clímax y eyaculación, ella metió su mano izquierda en mi nuca para acercar su cabeza a la mía, y con la derecha tomó mi mano y la llevó a su pecho mientras inhalaba larga y profundamente, acercó su nariz y boca a mi oreja y comenzó a respirar pausadamente, ella intentaba que yo me sincronizara con esa forma lenta y placentera de respirar, la respiración es todo, cuando vio que yo seguía sin entender el mensaje, susurró muy bajito un «sígueme Aldo». Ese día, tuve el orgasmo más increíble de toda mi vida, por lo menos hasta entonces, después jamás volví a verla. Me dejó una nota donde me decía que se iba a la India a perfeccionar sus técnicas de meditación, ese día sentí que me moría, lejos de hundirme, comencé a buscar quién me enseñara lo que esa mujer sabía. Era claro que ella tenía asimilada una información que yo desconocía.

—Lo lamento Aldo.

—Olvídalo, el dolor también puede conducirnos a salir de nuestra zona de confort y movernos para conquistar lo que queremos. En ese entonces yo creía que era un tigre en la cama y me di cuenta de que en realidad ignoraba muchas cosas, desconocía cómo funcionaba y respondía mi cuerpo y mucho menos el de una mujer, estaba lleno de prejuicios y creencias limitantes, sólo tenía un ego enorme inflado de aire, lo cual me estaba conduciendo a sentirme vacío e infeliz. Llevo 6 años preparándome en esta y otras disciplinas para lograr tanto mi salud sexual y conectarme con la fuente de la vida misma, como para ayudar a las mujeres a acceder a todo el potencial de energía que pueden alcanzar desde el erotismo y su sexualidad.

—Nunca me hablaste de esta mujer.

—Ella pasó rápido por mi vida, como una estrella fugaz, su paso fue tan fuerte y contundente que me avasalló, sufrí y sentí que me moría, porque sólo conocía el amor condicional, el del apego, fue así como le pedí al universo y llegué a la sexualidad sagrada taoísta, porque mi vida tenía todo el dolor que podía experimentar desde mi propio vacío existencial, por lo mismo, estaba cayendo en conductas compulsivas, autodestructivas y de sabotaje como el alcoholismo, entonces conocí a un gran maestro y Hermano, Luis Antonio un espíritu guía, un faro de luz que llegó a mi mundo a hacer un parteaguas, un «Aldo antes» y el que ahora ves, cuando le agradecí a mi maestro haber llegado a mi vida, él me dijo: «Deja los agradecimientos, pues sólo cuando el alumno está preparado, aparece el maestro».

—Wow Aldo, estoy muy impresionado y con muchas ganas de saber más, de beber esto que sabes y hacerlo mío. Neta, ayúdame porque creo que estoy muy perdido, acabas de narrar cualquier pasaje de mi vida y quiero llenar los vacíos y sentirme pleno y feliz.

—Parecería que estás perdido Hermano, sólo estás dormido, gracias por tu interés Carím, lo primero es ser consciente de cambiar tu enfoque al eros, es decir, que te conectes a la alegría, al placer, el gozo y la felicidad, que aprendas a vivir en auto observación, despierto «cachándote» una y otra vez y cada vez que llegue un pensamiento o creencia, pregúntate si proviene de eros o de tánatos.

—¿Me puedes poner ejemplos de esto Aldo?

—Con gusto Carím, es sencillo, según cómo vivimos nuestra sexualidad, esto afecta todos los aspectos de nuestra vida, por ejemplo cuando se disfruta el sexo, se exaltan los sentidos, es decir que estos se agudizan y entras en la dimensión del disfrute y el placer, lo vives al paladear una comida, contemplar un atardecer, poner atención al sonido del viento, en todo te conectas con eros porque tu sexualidad está viva, eso hace que tengas energía, salud y sobre todo una actitud positiva en general, por el contrario, las personas que evitan disfrutar su sexualidad, viven en tánatos lo cual les genera enfermedad, decaimiento, depresión y sufrimiento, la persona termina por ser negativa y ver todo desde esta óptica obscura y adversa, lo cual es literalmente el camino hacia la muerte, cuando una persona deja de excitarse, se dejan de producir hormonas, ante ese desequilibrio, las células reciben el mensaje de que la persona perdió el sentido por vivir y eso es grave.

—Que interesante suena esto, afortunadamente, me excito muy seguido.

—Qué bueno Carím, además de excitarse y tener sexo, debes aprender a hacerlo desde una disciplina que te permita cuidar tu energía y que logres conectarte en un acto amoroso profundo con una mujer.

—Bien Aldo pues dime cómo y cuándo comienza mi entrenamiento, quiero probar lo que haces y ver cómo me siento.

—Muy bien Carím, qué te parece si comenzamos por hacer juntos 3 veces por semana una disciplina maravillosa que yo practico y que se llama QiGong, y posteriormente haremos diversas prácticas de sexualidad sagrada taoísta, que consisten en producir sonidos que son regenerativos y curativos, que ayudan a liberar la energía emocional restrictiva, generar armonía y lograr un equilibrio entre el cuerpo, la mente, las emociones y el espíritu.

—¿Vernos para hacer ejercicio Aldo? Te dije que apenas si me queda tiempo para vivir? Casi diario, me arrastro de cansancio.

—Precisamente por eso Carím, porque careces de energía y por si fuera poco la desperdicias con sexo instintivo e inconsciente, debes abrir espacios para que te conectes con la vida y la salud, por eso te propongo, estas prácticas que llenarán tu vida de energía, bríndate la oportunidad de vivir esto al menos 30 días, así calibras cómo te sientes y decidas si incorporas esta disciplina a tu vida, elijas lo que elijas te voy a respetar.

—Bueno... ¿A qué hora sería?

—¿Te parece si nos vemos mañana en los Viveros de Coyoacán a las 6:00 a.m?

—¿A las 6 de la madrugada? —sonrío— ¿A esa hora ya pusieron las calles?.

—En efecto, vamos a restar una hora de sueño por ahora para ganar, fuerza, vitalidad y salud Carím.

Capítulo 3
Laura y Soraya

E se mismo día, Soraya llegó puntualmente al café, como nunca, en donde veía a Laura, vestía ropa deportiva y se había hecho una cola, su cabello largo resbalaba por su espalda, estaba nerviosa, ansiosa, ya quería, le urgía conocer los detalles del encuentro que había tenido su amiga, por supuesto pasó en vela la noche, en su mente, sólo se repetía la voz de Laura que decía: «seis más uno», en su diálogo interno se cuestionaba si eso sería posible y sobre todo, cuánto tiempo se requeriría para alcanzar ese número de orgasmos, estaba segura de que su amiga estaría muy irritada, lastimada, incluso en ese momento pensó que jamás llegaría a la cita, porque estaría imposibilitada para caminar, cuando...

—Hola Soraya, amiga. ¿Cómo estás?

Soraya se quedó muy sorprendida de ver a Laura, daba por hecho que sus suposiciones serían ciertas, se quedó muda por un momento, logró percatarse de que Laura lucía esplendorosa, radiante, su piel brillaba, como si se hubiera sometido a un intenso y profundo tratamiento, como aquel que una vez se aplicaron en un viaje a Playa del Carmen; le costaba creer, aunque lograba sentir la luz que emanaba de...

—Amiga, luces... te ves... wow, es impresionante tu... todo, pareces otra...

—Si Soraya, dame un abrazo.

Se abrazaron de manera prolongada, sus corazones se tocaron, ambas lograron conectarse, la sensación fue hermosa, después de varios segundos se separaron y se dieron un beso. Cuando Soraya se dio cuenta de que algunas personas las observaban, automáticamente se ruborizó y expresó:

—Lau, van a pensar que somos lesbianas.

—Lo que piensen de ti, es problema de ellos, jamás tuyo, además ese abrazo fue mágico. ¿Verdad?

—Ay amiga, si debe importarnos lo que piensen, tú eres la que siempre dice que somos entes sociales y que como te ven te tratan.

—Eso pensaba, era uno de mis dogmas más arraigados, ahora creo que, si bien debemos definir una imagen y cuidarla por y para nosotras, lo más importante es el florecimiento interno, es superficial pensar en ataviarse muy bien, si nuestra alma, si nuestra emoción se quiebra a pedazos en nuestro interior, además como dice Aldo: «Lo que pienses de mí, es... tu... pendo».

Ambas rieron...

—Entonces estuvo muy buena la cogida, Quién pensaría que ¡tú! Romperías tus más profundos paradigmas.

—Fue un encuentro mágico...

Llegó el mesero para ofrecerles café y dejar las cartas, Soraya aceptó un café descafeinado, Laura pidió un té de manzana con canela; en el lugar, se escuchaba al fondo, canciones románticas en español.

Continuó diciendo.

—Podría resumirse en que se trató de una relación sexual...

—Bueno, para alcanzar seis orgasmos más uno, por supuesto que la resumió y la resumió y la súper resumió.

Ambas explotaron en una carcajada, por supuesto atrapó la atención de las personas de las cuatro mesas que estaban ocupadas, seis más estaban aún vacías.

—Soraya, por eso me encanta verte, me nutres de buen humor.

—Ya amiga, deja de hacerte del rogar y empieza a contar, sin omitir un sólo detalle.

—Antes de contarte tengo que darte a elegir dos situaciones, si te cuento, jamás podrías solicitar una sesión con Aldo, así que dime qué prefieres, que te cuente o poder ser candidata para vivir una experiencia maravillosa con él.

Por unos instantes, Soraya se quedó pensativa y expresó una mentira, toda su corporalidad la delataba, Laura se dio cuenta de que le mentía, hizo caso omiso a esa percepción.

—Prefiero que me cuentes.

—Está bien, Aldo pasó por mí a...

—¡Espera!, desde el principio, cómo lo conociste, vamos deja de omitir información clave y valiosa, quiero saberlo todo, voy a pagar un altísimo precio por esa información, ya me dijiste que estoy imposibilitada para recurrir a Aldo.

—Hace unos días fui a una reunión a casa de Martha, ya sabes éramos puras viejas, la mitad del tiempo hablamos de hombres y la otra de sexo.

—Como debe ser.

Ambas esbozaron una gran sonrisa, hasta los ojos les brillaron.

—Entonces comenté que jamás había tenido un orgasmo de zona g, que me costaba mucho llegar al orgasmo cuando me masturbaba, perdón, se dice, cuando me auto erotizaba y más tarde, se me acercó Jazmín y me dio los datos de Aldo, me dijo que le mandara un correo pidiéndole una sesión, era muy importante decir quién me recomendaba con él, le pregunté quién era Aldo y me dijo que era un subrogado sexual y procedió a explicarme, que son personas que ofrecen terapias sexuales, desde el sexo, teniendo intimidad con propósitos tanto terapéuticos, como didácticos, ya que él cree que el auto descubrimiento femenino es la clave para nuestro empoderamiento. Me recomendó que le escribiera, que él decidía quién podía ser candidata para las sesiones.

—Jamás había escuchado la expresión subrogado sexual.

—Son personas que estudian muchos temas relacionados con la sexualidad, las emociones, creo que también saben mucho de energía o por lo menos Aldo, me parece una persona sabia, me encantó la visión que tiene de la vida y en la primera reunión que fue para conocernos y saber si podía ser candidata para la sesión, me comentó que es muy disciplinado, con un código de conducta y extraordinariamente estricto con su cumplimiento, ya que los múltiples paradigmas y tabúes sociales respecto al sexo, dificultan el ejercicio de esta actividad, por eso se maneja con tanta discreción y con base en la recomendación.

—O sea. ¿Puedes recomendar los servicios de Aldo?

—Si, se maneja por recomendación y por ser una de las mujeres que ya estuvo con él, puedo recomendar sólo a una mujer. Después de mi sesión, necesito un período para madurar mis hallazgos y aprendizajes, para ejercer como diosa, la sesión sirvió para conocerme, para encontrarme, para identificar mi potencial, todo lo que soy y puedo ser, tengo las bases, elementos e información que me pueden ayudar a convertirme en una diosa, tengo que consolidarme como tal y vivir en congruencia. Este tipo de terapias son una opción más para el auto descubrimiento de lo sagrado femenino.

—Vaya, entonces es mucho más que coger y ya.

—Creo que esa es la distinción más importante, entre un subrogado sexual y un prostituto, el primero tiene una vocación de servicio, de ayudar, es un facilitador que te lleva al redescubrimiento de ti misma y con el segundo, te la pasas rico y ya.

—Bueno, tener seis orgasmos más uno, creo que también está ligeramente cerca de pasarla bien. ¿Cierto?

Sonrieron.

—Si me la pasé muy bien, fue maravilloso, también aprendí mucho, él es muy dulce, te va llevando y te acompaña todo el tiempo, también puede ser muy duro y difícil, de repente descubrir el placer que te genera un orgasmo de zona g y te dan ganas de llorar, te enojas porque algo tan especial, tan placentero que pudiste vivir desde los quince o dieciséis años, o tal vez a los veinte y resulta que lo vienes aprender quince años después, su acompañamiento te permite reencuadrar que el valor de la experiencia, ahora te nutrirá tu eterno presente.

—Amiga todo eso suena muy romántico, muy bonito, necesito que me hables de lo que te hizo, cómo te sedujo.

—Fue desde la primera vez que nos vimos, cuando llegué al restaurante, ya estaba ahí, caminé hacia la mesa, se levantó, me preguntó si era Laura, después de responderle, me dijo que mi nombre es de origen latino «Laurus» que significa «mujer victoriosa», agregó que suelen ser personas muy generosas y sensibles con los sentimientos de los demás y me encantó que lo supiera, porque se dio a la tarea de investigarlo.

—Amor, deja de emocionarte, seguramente lo hace con todas.

—Eso espero, lo que cuenta para mí, es que lo hizo conmigo.

—Buen punto... luego.

—Cuando llegamos al hotel, ya en la segunda cita, estaba muerta de miedo, casi temblaba y él ya sabía que me gustaba bailar, así que después de que consagró el lugar, puso música, hizo una lista de reproducción de canciones románticas en español, es decir, cuando nos conocimos preguntó por mis gustos y me escuchó, porque estaba satisfaciendo uno de ellos, caminó hacia mí y me invitó a bailar y sabes cuál canción fue... «Si tú no estás», una de mis canciones favoritas.

—¿Le dijiste que era una de tus canciones favoritas?

—Sólo le comenté que era una de mis cantantes favoritas.

—Durante toda la canción, me miró a los ojos, de una manera dulce, jamás volteó a ver mis labios, pensé que si lo hacía, después me besaría, cuando terminó la canción, yo lo besé y wow…

—¿Qué?

—Uno de los mejores besos de mi vida y se lo dije.

—Error amiga, a un hombre jamás puedes decirle algo así, después se vuelven presuntuosos e insoportables.

—Soraya, Aldo me pidió, como parte del contrato que firmé, que evitara fingir un orgasmo, que renunciara a asumir una actitud a la defensiva y que expresara todo, que nadie haría juicios del otro y eso me ayudó a sentirme libre, me sentí auténticamente yo y terminó de seducirme cuando me dijo que había sido nuestro beso el que me había gustado y que a él también le había fascinado. Después de una buena dosis de besos y caricias, me vendó los ojos y me pidió que me abandonara al placer, que suprimiera mis pensamientos y juicios, con caricias y besos me condujo a la orilla de la cama, él sin dejar de tocarme, levantó mi falda, me puse la azul que es larga y amplia, descendió y empezó a besar mis piernas, empezó por la rodilla derecha, besó cada milímetro de esa zona, después se pasó a mi pierna izquierda e igualmente la besó con cariño y ternura, provocó que creciera mi excitación. Unos instantes después, muy lentamente subió más mi falda…

—Esa falda es amplia, eres una perra…

—Si esa, pues sin dificultad logró subirla y ahora además de besos, ya estaba lamiendo mis piernas, me había pedido que fuera sin pantis…

—También es un perro...

Ambas sonrieron.

—Subió por completo mi falda, me ayudó a que me sentara en la cama, siempre tocándome, me di cuenta de que se quitó la ropa, porque lo escuché, cuando terminó, me inclinó sobre la cama y me acostó, mientras bajó mi cuerpo, me acompañó con un beso, su boca estaba deliciosamente húmeda, eso me excitó aún más, regresó a mis piernas y continuó el recorrido, hasta que llegó a mi vulva, te juro que me dio el sexo oral más delicioso de mi vida, lo hacía suave y luego con un poco de presión, paseaba su lengua por los labios externos de la vagina y luego por los internos, usaba la punta de su lengua y luego toda, apenas tocaba mi clítoris, luego lamía y recorría con toda su lengua desde la parte inferior hasta arriba, toda la vulva... después hizo algo que me volvió loca, puso uno de sus dedos en el orificio de la vagina, sin meterlo, en lo que él denomina la Cueva de Jade y con su lengua seguía estimulando mi clítoris, deseaba que me penetrara con su dedo, movía y contoneaba mi cuerpo tratando de que me penetrara, el deseo de que eso ocurriera me generó un altísimo grado de excitación, luego lo movía de manera circular y simultáneamente ejercía más presión en toda la vulva con su lengua, mi respiración se agitó, mis gemidos aumentaron, aceleró los movimientos y tuve un orgasmo delicioso; amiga sólo de acordarme... ya estoy muy mojadita.

—Amiga, huácala, seguro que podías omitir esos detalles, son innecesarios.

—Dime. ¿Estás lubricada?.

Soraya se puso de mil colores, quiso evitar la pregunta, fue imposible que le sostuviera la mirada a Laura.

—Lau, me das miedo… te convertiste en un monstruo.

—¿Estás mojada?

—Si pendeja, si lo estoy, cabrona, como si fuera de palo.

Entonces fluye y deja de pensar, de enjuiciar y conéctate con el placer, que el erotismo es la exaltación de los sentidos. Mi orgasmo fue enorme y como nunca, además de gemir… grité, cuando recobré la conciencia y me di cuenta de que estaba Aldo, me dio mucha vergüenza, hasta que lo escuché decir: «que rico", eso me reconectó con el momento, puso el centro de su mano derecha sobre mi vagina, después me dijo que lo hizo para conectarse energéticamente, ya que tanto en ese sitio de la mano como en la vagina, tenemos puntos de energía, el del centro de la palma se llama Lao Gong y se dice Lao Kung, que se traduciría como «Palacio del Trabajo".

En ese momento se apareció el mesero para tomar la orden, Soraya observaba fijamente a Laura, como si quisiera robar todas esas maravillosas experiencias sólo a través de la mirada, estaba perfectamente atenta, quería que siguiera su descripción, estaba tan concentrada en la narración que jamás se dio cuenta que el mesero esperaba, entonces Laura pidió unos huevos rotos, aun cuando el lugar era de comida mexicana, el dueño había incorporado algunos platillos de la península ibérica. Soraya regresó al aquí y al ahora.

—Por favor, le encargo lo mismo.

Devolvió las cartas con urgencia, pues necesitaba regresar de inmediato a la narración. En ese momento empezó a reproducirse la canción de «Si tú no estás», aquella que le había puesto Aldo para que bailaran.

—Escucha… esa es la canción que bailamos.

—Ya lo sé, por favor continúa.

Con la atención dispersa, Laura trató de continuar la historia, fue imposible, eligió enfocarse en la canción y Soraya tuvo que hacer lo mismo, si bien había escuchado ese tema, jamás había puesto atención a la letra. Cuando terminó la canción, Soraya expresó:

—Que tema tan cachondo, esa canción les hace daño a mis piernas.

—En serio. ¿Por qué?

—Porque me las abre amiga.

Nuevamente brotó una carcajada en ellas. Después de disfrutar esa ocurrencia, Laura decidió continuar.

—Se acostó a mi lado, con su brazo izquierdo me abrazó y con el derecho me acarició, pensé que sería mejor si esperábamos un rato, recordé que mi misión era abandonarme al placer y con harta facilidad lo hice, nuestros besos eran mágicos y aunque era innecesario, Aldo puso un poco de lubricante en mi vagina, la frescura del mismo, me generó una agradable sensación, siguió con caricias diversas, primero extendió el lubricante por toda la zona, después con la punta de su dedo medio, recorría de arriba hacia abajo toda la vulva... mmm ¡Rico!. Después con el medio y el anular hizo movimientos circulares, estimulando mi clítoris, a veces con poca presión y otras veces, con un poco más de fuerza, después... wow, con su dedo pulgar tocaba mi clítoris y con el medio penetró ligeramente mi vagina, eso me puso muy caliente, entonces me pidió que le permitiera sacar su brazo, se incorporó, al hacerlo me dio un beso, en el que sólo se tocaban las puntas de nuestras lenguas.

—Eso es muy rico cuando estás muy excitada.

—Así es, entonces te decía, se incorporó y me dijo, «Amor, voy a estimular tu zona g, puedes llegar a tener ganas de orinar, descuida estarías eyaculando, sólo fluye, haz lo que sientas, te reitero podría tratarse de una eyaculación, es un líquido que en la sexualidad sagrada taoísta se estima sagrado, así que disfruta». Metió lentamente, con muchísimo amor y ternura sus dedos medio y anular, con la palma para arriba, creo que primero empezó a mover para adelante y para atrás solo las puntas de sus dedos, sin meterlos ni sacarlos, más adelante con un poco de presión, movía sus dedos como hacia mi ombligo, era una poderosa sensación, creo que jamás la había vivido, después de unos minutos, la humedad, mi lubricación se hizo abundante y al mover sus dedos se escuchaba, creo que perdí la noción de todo, hasta que exploté en un orgasmo muy intenso, profundo desde la punta del cabello hasta los pies, sentí como una corriente eléctrica y literalmente por mi vagina escupí un líquido, con tanta fuerza que expulsé los dedos de Aldo, en mi vientre tenía espasmos de placer, deliciosos, toda mi piel estaba extraordinariamente sensible, creo que grité o gemí, casi lloré, en la punta de mi nariz sentí, ya sabes, como calambres, esa sensación que provoca que te salgan las lágrimas, desconozco si estaba llorando o bueno, quién sabe.

—¿Eyaculaste?

—Si, amiga, vaya que lo hice.

—¿Qué hizo este hombre?

—Me dio un respiro, unos instantes, aún tenía espasmos, cuando nuevamente conectó el centro de su mano con mi vagina, se recostó, me dijo: «eres una diosa» y me besó, en medio de tantas emociones, el beso fue mega delicioso y con su manita, mejor dicho sus deditos, me acarició nuevamente y sabes qué, eso es lo que quería, necesitaba seguir sintiendo, quería más, alcancé mi tercer orgasmo muy rápido, bueno se me hizo poco tiempo, fue rico, aunque creo que disfruté un poco más el proceso que el final; Aldo se sentó a mi lado y me pidió que le dijera cómo me sentía, que tratara de ponerle nombre a mis sensaciones.

—¿Te gustó que parara? ¿Querías más?

—Creo que él mejor que yo, sabía lo que era mejor para mí, hizo bien, me cayó de maravilla la pausa, me ofreció de tomar, tenía vino, también licor de melón, ron y tequila, le pregunté si tomaría algo y al responderme que sí, le pedí que me sirviera lo mismo, en broma me dijo que era «testigo del agave», por lo tanto su religión sólo le permitía beber tequila y que se serviría un «Charro negro» que se mezcla con refresco de cola y acepté tomar lo mismo. Expresé o eso intenté, narrar lo que sentía y en algunos momentos me interrumpía pues me decía que algunas cosas venían de la razón, que dejara hablar al corazón y sólo al corazón. Después me pidió que me volteara boca abajo y acarició mi espalda mientras me hablaba, con las yemas de sus dedos, apenas tocaba y recorría toda mi espalda, cuando sentía que estaba a punto de caer dormida, dejaba caer una gota de la condensación de su vaso, sobre uno de mis glúteos y por supuesto que me despertaba. Repitió varias veces, tienes que conocerte o mejor dicho reconocerte, descubrirte, identificar todo lo que eres y puedes ser, todo tu potencial y eso te permitirá empoderarte, convertirte en una diosa, la humanidad necesita a las diosas, mujeres plenas, multiorgásmicas que irradien a la sociedad con su esplendor y con ello faciliten el florecimiento de la humanidad.

—Ahora resulta que necesitamos a los pinches hombres para volvernos diosas.

—Para nada amiga, la visión de Aldo y muchos auténticos caballeros es que ellos son los Bravos Guerreros Guardianes de lo Sagrado Femenino, como el placer mismo, la sensualidad, el erotismo, la capacidad multiorgásmica propia de toda mujer, la plenitud; por lo menos él se concibe como un peldaño, como un facilitador, dispuesto a apoyar y cooperar con el liderazgo que ejerzan las diosas, dispuesto a poner un granito de arena en el descubrimiento de la mujer como diosa.

—¿Crees que la mujer está lista para ser líder, para guiar a la humanidad?

—Por supuesto que sí, sólo que desde la energía femenina, desde el Ying, desde lo Sagrado Femenino, debemos cambiar la competencia por cooperación, así como el chisme, parloteo, intriga, por el placer, la plenitud y la felicidad, sólo así podemos seducir, desde el erotismo y la sensualidad, desde el eros, que es la vida y dejar el tánatos que es la muerte; sólo una mujer conectada con su sexualidad puede lograrlo.

—Por cierto. ¿Por qué dijiste que tuviste seis, más un orgasmo?

—Tuve seis con Aldo y me auto eroticé en el metro, de camino a casa.

—¿Qué... en el metro?

—Flui, me dejé llevar por mi emoción y me regalé una experiencia maravillosa.

—Te queda la frase de «eres una golosa», tuviste seis orgasmos y aparte. ¿Tuviste uno más?

—Es que empecé a recordar lo que había vivido, me excité, me acaricié y terminé, —sonrió— Creo que cuando descubres la sexualidad, se genera una energía que es difícil de dejar, además, con el simple hecho de que una mujer se excite, se activa en el organismo un sistema vital, las células se reproducen, la química del organismo también genera sustancias que mejoran nuestra salud, por medio de neurotransmisores, incluso me dijiste que me veía muy bien y sólo tengo un día, ahora mi tarea es mantener este estado de frecuencia vibratoria para auto generarme salud. Por eso él me dijo que vivir una sexualidad plena es vincularme al eros, al camino de la vida, es mágico amiga.

Llegó el mesero con los platillos, el dueño utilizaba para los huevos rotos, jamón serrano de magnífica calidad, lo acompañaba con un pan blanco tostado, al que le untaba mantequilla, aceite de oliva y finas hiervas, que le daban un sabor especial y característico, el ambiente del lugar era agradable, era difícil desayunar e irse, por lo general los clientes se quedaban en largas sobremesas que acompañaban con un buen café que traía de Veracruz.

El clima entre las amigas había cambiado, Soraya trataba de entender, procesaba con su hemisferio izquierdo todo lo que le decía su amiga, tal vez de hacerlo con el derecho comprendería más y con ello también callaría las voces de juicio que evitaban la empatía con lo que Laura decía; estaba muy movida, intrigada, quería obtener los datos de Aldo, por supuesto que haría todo lo posible por tener una sesión con él, sabía que tendría que simular muy bien y aparentar que lo ignoraba todo acerca del servicio que prestaba, tenía que atar algunos cabos, decir por ejemplo que Laura la recomendaba, crear alguna coartada, una historia que le permitiera volverse elegible para estar con Aldo.

Su diálogo interno, evitó que su atención se enfocara por completo en lo que su amiga le contaba, era más importante concretar su estrategia, aunque si se cuestionó si realmente quería convertirse en una diosa o sólo cogerse a Aldo, esa sería una inquietud que tendría que resolver después, por ahora lo más importante era conseguir el correo electrónico de Aldo, pues así se establecía el primer acercamiento.

Capítulo 4
Aldo y su modelo del mundo

Los domingos, Aldo se levantaba un poco más tarde, aún los fines de semana realizaba sus rutinas de meditación y enfoque, era extraordinariamente disciplinado y pasara lo que pasara, incluso por tarde que se acostara, al amanecer realizaba sus ejercicios. Antes de empezar se preparaba algún jugo, por lo general de naranja, era su favorito.

Iniciaba con las prácticas pasivas, para después pasar a las activas; hizo las meditaciones del amor incondicional, de la sonrisa interior y la respiración testicular; la primera semiactiva era la órbita micro cósmica; posteriormente continuaba con las activas: el Dragón Nadando, los Sonidos Regenerativos y por último QiGong (Chi Kung). Si bien todas estas técnicas son de origen chino, también son parte del sistema de la sexualidad sagrada taoísta, excepto el QiGong.

Como parte de su sistema de creencias, Aldo había creado su propio modelo del mundo, al principio fue empírico, con cosas de aquí y de allá, es decir se trataba de un sistema ecléctico, escribió un compromiso con la Plenitud:

1. Reducir al máximo el tiempo de sufrimiento. Vivir intensamente cada instante de la vida, al máximo,

corriendo riesgos; evitar perder vida en conflictos, problemas, enojos y todo tipo de circunstancias que nos alejan del placer; jamás terminar un día y dormir sin resolver cualquier pendiente y cuidar el alma de mis seres amados.

2. Todos los días realizar por lo menos una actividad que me vincule con el placer. Es la mayor y más importante manifestación de amor que me puedo regalar.

3. Hacer sinergia, brindar apoyo, ser solidario, relacionarme de manera generosa y amorosa, para privilegiar la comunicación y así facilitar la comprensión con los otros, con sus acciones y reacciones que los separan de la armonía.

4. Me prohíbo discutir, en su lugar aprovechar mi capacidad para conversar. Si la persona con la que vivo es parte de mi proyecto de vida, cuidaré su integridad, dignidad e identidad. Lo que doy me lo doy, lo que quito me lo quito, lo que hago me lo hago.

5. En las relaciones humanas todo es posible, la voluntad es la llave de los milagros, es la que permite que todo se pueda realizar, me esforzaré por lograr, por crear, por unir, por acercar, por construir, hacer lo contrario es sencillo, lo valioso es hacer lo asertivo, positivo y ecológico para todos los involucrados.

6. Fomentaré mi espiritualidad, todo en la vida es energía; la espiritualidad es la luz que conecta con el universo, practico las concentraciones y meditaciones, pues son los medios por los cuales me comunico con Dios y Dios conmigo.

7. Ser consciente de la información que ingreso en mi mente y de mis pensamientos, porque son los que crean mi realidad; procurar ser positivo y ecológico, recordar que las ideas son energía y por lo tanto vibran y la vibración es el principio de la creación.

8. Desarrollar mi asertividad, expresar, realizar y conquistar todo lo que en mi vida pueda desear, sin

hacerle daño a nadie; reconocer todos mis logros, mis capacidades, mis dones y establecer contacto con ellos, celebrar cada uno de mis éxitos sin importar su tamaño, me admiro porque así hago crecer mi amor propio.

9. Doy servicio, servir es amar y amar es dar servicio; le doy valor y sentido a todas mis tareas y actividades, las amo y aprendo a disfrutarlas; evito toda acción por obligación, si creo que debo hacer algo, lo hago con lo mejor de mí, con absoluto compromiso y entrega, comprendo el beneficio de lo que hago para transformar el esfuerzo en entusiasmo.

10. Respeto la capacidad y libertad que todo ser tiene de interpretar la realidad; la verdad es patrimonio de la humanidad, nos pertenece a todos, por ello nadie pueda adueñarse de la verdad, sólo de su propia interpretación.

11. Aprecio los milagros, la vida, los regalos del Cielo, sólo así puedo generarlos; me reconozco como el ser más importante en mi vida y sobre todo identifico que tengo una misión, tengo dones que me fueron entregados para recorrer este sendero llamado vida, aprovecho estos recursos porque sólo así logro cumplir mi misión.

Se consideraba una persona flexible, aunque gustaba que su sistema de creencias era más un sistema de certezas, también apreciaba la fuerza de la fe; consciente y frecuentemente trataba de vivir desde el hemisferio derecho, de volcarse a una vida de emociones, le inquietaba la incomodidad y la falta de control, aunque reconocía que son parte de la vida, que es imposible evitar permanentemente la incomodidad y que nada se puede controlar.

Su modelo tenía tres ejes: el equilibrio/armonía, la fuerza de la energía y vivir desde el eros, además creía que la vida nos otorga tres regalos sagrados: el despertar de la conciencia, el amor incondicional y el placer pleno, el que producen de manera definitiva el QiGong Sexual o sexualidad sagrada taoísta. Estos regalos deben conquistarse, procurarse para la plenitud de cada ser. En cuanto al equilibrio, la sexualidad sagrada taoísta, consideraba que debía ser la aspiración permanente del ser y que al llegar a uno de los extremos era imprescindible, de manera consciente restaurar el equilibrio.

Concebía energía en todos los elementos de la vida, de la mecánica cuántica, tomó el principio «donde está tu atención, está tu vida», en especial en los pensamientos y las palabras, ya que al darles vida, es decir, al pensarlas o expresarlas automáticamente se deposita en ellos una carga de energía, que puede ser positiva o negativa, de acuerdo a su polaridad, e independientemente de atribuirle esta fuerza, se incrementa con el poder de la intención y de la emoción, que se le da a cada una, así que palabras o ideas empoderadas tienen una gran influencia en la salud del individuo, tanto para bien, con el uso de expresiones positivas o para mal con el empleo de las negativas; por eso consideraba trascendental estar consciente, con el Yo Observante instalado para evitar perjudicar su salud al hablar o pensar.

Vivir desde el eros era muy importante para él, se basaba en el erotismo como la expansión de los sentidos, la sensibilización de la percepción, el profundo disfrute del principio de realidad, de gozar la belleza en todo, vibrar con los aromas agradables, con el deleite por la música, la danza, el baile, sentir desde el amor incondicional, así como de la sensualidad, muy semejante al erotismo, que inicia por la aceptación propia y es directamente proporcional al sentirse bien consigo mismo, más allá de los estereotipos de la belleza y de las formas de los cuerpos, es la sensación de bienestar que genera una gran energía que termina por proyectarse y que aplica tanto para mujeres como hombres. Vivir en el eros es estar conectado y caminar por el sendero de la vida.

Con la llegada de la sexualidad sagrada taoísta a su vida, tenía la certeza de que le había salvado, pues le dio sentido, junto con las prácticas, adoptó su filosofía, se consideraba un Bravo Guerrero Guardián de lo Sagrado Femenino, le gustaba estudiar temas vinculados con el chamanismo, con la alquimia, valoraba las historias o mitos sobre la capacidad que tienen algunos seres, para manejar la energía del universo, con propósitos divinos o sagrados, para él todo tenía vida y la única diferencia radica en la frecuencia vibratoria de cada elemento, entre menos vibración, más densa es la materia.

Aldo llegó a la sexualidad sagrada taoísta porque era un buscador, necesitaba encontrar algo que le permitiera conectarse con la espiritualidad y ahí lo encontró, cuando comprendió que la alquimia sexual es la transmutación de la energía sexual genital, llamada Jing, en energía afectiva, es decir del amor incondicional, denominada Chi, para finalmente alcanzar y generar la energía espiritual conocida como Shen. Esta transmutación también fue reconocida como la sexualidad trascendental.

La alquimia sexual que se forma a través de la energía Yang o el fuego que el hombre concede a la mujer, quien a su vez cede la energía Ying o el agua sagrada; ambos elementos en exceso pueden acabar el uno con el otro, en la justa medida se vuelven complementarios, crean una sinergia de gran fuerza, entonces el placer sexual puede llegar a ser tan intenso que se puede convertir en un gozo místico, desde el cual se alcanzan estados de iluminación o de éxtasis, que son posibles a través del cultivo de experiencias multiorgásmicas, que podrían ser eyaculatorias en la mujer e inyaculatorias en los hombres.

Sin embargo, para volverse un practicante de la sexualidad sagrada taoísta o QiGong Sexual, era indispensable desarrollar una estructura interna, que le permitiera circular la energía sexual por un cierto canal, denominado órbita micro cósmica, donde se mezcla la energía del amor y compasión del corazón, con la energía espiritual concentrada en el centro de la cabeza, y de esta manera el hipotálamo puede segregar una serie de neuro—hormonas, que en la antigüedad los taoístas conocían como el néctar de los dioses que conduce a la inmortalidad, porque estas sustancias ayudan a retardar el proceso de envejecimiento.

Aldo aprendió a tener orgasmos sin eyacular, comprendió y desarrolló la habilidad del poder seminal, para transferir las convulsiones orgásmicas a las glándulas superiores, como la pineal, la hipófisis, la pituitaria, el hipotálamo; este fenómeno era llamado en la antigüedad la Ascensión Orgásmica y es a través del cual se pueden experimentar orgasmos internos, donde la energía orgásmica explota en el interior, es decir implosiona internamente, sin generarse fugas de energía extraordinariamente poderosas, pues una sola eyaculación tiene el potencial para darle vida a millones de personas.

Si bien esta información es relevante para lo masculino, Aldo entendió que lo era más para lo femenino, ya que el placer que produce un orgasmo puede superar la energía sexual pura, con el acto voluntario de abrir el corazón, para poder alcanzar como consecuencia la alquimia sexual en la que se mezclan las tres energías, y lo más extraordinario fue cobrar consciencia, de cómo estas experiencias sexuales podían cambiarle la vida a una persona, al alcanzar una experiencia erótica-sexual-afectiva-espiritual.

Fue entonces que descubrió su misión, ayudar o facilitar el empoderamiento femenino, o como también le gustaba llamar la transformación de mujeres en diosas, para que al alcanzar estados de iluminación, pudieran convertirse en las líderes amorosas que el mundo requiere, y que los guardianes de lo sagrado femenino sean el apoyo para lograr este propósito divino y hacerlo desde el amor.

Para terminar con sus rituales, todos los días recitaba un decreto que había escrito en el último de sus cumpleaños y que al hacerlo sentía cómo se empoderaba, se animaba, se activaba su motivación.

«Con esta fecha y hasta siempre, yo decreto lo siguiente: Yo Soy un ser libre, con la conciencia de que la libertad, viaja en un trayecto paralelo a la responsabilidad, y que debo hacerme cargo, tanto de mis acciones como de sus consecuencias. Yo Soy un Ser en conciencia de mi principio de realidad, vivo alerta y atento de mi contexto, para aprovechar cada instante de mi vida y vivirla con infinita intensidad, corriendo riesgos, para obtener el máximo provecho de cada experiencia. Yo Soy próspero, confío absolutamente en que todos mis deseos me son concedidos, así que en absoluta conciencia, en pleno ejercicio de mi libertad y responsabilidad, yo deseo y solicito, en armonía perfecta con el universo, que mis sueños se realicen y todo lo que requiera para mi bienestar, y el de mi familia. Yo Soy Abundancia, porque recibo hasta que sobre abunde del Cielo, todos los recursos económicos y materiales como una bendición para mi persona, y todos los miembros de mi familia; los recibo por la gracia divina del universo, porque soy Hijo Bendito de Dios, porque él me concederá todo lo que le reclame, pues esa es Su Promesa, misma que hago mía, aquí y ahora. Yo Soy Pleno, porque reconozco el valor de la vida, del momento presente, por ello aprovecho cada oportunidad que la vida me da para vivir como se debe, el resto habré de vivirla como es, como viene; pues vivo intensamente cada instante para disfrutar cada imagen, suspiro, bocado, caricia y sonido al máximo, para absorber y percibir cada detalle de vida y de la misma manera, me brindo con todo mi ser y ofrezco lo mejor de mí, con todo mi esfuerzo para dejar siempre, un sello personal de entrega, compromiso, lealtad y pasión en toda mis acciones, decisiones y expresiones de mi ser. Yo Soy luz y evolución, porque soy Hijo bendito de Dios, hecho a imagen y semejanza, porque trabajo para crecer en mi espiritualidad, en mi luz y con ella poder irradiar la vida de otras personas, invitándolas a que se acerquen a Dios, y colmándolas de bendiciones. Yo Soy Inspiración, porque asumo la responsabilidad de convertirme en líder, que con su ejemplo espera inspirar a otros a seguirlo, duplicarlo, imitarlo en algún aspecto de su vida. Yo Soy seguridad, porque confío en Dios y si Yo con Él, quién contra mí; porque me abandono a su voluntad, la acepto y tengo fe en que puedo pedir y se me concederá, por Su gracia infinita, sobre todo confío en que lo único verdadero es la Luz, y que los sentimientos de temor, y desconfianza son ausencia de amor y fe. Yo Soy un aprendiz y maestro, porque en cada experiencia tengo la maravillosa oportunidad de aprender y también cuando me brindo, tengo la oportunidad de enseñar, y así Soy entrega, compromiso y pasión. Yo Soy alquimista, porque como hijo de Dios y semejante a él, tengo la capacidad para transformar, la enfermedad en salud, la tristeza en alegría, el temor en amor y la desconfianza en fe. Yo Soy feliz, porque esa es mi misión, realizarme y en cada oportunidad que tengo para alcanzar mi plenitud en la acción y la palabra, me realizo y logro mi felicidad, amén».

Capítulo 5
Layla

En los siguientes días Aldo tenía una sesión con Layla, pasaría por ella a la avenida Vasco de Quiroga en Santa Fe, le había propuesto un lugar pasando la Marquesa, era cómodo, limpio, contaba con habitaciones con jacuzzi, la vista era maravillosa, se veía una montaña con muchos pinos, cedros, unos cuantos robles.

Al llegar por Layla, iba a subirse al coche, Aldo le hizo una seña para detenerla, lo cual generó en ella que se pusiera aún más nerviosa, entonces él se bajó del coche para abrirle la puerta, el gesto fue muy significativo para ella, aún se sorprendió más cuando al subir, Aldo tomó del asiento trasero una rosa y se la entregó; ella le había contado en la entrevista inicial que le gustaban mucho los detalles y las sorpresas, así que ambos detalles la habían cautivado y ya había dejado de sentir nervios.

Mientras se trasladaban, a solicitud de Aldo, ella le contó los pormenores de su día y de los últimos días, con mucha atención la escuchaba, eventualmente le hacía algunas preguntas para validar si había interpretado correctamente, le gustó sentirse escuchada; el trayecto se hizo corto, al llegar se estacionó y nuevamente le solicitó que se quedara, bajó del auto, dio la vuelta para abrir su puerta, al hacerlo la observó y ambos sonrieron, le tendió la mano para ayudarla a salir y cuando bajó conservó su mano, entonces le pidió que lo acompañara a la cajuela para sacar una maleta pequeña.

Subieron las escaleras en silencio, la puerta de la habitación estaba abierta, la invitó a pasar, al dar el primer paso, sus nervios se volvieron a disparar, Aldo lo percibió, así que le pidió que se sentara, le ofreció algo de beber, aceptó y le solicitó vino, así que se dispuso a abrir la botella, llevaba dos, un Cabernet Sauvignon y un Merlot, optó por el segundo, es una bebida suave, así que pensó que sería más agradable para el paladar de Layla, sirvió el vino y le llevó su copa.

Después de entregársela, le indicó que tenía que hacer algo muy rápido e importante.

—Quiero hacer un pequeño ritual para limpiar la energía de este lugar y al mismo tiempo bendecirlo. ¿Está bien para ti?

En un tono muy nervioso.

—Si claro, por supuesto… está bien.

—¿Te gusta el incienso? Tengo sabor de cítricos o sándalo.

—¿Cuál es el aroma más… es decir el mejor para estos casos?

—Sólo estamos tú y yo, aquí y ahora, allá afuera quedaron el pasado y los otros, esta experiencia es única, sólo existen tus gustos y los míos, así que dime. ¿Cuál prefieres?

Aldo se acercó y le aproximó varitas de diferentes aromas, para que los percibiera y pudiera elegir.

—Está bien este aroma.

—Madam, es una excelente elección.

Procedió a encender un cerillo, después la varita de incienso, la agitó y la colocó en un porta incienso, después tomó unos crótalos tibetanos y los tocó, mirando hacia el este, colocó con su mano derecha un símbolo de luz y expresó:

—Om mani padme hum.

En el sentido de las manecillas del reloj giró al oeste, al sur y finalmente al norte, en cada punto cardinal, replicó el mismo rito.

—Layla. ¿Trajiste tu vibrador?

—Por supuesto.

—Lo puedes dejar en ese buró, por favor.

—Si...

—Ahora hazme un favor, te haré la siguiente propuesta, tú me dirás si estás de acuerdo. ¿Está bien?

—Está muy bien.

—Por favor, pasa al baño y desnúdate, al salir te pondrás una toalla para cubrir tu cuerpo, yo estaré sentado ahí en la orilla de la cama, con los ojos vendados, después tomaré ese aceite y te daré un masaje, antes me quitaré la ropa, conservaré mi ropa interior, cuando lo haga tú ya estarás acostada boca abajo y evitarás verme mientras me desvisto. ¿Estás de acuerdo, te sientes cómoda con ese plan?

—Si me gusta, estoy de acuerdo.

Se levantó y fue al baño, al llegar, cerró la puerta y se recargó en ella, pensó. ¿Estaré haciendo lo correcto? Sin meditarlo mucho, empezó a desabotonar su blusa y se la quitó, bajó la cremallera de su falda, lentamente la descendió por sus piernas, la dejó caer, pasó su pierna izquierda a un costado, después lo hizo con su pierna derecha, llevó sus manos a la espalda y desabrochó su brasier, se bajó su tanga y por último se descalzó, tomó una toalla y la colocó en su cuerpo, abrió la puerta del baño y se cercioró de que Aldo tuviera los ojos vendados.

Estaba sentado en la orilla de la cama y efectivamente tenía un cubre ojos negro, se percató de que había música, temas románticos en inglés, que eran sus preferidos, se acostó boca abajo, tal como se lo indicó, entonces dijo:

—Ya estoy acostada.

—Gracias.

Entonces Aldo se quitó los zapatos, se levantó para desabrochar su cinturón, se bajó el pantalón, lo colocó en una silla que había ubicado a su lado, en ese momento Layla, que estaba viendo, reparó en que había dejado su ropa tirada en el baño, dudó por un momento en ir a levantarla, la detuvo el ver que ahora Aldo se desabotonaba su camisa, tenía bóxer blanco, muy entallado que dejaban muy poco a la imaginación, entonces Aldo comentó:

—¿Estás cumpliendo tu acuerdo de estar boca abajo, sin ver?

La sorprendió y respondió viéndolo.

—Si.

Se volteó boca abajo y repitió.

—Si —rio.

Aldo también sonrío.

Caminó lentamente con la loción en la mano, al llegar a ella, vertió un poco en su mano y las frotó, primero bajó una mano para identificar en dónde estaba Layla, tocó su brazo derecho, con esa orientación, logró iniciar el masaje en la espalda, acarició toda la zona para esparcir el aceite, al terminar dirigió sus manos a la nuca y con los dedos medio y anular de cada mano, hizo pequeños círculos descendiendo por la columna hasta llegar al coxis, realizó este mismo masaje en tres ocasiones, después pasó sus manos por los hombros, los omóplatos, la parte media y en la región de los riñones, por último en la baja espalda, recorrió los brazos hasta las manos.

Aplicó más loción en sus manos, las frotó e inició su masaje en las piernas, a lo largo de los muslos, desde abajo de los glúteos, hasta la parte posterior de las rodillas, subía y bajaba las manos, por un momento se concentró en las comisuras de las rodillas, las acarició con las yemas de sus dedos, le generó un poco de cosquillas, así de la misma manera continuó deslizando sus dedos por las pantorrillas; tomó la loción, acercó su mano al glúteo derecho y directamente vertió aceite sobre su piel, con sus manos recorrió toda la superficie de sus nalgas y ella manifestó su agrado con sutiles gestos y gemidos.

Las yemas de sus dedos paseaban por su piel, en círculos recorrían la voluptuosa región, los gemidos eran consistentes y un poco más altos, suspendió las caricias por un momento, con un poco más de líquido, los dedos de su mano derecha ahora paseaban por su pliegue divisorio, es decir por el surco glúteo; Layla se asombró de que la tocara así; sin embargo, la sensación le resultó muy agradable, a través de sus sonidos siguió manifestando su aprobación, humectó muy bien esta área, nuevamente suspendió las caricias, Layla imaginó que aplicaría más loción.

La agradó mucho empezar a recibir sus besos, y la punta de la lengua con lo que empezó a recorrer sus glúteos, le daba pequeñas mordidas, lamía su piel, Layla experimentaba sensaciones que jamás había vivido, entonces sintió como él desplazó su lengua por el pliegue, la invadió una ola de placer, a pesar de todas las voces que en su cabeza le decían que lo detuviera, que le impidiera continuar, sólo pudo cerrar sus puños, soltó la tensión de sus piernas y nalgas, él prosiguió lamiendo la piel del surco, con la punta de la lengua acarició su ano, los gemidos se incrementaron, el placer se multiplicó, las voces desaparecieron y la lengua aceleró sus movimientos.

Entonces, él se quitó el cubre ojos, la tomó de las piernas y la giró para que quedara boca arriba, le besó la entrepierna izquierda, con besos y lamidas alcanzó su vagina, paseó su lengua desde abajo hasta tocar el clítoris, el cuerpo de Layla se ondulaba, jamás había recibido cunnilingus, puso sus manos en él, lo tomó de su cabello, lo aprisionó, abrió sus labios y por ellos paseaba su lengua, gemía, entonces él metió su mano derecha por debajo de los glúteos y con el dedo medio acarició su ano, mientras tanto, con el dedo medio de su mano izquierda, acarició el orificio de su vagina y con la lengua, con movimientos rápidos que intercalaba con un poco de presión, acarició su clítoris.

En unos instantes, ella aceleró su respiración, susurraba algunas palabras, repitió que «si» varias ocasiones, lo que dio origen a gemidos más intensos, con sus manos tomó con más fuerza el cabello de él, después un grito…

—¡yaaaaa! ¡que ricoooo!

Soltó el cabello de él, en su bajo vientre sintió pequeños espasmos, ligeras contracciones, estaba inmersa en múltiples sensaciones de placer, mantenía sus ojos cerrados, quería conservar cada detalle de esa dicha, de esa experiencia, deseaba hacer eterna esa emoción.

Aldo se levantó y se dirigió al buró cercano a Layla, tomó el vibrador, rodeó la cama y se acostó en el perfil derecho de Layla, quien seguía disfrutando su clímax, abrió los ojos lentamente y observó a Aldo, quien se inclinó hacia ella, empezó a darle pequeños besos por todo su talante, abría un poco sus labios y los cerraba acariciando su aún tibia piel, recorrió todo ese lado de su rostro, hasta que ambos labios se encontraron y se fundieron en un suave, dulce y tierno beso.

A cada instante ese beso se tornó más intenso, cobró más fuerza y más vida, la excitación crecía; Aldo colocó un poco de gel lubricante en los dos pequeños brazos del vibrador, el brazo pequeño era para estimular el clítoris y el segundo, para la zona g, Layla le había confesado que tenía mucho tiempo con «ese aparato» tal como lo llamó, que jamás lo había usado, entonces suspendió por un momento los besos, la penetró con ternura y delicadeza con el vibrador, continuó con el encuentro de los labios y se abandonaron en los besos.

Entonces encendió el vibrador en el nivel más bajo, con el movimiento más suave, para Layla fue como si se tratara del más intenso, como lo mostró al detener los besos y abrir completamente sus ojos, entonces Aldo le dijo:

—Disfruta...

Prosiguió con el romance entre los labios, ella empezó a acompañar los mismos con ligeros gemidos y movimientos de sus piernas, los besos se volvieron suaves, pequeños, cortos, ella estaba enfocada en las sensaciones de la parte media de su cuerpo, eso le permitía aumentar las expresiones guturales, Aldo aumentó un par de niveles la intensidad del vibrador, con ello logró recuperar aquellos besos profundos, largos, eternos...

Entre besos y gemidos, Layla abrazó fuertemente a Aldo, su brazo izquierdo lo llevó a la cabeza de él, como para evitar que dejara de besarla, ella con su lengua penetró la boca de él, aceleró los movimientos, la metía y la sacaba, cada vez más rápido, se sentía extraordinariamente caliente, la vibración estimulaba una zona completamente desconocida para ella, además del aparato, se empezó a escuchar un exceso de lubricación en su vagina, de repente suspendió el movimiento de su boca... hasta que alcanzó su orgasmo, que dio a conocer con largos gemidos, se vio obligada a retirar el vibrador de su cuerpo, pues la sensibilidad era tan grande que el movimiento la lastimaba, con pequeños besos en el rostro de ella, él la acompañaba, se percató del calor y el rubor en sus mejillas.

Con delicadeza giró a Layla, sobre su mismo eje para quedar acostada sobre su perfil izquierdo, Aldo se acomodó detrás de ella, pegó por completo su cuerpo, ella sintió la erección del pene en las nalgas, fue como sentir un balde de placer, Aldo empezó a pasear sus manos por el cuerpo de ella, con sutiles caricias, la mano izquierda se detuvo en el pezón derecho, aún erecto, llevó su mano al rostro, puso su dedo medio en sus labios que instintivamente, lo humedeció y entonces regresó al pecho para seguir excitando su pezón con movimientos circulares.

Aldo puso su mano derecha en el vientre de Layla, la empujó hacia él, al tiempo que también restregó su pene en sus nalgas, entonces ella se incorporó y se encimó en él y con su mano derecha buscó el pene de Aldo para dirigirlo a su vagina, cuando él le dijo:

—Espera…

Tomó del buró derecho un condón, lo abrió y se lo colocó, Layla se montó en él y en cuanto lo hizo, Aldo con mucha ternura la jaló para besarla, ella estaba urgida por ser penetrada, él metió su mano entre sus cuerpos, ella pensó que dirigiría el pene hacia su vagina; sin embargo, lo colocó con la punta hacia los ombligos, ella se sorprendió sin entender lo que pretendía, seguían besándose con mucha pasión, él la tomó de las nalgas y con el movimiento de sus manos le indicó la manera en la que debía moverse.

Con movimientos ligeros de su cuerpo, para arriba y para abajo, ella fue acercando lentamente su vagina al pene, cuando se dio cuenta de que en cualquier momento la penetraría, se excitó un poco más, fue entonces cuando el glande quedó exactamente en la puerta de la Cueva de Jade, en el orificio de la vagina, Aldo le habló.

—Hermosa, por favor mírame mientras me haces tuyo y yo te hago mía…

Aldo apretó de las nalgas a Layla, delicada y lentamente la empujó hacia él para iniciar la penetración, por un momento ella lo miró a los ojos, fue más fuerte la sensación que la obligó a cerrarlos para concentrar su atención total en esa experiencia, muy lentamente seguía penetrándola, aún faltaba un poco para estar hasta adentro, cuando reinició los besos, primero en la mejilla izquierda, ese estímulo sirvió para que ella volteara e iniciara un beso interminable.

En esta posición estilo peces, ella encima domina la intimidad, es una postura que la empoderaba, el movimiento de su pelvis determinaba el ritmo, Aldo colocó sus manos en los glúteos de Layla para dirigir la profundidad de las penetraciones, la empujaba poco y detenía sus manos para indicarle que sería poco profunda, así lo repitió dos veces más, en la siguiente la presionaría para penetrarla profundamente; ella lo sintió y emitió una ligera exclamación.

Aldo le expresó: —Ahora suave y pequeña.

Así como la tenía sujeta de sus nalgas, la empujó de ellas, ligeramente y cuando la quiso detener, la aprisionó con sus dedos, repitió esta rutina por algunos embates, tres penetraciones superficiales por una profunda, esta última la hacía muy despacio, para disfrutar la conquista del miembro en la vagina caliente y cada vez más húmeda.

Después ella puso sus manos en el pecho y se incorporó para asumir la posición de Pez Enlazado, cambió la ubicación de sus manos, ahora las colocó sobre el vientre de Aldo y cadenciosamente empezó a mover su cadera, frotaba su clítoris con el vientre de Aldo, quien acarició con su mano izquierda los pechos de Layla, que al hacerse para adelante daban un pequeño brinco, con el dedo medio de su mano derecha y girándola Aldo estimuló el clítoris, Layla que hasta entonces había permanecido en silencio, alteró su respiración.

Ella se recreaba en su placer, se abandonó al momento, poco a poco aceleró los movimientos de su cadera, cuando se meneaba para atrás, casi expulsaba todo el pene de Aldo y al moverse para adelante, lo que hacía despacio, gozaba como era penetrada, como entraban en ella, contraía su zona genital, así lo sentía aún más, la temperatura casi la derretía, estaba absolutamente conectada con su placer, con sus movimientos, con la sensación del pene que la invadía, que la llenaba.

Aldo se incorporó para abrazarla, besarla y lentamente voltearla, después depositarla sobre la cama para asumir la posición de Fénix volando, ahora Aldo tenía el poder, marcaba el ritmo, consistía en hacer cinco penetraciones superficiales por una profunda, aunque ella buscaba con el movimiento de su cadera que todas fueran profundas, se acercó al oído de Layla para que ella percibiera el ritmo de su respiración, las inhalaciones y exhalaciones eran más largas de lo normal, el ciclo de respiración marcaba la pauta y el ritmo para el movimiento de los cuerpos, cuando ella se dio cuenta de ello, empezó a mover su cadera y sólo su cadera suavemente, sacaba sus nalgas, luego metía el vientre, regresaba la cadera para absorber el pene completamente.

Estaban trenzados en un beso, Aldo metió su dedo medio entre sus bocas para humedecerlo, después lo llevó al ano de Layla, que de inmediato mostró el agrado que ese estímulo provocó, después de algunos minutos de hacer este movimiento, Aldo puso sus brazos en la cama para apoyarse y lograr incorporar ambos cuerpos, se giró para bajar sus piernas de la cama, para ahí continuar, la tomó de las nalgas para establecer el ritmo, antes de besarse una vez más, se miraron, observaron sus rostros bañados de pasión.

Asumieron la posición de Grullas entrelazando los cuellos, en esta postura las penetraciones son profundas; Layla movía su cadera para adelante y para atrás con un ritmo acompasado, la excitaba sentir las manos de Aldo en sus nalgas, como estimulaba su ano con caricias y penetrándolo ligeramente con su dedo.

Aldo empezó a sentir la cercanía de su orgasmo, por lo que le dijo que lo abrazara del cuello, él la tomó de las nalgas y se puso de pie, giró y lentamente bajo a Layla para dejarla sobre la cama, entonces él se salió de ella, e inmediatamente le dio amor oral, tomó las piernas de ella y las depositó en su espalda, con el dedo medio de su mano izquierda estimuló y penetró ligeramente el orificio de su vagina y con el dedo medio de su mano derecha hizo lo propio en el ano.

Layla empezó a gemir, agitarse, su respiración cambió, sus pezones se erectaron, estaba al borde de su orgasmo, expresó:

—Me voy a venir...

Con más fuerza

—Me voy a venir...

—Ahaaaaa... que ricooooo.

Aldo siguió lamiendo el clítoris muy suavemente.

—Por favor detente... estoy... sensible.

Aldo colocó el centro de su mano derecha en la vulva durante unos segundos. Después se recostó al lado de Layla y besó sus mejillas y el resto de su rostro. Aldo aún mantenía una ligera erección, estimuló su pene para recuperarla por completo.

Aldo se puso de pie, levantó las piernas de ella y las colocó sobre sus antebrazos, para jalarla hacia él, hasta el borde de la cama, él tomó un par de almohadas para elevar la cadera de Layla, él flexionó un poco sus piernas, se inclinó para darle un beso y ella susurró:

—Cógeme.

Suave y delicadamente empezó a meter su pene en ella, ahora en la posición de Montando tortugas; mientras lo hacía, miró fijamente los ojos de Layla, quien en esta ocasión le correspondió hasta que la penetró completamente, mientras ella se abría como una exquisita flor, cuyos pétalos abrazaban a su invitado de honor.

Layla estaba volcada a las sensaciones, al calor que percibía en todo su cuerpo, sentía como el transpiraba placer, entonces Aldo colocó los tobillos de ella en sus hombros para asumir la posición de Monos luchando, con un ritmo semi lento retomó los embates; por momentos Layla cerraba sus ojos, se mordía sus labios, Aldo se aproximó para besarla y al hacerlo las penetraciones fueron completamente profundas, lo cual agradó mucho a los dos.

Él la tomó de los muslos y los presionó contra su cuerpo, para lograr estar hasta dentro, ella estaba presente en la experiencia, puso sus manos en las nalgas de él y gemía.

—Aldo ya me tienes, soy tuya.

—Layla, en este momento, soy tuyo y tú eres mía, eres una mujer maravillosa, eres una diosa.

Después de varios minutos de estar limando cadenciosamente en esta posición, la excitación en ambos se tornaba más grande, Aldo salió de ella y dirigió las piernas hacia un lado, para continuar el giro y colocar a Layla de rodillas boca abajo, para asumir la posición de Tigres caminantes.

Ella quedó con su rostro pegado en el colchón, los brazos abiertos, él tomó su cadera para apoyarse, jaló a Layla mientras se la metía, lentamente, al estar dentro, ella gimió, con esta posición Aldo estimulaba la zona g, por medio de movimientos circulares con la punta de su pene, con su mano derecha recorrió la espalda de Layla hasta alcanzar su cabeza, aprisionó su cabello para darle un ligero tirón al momento de embestirla y al hacerlo ella gemía, después puso sus manos sobre los hombros de ella para tener mejor soporte y continuar embistiendo, apenas limaba, eran más los movimientos circulares, Aldo se inclinó sobre ella, llevó su mano sobre el vello púbico para encontrar el clítoris y estimularlo con movimientos circulares con su dedo medio, ella estaba cerca, Aldo aumentó la velocidad de su dedo y casi detuvo su limar, ella incrementó sus gemidos, hasta que gritó, expresó algunas palabras incomprensibles. Aldo también alcanzó su orgasmo, sin eyacular, llevó la energía a su cabeza, después la bajó al vientre y con cuidado salió de ella.

La abrazó con mucho cariño y le habló.

—Eres una diosa, fija estas sensaciones en tu mente para siempre, percibe cada poro de tu piel y graba en tu mente, en tu corazón, en tu vagina cada expresión de tu ser, sé consciente de tu potencial, de tu plenitud, del maravilloso ser en el que te has convertido; aquí realizamos el ritual más hermoso de la humanidad, un rito de amor incondicional que nos llevó al cielo y nos permitió tocar a Dios, gracias a tu entrega completa, a tu confianza, a tu belleza y sensualidad; acepta con el corazón abierto lo que eres, evita boicotearte, cuando sientas esa tentación, evoca este momento, este placer, tu potencial, tu capacidad para amar, para brindarte, para generarte pacer, para generarlo. Llévate desde hoy y para siempre todas las imágenes lindas que quieras coleccionar de este momento, la fragancia del placer, la humedad y el calor, el sabor de las caricias, la luz de los orgasmos arma una colección de experiencias y emánalas cada vez que sea necesario, sé inmensamente feliz, sólo de ti depende.

Capítulo 6
María de la Luz (Entrevista)

Una mañana Aldo recibió una llamada de su Maestro.

—Hola...

—Aldo, Hermano. ¿Cómo estás?

—Querido Maestro y Hermano, que placer es escucharte, estoy muy bien. ¿Tú?

—También estoy muy bien. ¿Cómo van tus terapias?

—Muy bien Maestro, soy un testigo privilegiado del empoderamiento femenino.

—Para eso te llamo Hermano, di una conferencia y después una entrevista en un programa de televisión y tratando este tema, hablamos un poco de los subrogados y fuera del aire me comprometí con la periodista a que te haría una invitación para asistir a su programa.

—Maestro, sabes que te respeto muchísimo, también sabes que estoy en contra de tratar este tema en los medios, su sistema los obliga a satanizar la sexualidad.

—Esta periodista está extraordinariamente comprometida con el empoderamiento femenino, con lo sagrado femenino, con el equilibrio, con la cooperación y con que somos complementarios.

—Y pensando así. ¿Ha logrado conservar su trabajo?

—Así es, sé que estás muy alejado de los medios, sin embargo, hay un número importante de estaciones y programas que tratan temas de sexualidad con apertura, sin tendencia, sin editorial y lo más importante con respeto.

—Tienes mucha razón, estoy muy alejado de los medios, de lo que ocurre en ellos.

—Bríndate una oportunidad, acude al programa, percibo un auténtico interés en promover las opciones que las mujeres tienen para auto descubrirse, para encontrarse y crecer.

—Hecho Hermano cuenta conmigo, sólo porque confío plenamente en ti, me puedes mandar un correo con los datos para ponerme en comunicación y concertar la entrevista.

—De hecho, ya debes tener los datos en tu bandeja de entrada, y el programa es el miércoles de la próxima semana, a las diez de la mañana.

—Tan predecible soy, que ya tengo los datos y hasta la cita para la entrevista.

—Sólo me vibró en mi corazón que aceptarías participar, esta mujer me sorprendió porque ha logrado una auténtica libertad de prensa a pesar de su empresa, trata los temas con una completa apertura, eso me llenó de fe, de esperanza de que nuestro México maravilloso y nuestro Mundo extraordinario pueden cambiar.

—Maestro, eres el ser más optimista y positivo que conozco, tu fe y tu confianza son grandes y fuertes.

—Con personas como tú, que dedican parte de su tiempo bendito a ayudar a las mujeres, por supuesto que se fortalece mi fe y confianza, como será contigo cuando conozcas a esta mujer.

—Hecho está, así sea.

—Te mando un cariñoso abrazo, te quiero Amigo.

—También te quiero Maestro. Todo lo mejor y sólo lo mejor para ti.

—Bendiciones... buen corazón, buen chi y buena intención. Que el Qi (Chi) fluya en ti.

Aldo revisó su correo, efectivamente esa mañana muy temprano había recibido el correo con toda la información para asistir a la entrevista, incluso había referencias de cómo llegar a la estación y dónde estacionarse. En ese momento, Aldo redactó un correo para la periodista María de la Luz, para responderle que asistiría a su programa, aunque sabía que era información que sobraba, de alguna manera su Maestro ya había confirmado su asistencia.

El miércoles por la mañana, llegó a la estación, lo esperaba una persona de relaciones públicas, se llamaba Carolina, quien después de saludarlo, lo dirigió al área de maquillaje, mientras transitaban por los pasillos, percibió a una gran cantidad de gente que pasaba de un lado a otro, con prisa, apenas y se saludaban.

—Aquí es.

—Carolina muchas gracias.

—Esperaré aquí afuera, cuando termine, iremos al estudio.

—De acuerdo.

Entró a una habitación que tenía como media docena de asientos, grandes espejos en el frente y muchas luces, sólo había una persona.

—¿Aldo?

—Así es... ¿Tú eres?

—Patricia y si me permite voy a maquillarle.

—Mejor dicho vas a transformarme.

Ambos sonrieron.

—¿Vienes al programa de María de la Luz?

—Así es.

—Su programa trata diversos temas de interés para las mujeres, de hecho desafía el status quo, las creencias más arraigadas de la sociedad, tiene invitados que hablan sobre cosas muy interesantes, a la vez que son muy polémicos. ¿De qué vas a hablar?

—Del empoderamiento femenino, de un camino para que se puedan empoderar a partir del autoconocimiento y redescubrimiento.

—Tendré la oportunidad de ver el programa, así que será un placer observarle.

—Gracias, por favor háblame de tu. Es bueno saber que por lo menos una persona verá el programa y tengo la fortuna de conocerla. Gracias Paty, espero que resulte interesante para ti lo que voy a decir.

—Estoy segura de que así será, Luz es una mujer muy inteligente y siempre sabe cómo sacar lo mejor de las personas, jamás es agresiva, crea el ambiente para que sus invitados se luzcan, eso ayuda mucho porque las cámaras imponen.

—Qué bueno que me cuentas todo esto, me ayuda a sentirme más tranquilo, más que ponerme nervioso por las cámaras, me inquieta la manera en que se conduce la entrevista y aunque jamás he participado en un programa, si he visto algunos.

—Tranquilo, estoy segura de que todo saldrá muy bien, confía en ti, también confía en Luz, así como su nombre, es un ser de Luz.

En ese momento llegó Carolina, quien apoyaba en el programa.

—Listo, Caro es todo tuyo.

—Muchas gracias, Paty, deseo que seas inmensamente plena y que el Universo te conceda todo lo bueno que te mereces.

—Gracias Aldo, ha sido un placer atenderte. Namasté.

Salieron de maquillaje y tomaron rumbo hacia el estudio donde ya los esperaban, Aldo notó que el comportamiento de Carolina era muy distante, lo cual era raro para alguien de relaciones públicas.

—Carolina. ¿Estás bien? ¿Hay algo que pueda hacer por ti?

Carolina volteó de inmediato, necesitaba consuelo, ser escuchada.

—Terminé con mi novio… más bien, él terminó conmigo.

—Caro, él jamás podría terminar contigo, disolvió la relación, tu vida está por empezar, estás en tu primavera.

—Lo amaba tanto, estoy segura de que era el amor de mi vida.

Empezó a llorar y Aldo la abrazó.

—¿Cuántos años tienes?

—Diecinueve.

—Eres muy afortunada, a tu corta edad, ya aprendiste lo que es el amor y encontraste al amor de tu vida, que maravilla; hay personas que en toda una vida jamás logran una de las dos que tú ya viviste.

Mientras le hablaba, ella se calmó.

—¿Sabes? todo es perfecto en el Universo.

—¿Perfecto?

—Si, carecemos de la capacidad para entender esa perfección, lo que estás viviendo tiene un propósito, hay algo que debes aprender, mientras lo comprendes, puedes agradecer la experiencia, por difícil que eso te resulte.

—¿Agradecer que me dejaron?

—Agradecer la vida y cosas bellas que crearon juntos, eso ya es parte de ti, ahora sabes que puedes crear experiencias similares o mejores tanto sola como acompañada; agradece el amor recibido, el amor ofrendado, que encontraste a una de tus almas gemelas, que probaste la miel de la vida.

—Si, es cierto, tengo mucho que agradecer.

—Tocaste el cielo y en tu calidad de mujer puedes volar, así que prepárate porque lo mejor, está por venir.

—Muchas gracias, me encantaría seguir hablando contigo, para mi mala suerte nos esperan.

—Gracias a ti por confiar.

Continuaron su camino, la corporalidad y emocionalidad de Carolina había cambiado, al llegar al estudio, ella le dio un cariñoso abrazo a Luz, después del cual, le presentó a Aldo.

—Aldo bienvenido, muchas gracias por estar aquí, sé que tienes razón para dudar; sin embargo, creo que podemos rebasar al sistema por la ruta del amor, sutil sin que se den cuenta, con caricias sin emitir quejas, con diálogos inteligentes sin caer en chismes, en conciencia para evitar el fantaseo.

Entonces Luz le dio un fuerte abrazo a Aldo, quien se sorprendió y junto con lo que acababa de escuchar, simplemente rompió todos sus temores y resistencias.

—Acompáñame. ¿Te puedo invitar algo de tomar, un café, agua, un té?

—Gracias, estoy bien.

—Me permite preguntarle algo María de la Luz.

—Aldo, definitivamente soy mayor que tú, sólo en edad, así que por favor, dime Luz y háblame de tu, por supuesto que puedes preguntar lo que gustes, tanto ahora como en el programa.

—Es la primera vez que me van a entrevistar, siempre creí que en este tipo de programa había una especie de guion, o una guía del desarrollo de la entrevista.

—Por lo general lo hay, mi estilo es otro, más que una entrevista, es una conversación entre amigos que tienen mucho tiempo sin verse y al encontrarse se cuentan qué hacen, sobre todo, me gusta hablar de las creencias y cómo llegaron a pensar así.

—Muy bien, me gusta.

Llegaron al set y Luz le indicó dónde sentarse, se aproximó una persona de audio para colocarle el micrófono a ambos, le pidió a Aldo que hablara para probar su micrófono.

—Uno, dos, tres, cuatro...

—Está bien, muchas gracias, Luz. ¿Puedes hablar para probar tu micrófono?.

—Hola buen día, reciban la más cordial bienvenida a su programa...

—Gracias Luz.

Todo el equipo de producción estaba listo para empezar, los camarógrafos, el jefe de piso, encendieron las luces del set y de inmediato sintieron el fuerte calor que de ellas emanaba;

Luz percibió la temperatura y le pidió a una persona que acercara un ventilador.

—Por favor, acércaselo a Aldo.

—Con gusto.

—Gracias Luz, al parecer estás acostumbrada, me sorprendió la cantidad de calor que emiten estas lámparas.

—Si, creo que ya me acostumbré, aunque de repente si me dan bochornos, por eso tenemos el ventilador a la mano y también para los invitados.

El jefe de piso expresó:

—Atención vamos a grabar en cinco... cuatro... tres...

Con las manos hizo el gesto de dos, uno y bajo su mano en señal de que la grabación iniciaba.

—Hola, bonito y maravilloso día, reciban bendiciones, luz de armonía y vientos de plenitud, que deseo los acompañen en todo momento y a todo lugar; soy su amiga Luz y les brindo la más cordial bienvenida a este espacio de reflexión, aprendizaje y transformación. Tal y cómo se los prometí, el de hoy es un programa muy especial, excitante, casi orgásmico, hay perdón, lo dije o lo pensé. —rio— Tenemos un invitado que les va a encantar, que conoce a la mujer, posiblemente tan bien como la mujer misma o aún mejor, porque a eso se dedica, ayuda a que las mujeres se descubran, se reconozcan. Aldo bienvenido, por favor antes de que nos platiques cómo se llama lo que haces, sé un poquito misterioso. ¿Cuéntanos qué haces?

—Hola Luz, hola a las personas que nos ven, feliz día, gracias por la invitación.

—Gracias a ti Aldo, amigas quiero decirles que este hombre jamás ha otorgado una entrevista y de hecho, tiene cierta resistencia a los medios, en particular a la televisión. ¿Cierto?

—Primero respondo esta segunda pregunta. Más que resistencia creo que la televisión forma parte del sistema en el que vivimos, la matrix y que en su papel de comunicar y entretener, lo hace con carencias, pues al sistema le conviene e interesa que se genere distracción, adormecimiento y manipulación, entonces simplemente lo que hago de ninguna manera podría hacerlo, si fuera un consumidor de la televisión. Déjame contar un cuento que me permitirá exponer por qué pienso de esta manera: Había una vez una bruja que encantó a una princesa, la puso a dormir y sólo por medio del beso de un príncipe, lograría salir del sueño profundo y ser feliz para siempre, con el amor de ese príncipe que al despertarla le daría reinos. Te comparto el reparto: Como «la bruja», tenemos a los poderes político y económico; como «el encantamiento», las telenovelas y toda la información superficial; como «el príncipe», el arquetipo de hombre metrosexual, multimillonario... por cierto, aunque carece de importancia, también es guapo; por último, en el papel de «felices para siempre» una sociedad de consumo; el protagónico, como «la princesa», una mujer dormida, pasiva, reactiva, negándose el derecho de salir y conquistar su felicidad. Cuando las mujeres que están dormidas despierten y se vuelvan plenas, renacerán como diosas y así de su mano lograrán tomar el papel de «felices para siempre» personas plenas, cooperativas, dispuestas a apoyar a las diosas en esta transición hacia un mundo diferente.

—Qué bueno que sólo se trata de un cuento —rieron— sería muy triste que algo así se estuviera viviendo, ahora también esto me conecta con la primera pregunta y tu misteriosa respuesta es:

—Trataré de ser misterioso —rieron— aunque ciertamente lo que hago si es misterioso; hace aproximadamente seis años me inicié en una disciplina, sexualidad sagrada taoísta, en la que me enseñaron cómo cuidar mi energía sexual masculina, llegué ahí porque tuve una pareja maravillosa, que me dejó porque fui incapaz de estar a la altura de su sexualidad. Durante mi proceso de estudio me percaté que nuestro sistema de creencias, en casi todos los ámbitos, responde a un constructo medieval—europeo, en donde la sexualidad es pecaminosa, prohibida, vergonzosa, llena de culpa y a la cual se le inculca muchísimo miedo, es decir responde a una visión sexofóbica y que si bien es de carácter general, las más afectadas han sido las mujeres, así que tanto a ellas como a nosotros los hombres, estas creencias han influido para bloquearnos y evitar una vida sexual plena. Así que y como dice una gran mujer que recién adopté como mi maestra, se me ocurrió rebasar al sistema por «la ruta del amor», por lo que trato de facilitar el autoconocimiento de la mujer, desde la intimidad, desde el acompañamiento, desde la sexualidad.

—Gracias por lo de «maestra» Aldo. Por otro lado eso suena terriblemente seductor, sigamos con el misterio. ¿Por qué ayudas a la mujer? te escuché decir que los hombres también son educados desde la sexofobia.

—Podría decir que a veces creo que los hombres somos más tercos y las mujeres más dispuestas, con mayor apertura para transformarse; sin embargo, la auténtica razón es que estoy convencido de que será a través de la mujer plena y multiorgásmica, que lograremos transformar este sistema, durante muchos años el hombre y su machismo han dirigido al mundo y estamos viviendo el resultado de su gestión, creo que ellas apoyadas por nosotros, en un ambiente de cooperación, en lugar de la competencia, podemos florecer en una sociedad con armonía, equilibrio y amor.

—¿Por qué este cambio debe ocurrir por medio de mujeres plenas? Con el hecho de que sean las mujeres las que lideren este movimiento debería ser suficiente.

—Es insuficiente, déjame empezar por compartir. ¿Qué significa plenitud para mí? Es la disposición consciente de una persona para invertir la totalidad de su energía en una tarea o en su vida, eso es plenitud, cuando uno se brinda sin escatimar, por completo con lo mejor de sí, se es pleno.

—Qué bonito, me recuerda el cuarto acuerdo de los Toltecas. Entonces una mujer plena es una diosa y es plena porque se entrega y dijiste que eso es lo primero. ¿Qué es lo segundo?

—Una mujer plena carece de la necesidad de asumir conductas adictivas como el chisme, la queja, el parloteo, el fantaseo y los prejuicios porque estas conductas detienen, paralizan, distraen, adormecen, inhiben el desarrollo de la inteligencia emocional, pues desde este bajo nivel de conciencia, las mujeres dormidas necesitan conectarse a las novelas para vivir, para generar emociones y con ello se educan, para creer que todo lo que se proyecta en esos programas son conductas válidas, como la mentira, la intriga, el engaño, la violencia. La mujer plena ayuda, es solidaria, inteligente, diría brillante, proactiva, dinámica, cooperativa y positiva. Entonces sólo una mujer plena puede dirigir a la sociedad a vivir en plenitud.

—Ya sabemos por qué ayudas a la mujer a conquistar su plenitud, porque crees que somos la opción para transformar nuestro sistema, ahora. ¿Cómo les facilitas el autoconocimiento a las mujeres?

—Con amor incondicional, les ayudo a cobrar conciencia de su belleza, de su poder multiorgásmico, del sabor de su cuerpo, su aroma, sus paradigmas, de las percepciones que tienen y quizás hasta de sus limitaciones o miedos y lo hago desde la experiencia misma de la sexualidad.

—¿Se puede tener intimidad con una persona que apenas conoces, además hacerlo con amor incondicional?

—El amor incondicional es la gran lección que debemos aprender los seres humanos, pues la mayoría conocemos sólo el amor condicionado, el más bajo nivel de amor, es decir, amamos a las personas sólo si son como nos gusta o como queremos que sean. El amor incondicional surge cuando comprendes y puedes sentir con todo tu ser, que toda la creación emana de una misma inteligencia infinita, de un «Gran Espíritu» dador de vida y por lo mismo todo ser merece ser amado. Luz, todos somos uno, eso dice la cuántica, así que tu bien es el mío y el mío es el tuyo, si puedo hacer algo para que mejore tu vida, mi vida mejora, estamos conectados, somos gotas de mar y el mar en una gota. En mi caso, cuando ignoro todo acerca de una persona, es más fácil poder amarla incondicionalmente, como un acto que emana de lo más profundo de mi ser, y que me permite ser pleno y entregarme para servir.

—Que rico, así quien se va a resistir a aprender, entonces. ¿Tienes intimidad con tus alumnas?

—Las mujeres son mis maestras, mi misión es ayudar a quitarles los velos de la visión sexofóbica, demostrándoles que todas las mujeres son multiorgásmicas, porque también en esta sociedad, nos hemos encargado de mentir al respecto, y promover que las mujeres multiorgásmicas son excepcionales, raras, una raza en proceso de extinción; cuando en realidad se trata de una condición natural femenina; sin embargo, si sólo les decimos puede ser que eviten creernos, en cambio sí en una sesión, en la intimidad, una mujer alcanza varios orgasmos en un mismo evento sexual, se disipa hasta la más poderosa y grande de las dudas, por esta misma idiosincrasia, hay una gran cantidad de creencias limitantes y por medio de la práctica de la sexualidad, ellas viven, experimentan y corroboran una parte de su infinito potencial sexual.

—Aldo, quitemos el misterio. ¿Cómo se denomina la actividad que practicas?

—Como lo expresé antes, hay un misterio en torno de esta actividad, debe practicarse con mucha discreción y responsabilidad, en mi caso, las personas llegan a mí a través de una dirección de correo electrónico y por medio de una recomendación y sólo así, además de que hay un contrato que regula el vínculo y establece el marco ético de la interacción y se nos conoce como subrogados y personalmente además me concibo como un Bravo Guerrero de lo Sagrado Femenino.

—Mencionaste que llevas seis años con esta práctica.

—Seis años como estudiante de la sexualidad sagrada taoísta o Chi Kung Sexual, como subrogado llevo cuatro años.

—¿Qué es la sexualidad sagrada taoísta?

—La sexualidad sagrada taoísta es: una senda para alcanzar la iluminación.

—Qué bello, entonces se requiere de un entrenamiento, capacitación o adiestramiento para ejercer como subrogado.

—Si, definitivamente es indispensable prepararse, capacitarse porque en la sesión pueden requerirse de varios recursos, en mi caso además de la sexualidad sagrada taoísta, estudié sexualidad, Programación Neurolingüística, Inteligencia Emocional y varias disciplinas del Desarrollo Humano.

—¿En qué lugar se dan las sesiones? Nos puedes contar alguna experiencia difícil, sólo con la intención de ilustrar el desafío de esta actividad.

—Las sesiones siempre son en un hotel, es un territorio neutral, es parte del código evitar domicilios, en este sentido, lo primero que debe hacerse es consagrar el espacio, limpiar la energía del lugar, ya que la energía sexual es muy fuerte; después empieza la sesión y entre la sensibilidad que he desarrollado, la experiencia y los conocimientos, doy inicio con la estrategia que considero puede ayudar de una manera más efectiva a la diosa con la que en ese momento estoy. En cuanto a contar una anécdota, prefiero compartir que si he tenido sesiones muy complicadas en donde las resistencias son muy grandes y fuertes, alguna vez una diosa entró en crisis y hablamos hasta que recuperó su centro, aun así son sesiones exitosas porque las diosas se van con información, conocimientos, experiencias que las enriquecen y les permiten conquistar su plenitud, hasta recordar que su divinidad es una cualidad, algo que ya tienen, sin la necesidad de desarrollar nada.

—¿Tienes manera de saber si una mujer logra su transformación para convertirse en diosa?

—Después de la sesión tengo que soltar y desapegarme del resultado, tener expectativas puede generar frustración y desilusiones, en ocasiones me entero de algunos casos por los correos que recibo de ellas, en donde me cuentan sus aprendizajes, hallazgos y logros, así como las prácticas que continúan haciendo solas.

—¿Te refieres a la masturbación?

—Ese es un término sexofóbico Luz, prefiero llamarle auto erotización y este es un vínculo indispensable para que la mujer logre su plenitud sexual. Imagina una mujer que desconoce su cuerpo, comienza a tener relaciones y quiere que el otro la satisfaga. Esto es tan absurdo como querer que el otro venga y te enseñe tu propia casa, cómo funciona, qué lugares tiene y qué estímulos abren determinadas puertas.

—Que interesante forma de verlo. Volviendo a lo de las expectativas, es cierto esperar algo de alguien puede generar frustración y a su vez, sentimientos que podrían confundirte, incluso llevarte a renunciar, que bueno que sueltes el resultado. Hace un momento dijiste algo que me cautivó. ¿Qué es lo Sagrado Femenino?

—Todas las mujeres son sagradas, en primer lugar porque su útero es la puerta dimensional entre dos mundos, el mundo de las almas y el mundo material está conectado con el universo, con el Cielo Azul, con el Infinito y de ahí jala un alma para darle vida a otro ser humano, eso es sagrado, toda la humanidad proviene de una mujer, hay un claro principio femenino. Son diosas también porque al eyacular mediante sus orgasmos, ese líquido que emana de ellas también proviene del cielo son «aguas sagradas», por si esto fuera poco, existen tres regalos maravillosos que los seres venimos a cosechar y después a cultivar: el despertar de la conciencia, el amor incondicional y el placer, es decir los orgasmos; la mujer por medio de su sexualidad consciente, puede durante el acto del amor, abrir su corazón y con ello lograr que la pareja se conecte con el ámbito espiritual, literalmente puede hacer volar a la pareja, así que lo más cercano a la espiritualidad es, sin duda alguna, la sexualidad consciente.

—Ese si es un punto de vista muy interesante y diferente, de alguna manera hay aspectos religiosos que nos alejan de la sexualidad, mientras que la espiritualidad nos acerca. Dame unos momentos, vamos a un corte y amigas espero que estén disfrutando de esta entrevista tanto como nosotros, ya saben si tienen preguntas conocen nuestros medios de contacto, ahora mismo se proyectan en pantalla, así que participen, como dice Aldo, despierten diosas... regresamos.

Fuera del aire, Luz habla con Aldo.

—Aldo. ¿Estás bien? ¿Se te ofrece algo?

—Sólo saber. ¿Cómo vamos?

—La respuesta a esa pregunta la tienes tú, vamos exactamente como tu sentir. ¿Cómo te sientes?

—Muy bien, tranquilo.

—Pues así vamos, ahora dime. ¿Hay algo que quieras que puntualice?

—Prefiero que fluyas, que me preguntes todo lo que sientes, que creas que es importante para las mujeres.

—Me parece perfecto.

El jefe de piso interrumpió.

—Atención, regresamos a grabar, silencio, cinco... cuatro... tres...

Con las manos hizo el gesto de dos, uno y bajo su mano.

—Queridas amigas, ya tengo aquí sus primeras preguntas, así que en un momento se las formulo a Aldo, nuestro invitado de lujo, gracias por estar aquí con nosotras y compartir tus experiencias de vida.

—Es un placer.

—Una amiga nos pregunta, pide que omitamos su nombre. ¿Es el hombre superior a la mujer en la sexualidad?

—Por el contrario, la mujer es infinitamente superior, ustedes tienen cuatro zonas erógenas primarias que son el clítoris, el cérvix, la zona g y la vagina, nosotros sólo una, el pene; sólo el clítoris tiene el doble de terminaciones nerviosas que el pene; si el hombre eyacula pierde su potencia de vida, ya que en una eyaculación, el semen pueden dar vida a quinientos millones de seres y después de ese orgasmo tiene que descansar para recuperarse, además lo ideal es que ya no eyacule ese día, pues lastima su próstata, la mujer por el contrario gana energía es multiorgásmica y después de un orgasmo , puede tener varios más; podría seguir sólo que corro el riesgo de deprimirme, ya mandé mi queja al cielo para que en ese capítulo haya un poco más de justicia. Definitivamente la mujer es superior al hombre en la sexualidad. —Aldo rio.

—Si lo que dices es cierto. ¿Por qué hay mujeres a las que les cuesta tanto alcanzar su plenitud sexual?

—Las causas son múltiples, tiene que ver con el sistema de creencias, con la forma en la que fuimos educados, lo que nos dijeron del sexo, también con el mapa de reflejos eróticos, es decir lo que vimos, cómo se comportaban nuestros padres frente a nosotros en cuanto a las caricias, los besos, expresiones eróticas, todo eso nos formó, así que en las familias en donde había carencia de caricias, de expresiones de amor, de misterio sexual, el mapa de reflejos eróticos de una persona puede ser extremadamente deficiente; debemos recordar que una parte fundamental del aprendizaje ocurre a través de la comunicación sin usar palabras, además otro factor que incide en el desempeño sexual, es la plenitud emocional y el nivel de estrés, ya que éste inhibe la producción de hormonas, así que en síntesis la plenitud sexual depende de la plenitud emocional, el bienestar corporal y un sistema de creencias positivo.

—Gracias, otra amiga nos pregunta. ¿Por qué el sexo nos conecta con la espiritualidad?

—El sexo es sagrado porque es el instrumento del Creador para expresar su obra, a través de éste otorga la vida. En esta visión sagrada se requiere conectar con el corazón; es decir, lo primero que ocurre en el acto sexual, al cual me gusta llamar acto amatorio o íntimo, es que se despierta la energía sexual, llamada Jing a nivel de los órganos sexuales, después se estimula la energía del amor incondicional, Chi a nivel del pecho, y por último la energía espiritual, Shen ubicada en la cabeza, subir la energía sexual al corazón y luego hasta la cabeza, es una de las experiencias orgásmicas más poderosas y placenteras, a través de la cual una pareja «vuela», ahora si me permites puedo compartir una analogía: al hombre se le puede representar como una serpiente, a la mujer se le puede representar como un águila y el acto de amor es la fusión en Quetzalcóatl, la serpiente emplumada que vuela.

—Más claro ni el agua. Julieta nos hace el favor de preguntarnos. ¿Por qué se necesita un contrato para contar con los servicios de un subrogado?

—Es un código que establece un compromiso entre los participantes, se requiere de mucha discreción, los datos personales son privados, jamás se deben compartir, hay una cláusula en la que debe evitarse el enamoramiento, aunque las emociones y sentimientos están en juego y pueden involucrarse, precisamente se debe, evitar porque la sesión tiene fines terapéuticos, de enseñanza y acompañamiento, por lo general sólo se tiene una sesión con cada persona, a menos que el caso requiera una atención diferente, pues el objetivo es ayudar a la mujer mediante una práctica, sin prisa, así que hago lo que esté a mi alcance para lograrlo.

—¿Por qué el contacto contigo tiene que ser por medio de un correo electrónico, si y sólo si es por medio de una recomendación? Esa pregunta la hace tu servidora. — Ambos sonrieron.

—Lo que hago atenta contra el sistema, contra la educación tradicional, contra un sistema de creencias medieval europeo, contra lo que nos enseñaron como moral y es posible que esto sea interpretado como prostitución. Lo que hago promueve la plenitud sexual femenina, la liberación e independencia psicológica, ideológica y sexual de la mujer, promueve la transformación de mujeres en diosas, promueve la felicidad y realización, así que producto de los contras, uno debe ser cuidadoso, sin caer en la paranoia y el miedo. Hace cuatro años que inicié, las primeras diosas llegaron a mí a través de un terapeuta sexual, con el tiempo esto cambió y ahora son las mujeres quienes, al identificar en su círculo de conocidas, a alguna otra mujer que consideren que requiere ayuda, entonces le proporcionan mi correo con una breve explicación de lo que hago, ellas me escriben, valido la recomendación y valoro en una reunión previa, si la puedo ayudar. Este modelo también tiene su misterio, su cuota de magia, porque cada diosa que vive la experiencia puede compartir esta posibilidad sólo con otra mujer, así que se dan a la tarea de hacer una profunda selección, es un ejercicio íntimo, privado y personal.

—Bueno amigas, lamentablemente tendremos que esperar que una de las diosas de Aldo, nos haga la recomendación para tener la oportunidad de vivir una experiencia de plenitud sexual, así que pregúntale a todas tus amigas, si son diosas y cuentan con el poder de la recomendación, de ser así pásenle mi correo, hay perdón, me equivoqué, fue mi inconsciente, le pasas tu correo y de esa manera se ponen en comunicación con Aldo. Ahora cuéntanos. ¿Qué necesita una mujer para que aceptes estar con ella?

—Esa es una buena pregunta, el hombre puede tener intimidad con la mujer que lo excite y eso es relativamente fácil, la mujer sólo tendrá intimidad con un hombre si hay química, en este sentido, mi querido maestro dice que la química es inconsciente, instintiva, de nuestra parte animal, que se da de manera natural; sin embargo, tengo otra idea al respecto, creo que la química también se puede provocar, permíteme contarte una anécdota de mi secundaria, cuando estudiaba el segundo año en la secundaria pública 139, me hice amigo de compañeros del tercer año y me invitaban a jugar semana inglesa y sobre todo botella, la punta de la botella, señalaba a la persona que «castigaría» y la cola, a la persona «castigada» y el castigo era siempre un beso, quien castigaba elegía la modalidad del beso, así que una vez me tocó recibir el castigo de una diosa, definitivamente lo era, para mi percepción de ese entonces, era una mujer bajita y normal, cuando me castigó — sonrieron— me cautivó, el beso fue maravilloso, me olvidé del lugar, del momento, del mundo, recuerdo que alguien tuvo que jalarme del hombro para terminar el beso. Al día siguiente, tuve que ir a la planta baja del edificio en donde estaban todos los salones de tercero, la fui a buscar, cuando la vi, me quedé paralizado, me hicieron burla mis compañeros, me llené de vergüenza, muchas ideas surgieron en mi cabeza, tantas que quedé inmóvil, ella se me acercó, me tomó de la mano y caminamos hacia el otro lado del pasillo, hacia la entrada, recuerdo que sólo miraba al frente, estaba incapacitado para voltear a verla, sólo de reojo observé que me llevaba de la mano, al llegar a la entrada del pasillo me llevó a la parte posterior del edificio, hacia otra pequeña construcción en donde estaban los laboratorios de biología, ese lugar tenía fama porque era muy discreto, casi secreto y todas las parejas iban a ese sitio a vivir experiencias maravillosas de erotismo, cuando llegamos, me tomó de la cara y me plantó otro beso, pensé que sería imposible que superara al de la noche anterior, me equivoqué, me había convertido en un idiota, en un zombi, por un momento me pasó la idea de abrazarla, mis brazos estaban inertes, cuando a esta diosa se le dio la gana terminó el beso y me dijo: «Aldo, lo siento tengo novio, es imposible que tú y yo seamos novios, es sólo que jamás me habían besado así, yo como casi todas, te hemos observado a fuerza cuando haces tu mímica, sólo que la neta me gusta más Héctor, lo siento, cuando tenga ganas de estar contigo, voy a pasar enfrente de ti, te voy a mirar por unos segundos y nos veremos aquí, sólo eso puedo. ¿Está bien?» Antes de que contestara, me volvió a besar y con la confianza que te brinda el saber que le gustas a alguien tomé fuerzas para abrazarla. Ahí me di cuenta de que la química también se puede crear en un beso o una caricia, o se puede confirmar; sin embargo, gracias a ese beso en el juego de la botella, esa diosa despertó una química que jamás había sentido, por eso afirmo que a veces la química puede generarse; mi maestro dice que ya estaba la química y que sólo se auto confirmó con el beso.

—Qué historia tan hermosa. ¿Ella te enseñó a besar?

—Fue otra diosa, también de tercero, precisamente la primera vez que me invitaron a jugar botella lo rechacé y me quedé como espectador, al día siguiente la diosa que después sería mi maestra, se acercó a mí y me preguntó: por qué había rechazado la invitación si de todos modos me quedé a ver el juego y me preguntó si sabía besar, con la cabeza le hice un gesto negativo y ella dijo: «Es muy fácil, recuerda cómo es comer una manzana, ahora recuerda como es tomar un helado, el beso es como hacer las dos cosas al mismo tiempo, ves que fácil es, hoy en la noche nos vemos en la entrada del kínder para tu primera lección». Se fue y al salir de la escuela, porque iba en el turno de la tarde, fui a la entrada del kínder a pocos metros de donde mis amigos jugaban a la botella y recibí mi primera clase de cómo besar; me sentí muy afortunado pues ella era muy atractiva y guapa, esa noche cambió mi vida, porque tuve el resto de ese ciclo escolar y el siguiente para practicar y aprender; ahora los jóvenes hacen otras cosas, lamentablemente porque esos juegos son muy útiles, tanto en la secundaria como en la preparatoria, algunas mujeres se privaron de la experiencia del beso por miedo, porque desconocían cómo besar y optaban por rechazar esas oportunidades.

—Entonces así empezó tu relación con el erotismo y las mujeres, también creo que ahí nació la creencia de que la química se puede generar, percibo que disfrutaste muchísimo recordar a ese par de diosas, estoy de acuerdo contigo, que lo eran, recuerdo mi secundaria y jamás hice lo que ellas se atrevieron, que envidia.

—Así empezó ese vínculo con las mujeres y el erotismo, ellas fueron el primer pilar de lo que soy y les estoy profundamente agradecido.

—Aldo, amigas vamos a un corte y regresamos, las invito a mandar sus preguntas y comentarios, tenemos muchos mensajes, este tema ha sido muy cautivador; les comparto el decreto del día: Yo soy plenitud y materializo todas las cosas bellas que deseo. Les mando un beso y en un momento continuamos.

Fuera del aire Luz se dirigió a Aldo.

—Te percibo bien, muy fluido y hemos tocado temas fuertes, vamos por el último bloque, por favor bríndate y comparte aquello que creas que nos puede ayudar a crecer.

—Con gusto, me ha encantado esta experiencia, eres extraordinaria, me encanta tu legítimo interés por las mujeres y su desarrollo, muchas felicidades, eres una diosa.

—Muchas gracias, Aldo, es un cumplido que acepto con amor.

Después de unos instantes, en lo que personal de maquillaje entró a retocar a Luz y Aldo, el jefe de piso interrumpió.

—Atención, regresamos a grabar, silencio, cinco… cuatro… tres…

Con las manos hizo el gesto de dos, uno y bajo su mano.

—Regresamos amigas, gracias por su compañía, voy a retomar algo de esta historia para regresar al aquí y al ahora, la primera diosa fue infiel, pues te dijo que tenía novio. ¿Qué piensas de la fidelidad?

—Wow, esa es una pregunta de vida y sólo te la puedo responder desde mi visión, creo en la fidelidad, sólo que primero debemos sernos fieles a nosotros y eso tal vez, y sólo tal vez, nos imposibilita para serle fiel a otra persona; si tomo de la vida lo que necesito, entonces me soy fiel, más ese acto de fidelidad personal puede traducirse como un acto de infidelidad a otra persona; ahora si hay alguien en mi vida, creo que la comunicación es la base de una relación exclusiva, en donde cada quien expresa asertivamente lo que siente, necesita y desea, de esa manera puede tenerse una lealtad, más que fidelidad, hacia otra persona.

—Aldo. ¿Existe alguna ruta crítica que pueda ayudarnos a florecer?

—Te comparto algo que aprendí hace mucho tiempo, es un bucle, así que puedes empezar por cualquiera de los cuatro puntos que mencionaré, auto—observarnos, con ello auto—conocernos, despertar nuestra conciencia y auto—transformarnos. Debemos revisar nuestro sistema de creencias, ahí radican los primeros obstáculos que impiden el desarrollo personal, después por medio del Yo observante o auto observación percibo mis conductas, mis emociones, mi corporalidad, con la observación damos origen a la conciencia y después a la transformación. También podemos revisar si los resultados de vida que tenemos son los que queremos o que habíamos deseado, en caso contrario es indispensable cambiar lo que hacemos.

—Una amiga, que nos pide reservar su nombre te pregunta: ¿Es importante la retroalimentación entre las parejas?

—Es de vital importancia, en el acto amatorio debe decirse todo, ser completa y absolutamente asertivos, expresar lo que se siente, en ocasiones hay mujeres que al llegar a su orgasmo, se quedan calladas y si uno omite observar los cambios y efectos en el cuerpo, podría pasar desapercibido dicho clímax.

—Discúlpame Aldo, eso me llama mucho la atención, a pesar de la energía que se genera en un orgasmo, hay quien puede callarlo y evitar la manifestación explosiva de su orgasmo.

—Si, hay personas para las que todo está contenido, el hecho de alcanzar un orgasmo es un acto maravilloso y gigantesco, también es importante expresarlo, como bien dices, ofrecer esa manifestación explosiva, sólo que es un proceso, en este sentido hay mujeres que han encontrado en el fingir una salida para terminar un acto que para nada les genera placer, eso debe evitarse, pues se convierte en la arena que sepulta posibilidades, si se carece de sensaciones placenteras hablen con su pareja, busquen ayuda profesional, hagan algo para remediar y conectarse con su placer. Por otra parte, las invito a dejar de buscar una retroalimentación de la pareja, cuando le preguntan: ¿Me amas? En ese momento se ponen vulnerables y dependientes del estado de ánimo de su pareja, si está de mal humor puede a través de su respuesta confundir lo que siente con lo que sabe y afectar, el amor que te profeses y te brindes a ti misma, tu amor propio darte soporte para evitar hacer esa pregunta; reconozco que para la mujer, psicológicamente hablando, el oído es como el clítoris y necesitan recibir estímulos a través de escuchar palabras bellas, entonces cuéntale a tu pareja dicha necesidad y espera que haga su parte y evita esa pregunta que busca validar algo que ya sabes, porque cuando una mujer deja de sentirse amada, jamás le pregunta a su pareja si la ama, también ya lo sabe.

—Es cierto, al preguntarle eso a nuestra pareja, le damos el control de nuestra vida para que él pueda hacer todo lo que quiera, y si tenemos por pareja a alguien con poca responsabilidad, puede apretar en nuestro control emocional botones que nos dañen. Gracias Aldo, otra pregunta de nuestra amiga Jimena, «¿Cuántos orgasmos puede tener una mujer y un hombre en un solo acto y cuántas veces se recomienda tener relaciones con tu pareja en una semana? » Gracias Jimena.

—Para la mujer es ilimitado, depende de su apetito sexual, en la sexualidad sagrada taoísta, se dice que cuando la mujer alcanza su noveno orgasmo, experimentará algo que se define como la muerte chiquita, podría perder el conocimiento al alcanzar el éxtasis, esa condición de placer supremo, que puede hacer volar a la mujer, implica que ambos tengan conocimientos en sexualidad sagrada taoísta y ser practicantes; en un acto amatorio, una mujer podría por lo menos tener de cuatro a seis orgasmos...

—¿En una sola sesión?

—Si, en una sola sesión, en el Chi Kung Sexual nos enseñan que los primeros dos orgasmos femeninos deben provocarse sin penetración, a partir del tercero, ya se puede penetrar y aún así el hombre debe enfocarse en la estimulación de las zonas erógenas femeninas, para que ella pueda tener múltiples orgasmos y él, orgasmos inyaculatorios, así «la fiesta continúa», ya que al eyacular el hombre pierde su energía. Hay una técnica para que después del segundo orgasmo femenino, se pueda estimular la zona g, que es una región ubicada en la parte anterior de la vagina, después de un orgasmo tiene una pequeña inflamación y es el momento oportuno para estimularlo, de esta manera, permíteme.

Aldo se puso de pie, tomó la mano izquierda de Luz, le dijo que cerrara sus dedos, simularían que la abertura entre el dedo índice y pulgar serían los labios de la vagina, con cariño y cuidado introdujo sus dedos medio y anular, lo hace de lado para evitar lastimar y ya dentro los voltea hacia arriba, es decir sus dedos tocarían la palma de su mano, y empieza a mover los dedos ejerciendo presión sobre la palma; se podrán alternar tres tipos de estímulos: con la punta de los dedos, subiendo y bajando ligeramente, después con más presión y por último, como si se jalara con todo el brazo para dejar descansar la mano y continúo señalando.

—La zona g se distingue porque esa parte de la piel se siente un poco corrugada del resto, que se siente lisa, ahí hay que estimular y para alcanzar el orgasmo eyaculatorio, a veces hay que acariciar mucho tiempo, lo más importante es que la diosa se abandone al placer, que se olvide de si es cansado, si es tardado, todo ese tiempo ella va a estar disfrutando, pues habrá un estímulo directo a una de las zonas erógenas primarias; sin embargo, puede caer en la tentación de enfocarse en otras cosas diferentes a su placer y eso está prohibido.

—Me han dicho que pueden ser hasta cuarenta y cinco minutos, es mucho tiempo.

En ese momento Aldo dejó de acariciar la mano de Luz.

—Gracias Aldo, casi alcanzo mi orgasmo eyaculatorio —sonrieron— El simple hecho de saber que esta es la técnica para estimular la zona g, ya es excitante.

—Lo que haga falta, vale la pena, Luz en cuanto a lo que tarda, tú sabes que el tiempo es relativo, debemos quitar de nuestra cabeza el pensamiento de que es tardado, ya que puede convertirse en un obstáculo para evitar alcanzar el orgasmo.

—Mientras tanto el hombre... ¿Cómo se divierte, qué le genera placer?

—Es una pregunta que deberá responder cada hombre, en mi caso, el placer de ella me produce placer, el estímulo de zona g es un acto de amor incondicional, de servicio, la recompensa llega con la eyaculación, el placer es inmenso, ver a una diosa disfrutar tanto es maravilloso, tener la oportunidad ser testigo de cómo emana agua sagrada que baja del Cielo es un milagro, es muy conmovedor, puede llevar al hombre al borde de las lágrimas y la mujer a experimentar uno de los regalos que el Creador concedió a las mujeres. Ahora, también es importante decir que a veces llega el orgasmo sin eyacular, puede ser que para ello, tenga que estimularse varias veces, tal vez desde el tercero ocurra, en caso contrario hay que insistir, esto puede ser por algún bloqueo mental que lo inhiba, porque al estimular la zona g se presiona la vejiga, y la mujer puede sentir que es orina lo que va a salir, y bloquear su expulsión; sin embargo, se trata de un líquido sagrado.

—Nuestra amiga Mónica nos dice que eres muy atractivo y que por favor, le compartas por lo menos, uno de tus grandes secretos.

—Muchas gracias Mónica eres muy generosa —sonrieron—, te voy a compartir uno de mis más grandes secretos, las mujeres que me conocen llegan a mí, porque otra mujer les dijo que un gran amante les hizo el amor, les enseñó y les ayudó a disfrutar, a tener múltiples orgasmos, etcétera; entonces cuando una mujer me conoce, se olvida por completo de lo que ve, mi rostro y mi cuerpo pierden significado para ellas, lo que les resulta terriblemente afrodisiaco, es que soy un gran amante que puede llevarlas al éxtasis; ese es mi secreto, le comparto a mis amigos varones, que si cultivan su conocimiento en disciplinas como la sexualidad sagrada taoísta, o alguna otra técnica sexual sagrada, se pueden volver extraordinariamente atractivos para las diosas, y lo mejor, cuidarían su energía sexual y tendrían la capacidad de complacer a sus parejas, de generarles múltiples orgasmos y con ello, ambos alcanzar su plenitud.

—Mónica espero que hayas quedado tan complacida como nosotras, por enterarnos de ese secreto, del afrodisiaco que hace que Aldo logre seducir a las mujeres. Puedo reconocer que cuando tu maestro me recomendó que te entrevistara y me contó lo que hacías, por supuesto que fue excitante y hoy en la mañana que te conocí antes de empezar el programa, definitivamente me sedujo el hecho de saber que en las manos, la piel, los labios y el pene de este hombre, hay un enorme potencial para experimentar el encuentro sexual de mi vida, y eso es sumamente excitante.

—Gracias Luz, aun cuando es recomendable evitar tener expectativas, acepto que cuando conozco a una mujer, que llega para que nos ayudemos, su expectativa sobre mí me permite ponerme en una posición de confianza y seguridad, porque me perciben casi como un ser súper dotado y soy una persona muy normal —Nuevamente ambos rieron.

—Gracias por compartir Aldo, con esto que dices, pones al alcance de todo aquel que se lo proponga, una capacidad para generar mucho placer a su pareja y ambos ser plenos. Lamentablemente hemos llegado a la parte final de nuestra emisión, te agradezco infinitamente que hayas roto tu paradigma acerca de la televisión, y que te permitieras estar con nosotros para disfrutar de esta experiencia.

—Al contrario Luz, te agradezco que me hayas ayudado a transformarme, a creer que hay programas y personas interesados en el desarrollo del ser, y el despertar de la conciencia, fue un placer.

—Por último, cierro mi programa pidiéndole a mi invitado, que en pocas palabras nos responda lo siguiente: Si pudieras darles a las mujeres un regalo de vida, del Universo o del Creador. ¿Qué les regalarías a nuestra amiga?

—Fe.

Capítulo 7
Maru

Maru se sentó y de inmediato le dijo a Aldo que ella creía que era demasiado grande para «estas cosas». Entonces él se inclinó hacia ella y alcanzó sus manos para tomarlas y le dijo:

—Mientras haya vida, mientras estemos vivos podemos hacer todo lo que nuestro libre albedrío nos permita. Emitió una sonrisa pícara...

Ella ya era una mujer mayor, viuda desde hacía muchos años, además le había contado previamente, que la sexualidad con su esposo, había sido muy mala, muy poco satisfactoria, de hecho tenía casi la certeza de que jamás experimentó, lo que en sus tiempos se consideraba innovador y atrevido; cuando se reunía con sus amigas de generación y llegaba el momento que todas querían, que por supuesto era hablar de sexo, algunas contaban anécdotas inverosímiles, para la mayoría de ellas, más que generar pudor o rechazo, estimulaba una mezcla entre añoranza y nostalgia por lo que pudo ser y jamás llegó, de hecho una de ellas, de las más atrevidas y arriesgadas fue la que recomendó a Maru con Aldo, sin que su amiga le contara lo que había hecho con él, sólo le dijo que tenía intimidad con las mujeres para enseñarlas, ayudarlas y en algunos casos para curarlas, le suplicó que lo recibiera en su casa, un día que Carmelita descansara de su trabajo, de hacerle la limpieza de su casa.

—Aldo tiene más de veinticinco años que...

Con vergüenza bajó la cabeza y dejó de hablar. Para su edad era una mujer muy guapa, la silueta de sus piernas, cintura y pechos mostraban la evidencia de su buen cuerpo y aún era muy atractiva. Mujeres así debieron tener muchos admiradores, aún ahora.

—Maru, eres una mujer muy atractiva con muy bonito cuerpo, seguramente tienes o tuviste muchos hombres tras de ti. ¿Cierto?

—Si, es cierto, además de una que otra mujer. (Sonrío apenada) Ignoro por qué dije eso.

—Es una conclusión a la que ya había llegado, tu atractivo seguramente cautivó a hombres y mujeres, me contaste que antes de tu esposo tuviste dos o tres parejas y después de él. ¿Qué pasó?

—Eran otros tiempos, al quedarme sola y con una hija, tuve que trabajar y los hombres me significaban distracción, casi diría pérdida de tiempo, dos o tres oportunidades que tuve, las dejé precisamente porque consideré que eran hombres muy atrevidos, muy adelantados para nuestra época o generación, ahora pienso que dejé escapar posibilidades de sumar maravillosos y eróticos recuerdos.

—Pareces arrepentida, tal vez la vida quiere hacer una tregua contigo, y darte una oportunidad para que escribas una historia de plenitud y magia.

—Si estoy arrepentida por lo que se me escapó en el pasado, dudo tener la energía para escribir en este momento una versión 2.0 de lo que pudo ser, lamento decepcionarte.

—Maru, olvídate de mí, enfoca en tu persona, sin que me respondas, piensa si cuando me vaya o mañana o en algún momento en el futuro, crees que te puede alcanzar el arrepentimiento por lo que dejes de vivir el día de hoy, si crees que eso puede ocurrir y estás de acuerdo, simplemente cierra los ojos.

Ella los cerró...

La cargó para llevarla a su recámara, al estar ahí la depositó en su cama, tomó su mano derecha y la colocó sobre su hombro izquierdo, sólo para darle seguridad e indicarle que estaba a su lado, mientras él se quitó los zapatos, pantalones, calcetines, después tomó su mano y sosteniéndola se quitó la camisa, después la tomó del cuello y la recostó, ella empezó a temblar y él la abrazó, pasó las manos femeninas por su cuello y al sentir su piel, sin proponérselo, acarició la espalda de él, sentir su varonil cuerpo le provocó sensaciones, unas que había olvidado y otras que nunca vivió, con el calor y cercanía del cuerpo el temblor se transformó en disfrute, entonces sintió pequeños besos en su mejilla, así como caricias en sus brazos y cuerpo; disfrutaba más de lo que su imaginación le hubiera permitido, el reencuentro con los labios que transitaban por todo su rostro, también la sorprendió, cuando la temperatura de su piel se incrementó, así como los latidos de su corazón, ahora eran sus piernas las que recibían las caricias, si bien se las daba por encima de la ropa, le provocaban un jovial despertar de su excitación.

Por la ventana se filtraba un haz de luz, tocaba la parte baja de la cama y se desplazaba lentamente hacia el fondo de la recámara, mientras tanto, Aldo seguía acariciando su rostro con besos y con sus labios que abría para arrastrar el inferior, primero por la mejilla derecha, después por la barbilla y al rozar ligeramente el labio inferior de ella, movía su rostro con el deseo de atrapar sus labios y secuestrar un beso, había dejado de preocuparle la idea, que minutos antes tuvo, de creer que había olvidado cómo besar, ahora sólo giraba levemente su rostro en la dirección en la que la boca entreabierta de él, paseaba tierna y dulcemente por el ruborizado rostro de Maru.

Sin perder contacto y sin detenerse, le quitó el zapato derecho y automáticamente ella se quitó el izquierdo con el apoyo de su pie derecho, llevó apresuradamente sus manos a su blusa para desabotonarla, Aldo tomó sus manos para evitar que lo lograra, sus besos ahora se deslizaban por el cuello y el haz de luz llegaba a la mitad de la cama, Aldo volvió a colocar las manos de Maru sobre su cuello, para que siguiera abrazándolo y con cierto nerviosismo se quedaron ahí, amenazantes por moverse en la primera oportunidad, para atrapar recuerdos y experiencias; mientras tanto la boca de Aldo debajo del cuello, estaba a escasos centímetros del primer botón que abrió con mucha destreza, entonces los besos invadieron la piel antes oculta y conforme se abría más la blusa, se conquistaba cada botón, unas veces, el labio inferior recorría la piel del torso y con sus manos, Maru aprisionaba suavemente el cabello de Aldo, como si hubieran creado un código, cuando lo hacía con un poco más de fuerza, más sentía, por lo que repetía un par de veces la caricia.

Maru estaba inmersa en sensaciones y estímulos nuevos o viejos, le resultaba imposible distinguirlos, se abandonó al placer, a la aventura, al momento, toda su vida estaba concentrada en el aquí y el ahora, el los besos y caricias, en la piel y el calor, en el placer y la entrega, si hubiera tenido que apostar, lo apostaría todo por la fuerza del deseo, del anhelo, del destino que le deparaba, cuando las caricias que con los labios estaba recibiendo, seguían una ruta determinada y constante al sur de su cuerpo, ni siquiera los pechos y pezones erectos, como hace algunos ayeres habían logrado distraer su rumbo; este momento se había convertido en el gran momento que cambiaría su biografía, finalmente la vida, que es una colección de momentos y ella, por mucho tiempo dejó de juntarlos, en ese instante cambiaría su vida entera.

El haz de luz estaba por perderse en el fondo de la pared, con ternura y delicadeza, Aldo abrió el pantalón de Maru, le resultó imposible volver a temblar, con sus manos, en un reflejo inconsciente apresó el cabello de él, sin lastimarlo, más si impulsarlo para seguir y por primera vez, se escuchaban ligeros gemidos, entonces Aldo se movió hacia la parte baja de la cama para poder jalar el pantalón y desde ahí empezar a recorrer con besos, caricias y con sus labios las piernas de Maru, desde la parte superior de sus tobillos, primero empezó con su pierna derecha, al llegar casi a la rodilla cambió de pierna, aunque con su mano siguió acariciando la primera, al llegar a la rodilla, la giró ligeramente y agregó al repertorio de caricias una nueva, pues lamió el pliegue de la pierna, la región posterior de la rodilla y los gemidos crecieron por un momento, entonces Aldo levantó con cuidado y cariño la pierna de Maru para lamer la parte trasera del muslo, cuando Maru pensó que estaba en el clímax de los estímulos, percibió sensaciones aún más intensas, mucho más placenteras, lo mismo sintió en su otra pierna, la lengua de Aldo recorría el muslo izquierdo cuando se encontró con la pantaleta, con la ropa interior que custodiaba la flor del cuerpo, de la piel de esa mujer, que profundamente estremecida, sintió como le quitaban la prenda que la separaba de las caricias que se habían grabado por todo su ser, su respiración se entrecortaba, le sorprendió darse cuenta de que se encontraba desnuda de la parte inferior de su cuerpo y entre los sentimientos encontrados que emanaban, le gustó estar desnuda, más cuando Aldo le repetía constantemente, que era hermosa, que sus piernas eran cautivadoras.

Aldo se recostó en medio de las piernas de Maru, flexionó ambas, ella colocó su pierna derecha sobre la espalda de Aldo, quien se acercó al maravilloso fruto, al pétalo del ser, de la esencia femenina de Maru, la punta de la lengua recorrió el costado derecho de la piel entre la vulva y el pliegue de la pierna izquierda; con esa caricia Maru sintió como se lubricó aún más su vagina y al sentir la lengua de Aldo tan cerca contuvo la respiración, le resultó imposible emitir sonido alguno, una vez más recibió la misma caricia, lentamente la punta de la lengua recorría de sur a norte, apenas rozaba la piel, después lo hizo en el otro lado, Maru creyó haber recibido tres veces este estímulo, por lo que tenía la certeza de que muy pronto viviría algo maravilloso y mágico, la emoción le impedía dejar de generarse múltiples expectativas.

La lengua con toda su amplitud y con un poco de presión recorrió desde el nacimiento de la vulva en la parte baja, hasta la parte superior, el reino y territorio del clítoris y Maru sintió que se desmayaba, en todos sus escenarios jamás imaginó todo lo que sintió, una sensación que por un lado parecía que le quitaba la vida y por el otro lado la llenaba de placer, ahora con la punta de la lengua, abría los labios de la vagina y penetraba la lengua hasta la boca de la Cueva de Jade, lentamente movía la lengua para arriba y para abajo, Maru tenía fuertemente sujetada la colcha, esperaba tener la fuerza suficiente para detener a Aldo o la fuerza suficiente para mantener el rostro de Aldo entre sus piernas.

La lengua de Aldo, cual punta de quilla en un navío, surcaba la piel más delicada y suave de Maru, desde el norte hasta el sur, navegaba más que su vulva, más que su cuerpo, todo su ser; su travesía dejaba una estela de placer; en lo más profundo de ella, en el interior del manto de su vida, aumentaba su temperatura cual magma, era el génesis de una erupción volcánica, la delgada y torneada figura femenina libre y liberada siente como le recorre un hormigueo desde la planta de sus pies y que asciende lentamente.

Aldo imprimió un mayor ritmo al movimiento de su lengua, como si las cerdas de su brocha tomaran pintura de la paleta, sus vertiginosos trazos eran las últimas pinceladas de una obra maestra; Maru sentía como un relámpago fluía por su columna vertebral, su sangre hervía y subía como en un vaso a punto de desbordarse, su respiración se entrecortaba, el volcán estaba a punto de hacer erupción, con sus manos aprisionó el cabello de Aldo, emitió una exhalación, desde lo más profundo de su existencia, finalmente descubrió el sentido y el sabor de un orgasmo, ahora la experiencia era suya para siempre.

Entonces, ella cerró sus ojos...

Capítulo 8
Cristina y Pedro

Después de hacer su rutina de meditación y ejercicios, Aldo se sentó en su escritorio a revisar correos y entrar un rato a las redes sociales, casi nunca publicaba, le gustaba ver los mensajes positivos que su pequeña lista de amigos publicaba, por lo general agregaba algún comentario y compartía los mensajes que le gustaban.

Después entró a su correo y su bandeja de entrada señalaba que tenía 17 mensajes, abrió cada uno de ellos, llamó su atención el número catorce, siguió con la lectura del resto y ya que terminó regresó para leer detenidamente dicho correo; se trataba de una recomendación, su nombre era Cristina, la refería Jaqueline, quien definitivamente se había transformado en una diosa y que recientemente se había casado.

Lo primero que Aldo hizo fue mandarle un correo a Jaqueline, para validar que efectivamente fuera ella quien le había pasado sus datos a Cristina, y regresó al mensaje para darle lectura detenidamente y decía:

«Hola Aldo. ¿Cómo estás?.
Soy muy amiga de Jaqueline, un día antes de su boda, durante su despedida de soltera, me habló de ti, pensé en ponerme en

contacto durante mucho tiempo, hace poco, ya muy desesperada hablé con mi esposo de mi problema, y él estuvo de acuerdo en que te buscáramos y habláramos contigo, para conocer las alternativas que nos puedan ayudar a resolver, te cuento.

Tengo 44 años, casada desde hace 15 años con un hombre bueno, nuestra relación es muy buena en términos generales, en la intimidad es muy mala, creo que jamás he tenido un orgasmo, de hecho estoy insegura al respecto, he oído tanto acerca de un orgasmo que me dicen que cuando se siente, uno tiene la certeza de que se ha vivido un orgasmo y en mi caso tengo dudas.

Mi papá me abandonó, mi mamá siempre me dijo que había muerto, a los 13 años me dijo que vivía y que quería conocerme, desde entonces mi relación con él fue muy poca, mi papá se esmera por darme muestras de afecto y creo que lo amo, más porque sé que es mi padre, que por el trato que hemos tenido. Hace 5 años mi mamá falleció y desde entonces tengo un poco más de trato con mi papá.

Quiero pedirte la oportunidad de que nos concedas una cita a mí y a mi esposo, para que me permitas conocer las opciones que puedo emprender, pues definitivamente quiero vivir y sentir el placer, creo que me lo merezco. Mi amiga me dijo que eres un subrogado que ayuda a las mujeres a conocerse y transformarse en diosas, desde y a través de la sexualidad, ya hablé con mi esposo al respecto y me apoya, dice que si necesito tener una relación íntima con un terapeuta, está de acuerdo, sólo me pide que hablemos para conocer las opciones y comprender, qué tanto me puede ayudar una terapia así.

Gracias por atender el presente y quedo a la espera de conocer tu respuesta.

Cristina S.»

Aldo se quedó muy pensativo y de inmediato respondió el mensaje que decía lo siguiente:

«Hola Cristina, buen día.

Estoy a la espera de recibir el correo de Jaqueline en el que me hablará de ti, agradezco infinitamente la confianza de compartir conmigo tu situación, definitivamente te digo que gran parte de este problema se puede resolver con tu voluntad, lo demás es autoconocimiento, cobrar conciencia y transformarse, con gusto acepto verlos, te propongo hacerlo el próximo viernes en Coyoacán, hay un café a una cuadra del zócalo y después podemos platicar en la plaza.

Bendiciones.

Aldo».

En el transcurso de ese mismo día llegó el correo de Jaqueline quien le comentó lo siguiente a través del mensaje:

«Muy querido Aldo.

Primero quiero decirte que me siento una diosa, que gracias a ti, a tu ser, a tu vocación de vida, me descubrí, me abrí al amor y ahora estoy casada, como ya te lo había comentado en un correo anterior, con un hombre maravilloso, por supuesto que le pedí que estudiara sexualidad sagrada taoísta y accedió, así que somos inmensamente felices.

Por otro lado déjame comentarte que producto de un accidente de la vida, ya sabes de esos que jamás serán casualidades, sino causalidades, me enteré que mi amiga del alma Cristina tiene muchos bloqueos, muchos paradigmas que le han impedido vivir la experiencia de un orgasmo, ella es una mujer maravillosa, un ser de luz que siempre ayuda a los demás y creo que el Cielo me puso la oportunidad para devolverle lo mucho que ha hecho por mí, y por mucha gente, desconozco que tan abierta pueda ser, sólo sé que está desesperada y en la búsqueda de resolver su vida, ya que producto de su mala relación sexual con su marido, han estado cerca de divorciarse muchas veces, por favor ayúdala, bríndate como lo haces con las diosas, creme que necesita vivir y experimentar lo que es un orgasmo, tu puedes y como dice tu maestro dale una gloriosa despeinada que le cambie la vida, el segundo problema que tiene es su esposo, es muy buena persona, ignoro si la apoye o haya acudido a ti a su espalda, como sea por favor ayúdala.

Una mujer convertida en diosa gracias a ti, hasta siempre y bendiciones.

Jaqueline».

Por la noche Aldo le mandó una cariñosa respuesta a Jaqueline, le deseó todo el éxito y amor del mundo, ella había ocupado su recomendación por lo que el vínculo entre ella y él terminaba, así tenía que ser, Aldo pasaba por la vida de algunas mujeres; sin embargo, su paso era efímero.

El viernes siguiente Aldo llegó al café y había una pareja, se mostraban ansiosos y nerviosos, así que se acercó a ellos para saber si eran las personas a las que buscaba.

—¿Cristina?

—Si. ¿Eres Aldo?

—Así es.

—Te presento a Pedro mi esposo.

—Hola Pedro, mucho gusto. ¿Me permiten invitarles un café o algo de tomar?

—Si está bien, quiero un café americano.

—¿Pedro?

—Un frapuchino.

Aldo fue por las bebidas, al salir les indicó para donde caminar, hasta que encontraron una banca en la que se sentaron, en el jardín del zócalo de Coyoacán, había poca gente, cerca de ellos, unos niños aventaban maíz a las palomas, quienes en gran número se agrupaban y Pedro le preguntó.

—Esta es tu oficina —sonrió.

—Tengo muchas Pedro, esta es una de ellas, disfruto ver la naturaleza, estos árboles eternos y enormes, las aves, en fin me gusta, es una de las opciones que tengo. Gracias por estar aquí, por brindarme la confianza de tratar un tema tan íntimo y delicado.

—Al contrario Aldo los agradecidos somos nosotros, le dije a Pedro que esto es muy importante para mí y quiso acompañarme para saber qué se puede hacer.

—Antes de entrar en el tema, por favor díganme. ¿Qué tal están sus bebidas? ¿En qué zona de la ciudad viven?

—Mi frapuchino está delicioso.

—Mi café está bien, muy caliente para mí, en unos minutos estará perfecto. Vivimos en la colonia Narvarte.

—Qué bueno, entonces está relativamente cerca, hasta ahora me doy cuenta de que jamás les pregunté si Coyoacán les quedaba cerca, por favor discúlpenme.

—Está bien, mi esposo es agente de ventas y se la vive en la calle, recorre las delegaciones de Coyoacán y Álvaro Obregón así que conoce por aquí y nos quedó bien.

—¿Qué producto comercializas Pedro?

—Es una nueva bebida de cola que está por lanzarse en México, iniciando en el Valle de México, en este momento me dedico a abrir mercado, en cada punto de venta ofrezco el producto y la próxima semana inicia la entrega del producto.

—¿Tienen hijos?

—Si tenemos dos jóvenes de quince y trece años, Pedro como su papá y Omar el menor.

—En tu correo me dijiste que tienen quince años de casados. ¿Es correcto?

—Si, quedamos embarazados y por eso nos casamos, Pedro prefiere decir que su hijo fue prematuro, en este momento creo que es mejor decir las cosas como son.

Aldo percibió un poco de incomodidad y nerviosismo tanto en Cristina como en Pedro.

—Descuiden, les preguntaré sólo lo estrictamente necesario, jamás juzgo a la gente y sólo lo hago con la intención de hacer un diagnóstico y con ello, tener opciones que puedan mejorar sus vidas.

—Si Aldo, está bien, lo entendemos, perdona me gustaría preguntarte algo.

—Si Pedro dime, por favor.

—¿Es frecuente que el esposo de una mujer que acude a ti, la acompañe?

—Si es frecuente que los esposos apoyen a sus esposas y les permitan acudir conmigo, es muy poco frecuente que las acompañen a esta entrevista.

—Creo que entonces lo mejor será que los deje solos y regreso en un rato.

—Pedro, por favor necesito que te quedes, esta situación les atañe a ambos, y si más adelante prefieres dar una vuelta, estará bien.

—De acuerdo.

—Empezaré por comentarles de una manera muy simple, una interpretación del significado de la sexualidad para los seres humanos. Primero les pido que piensen en las personas como entes de energía, que son energía, que requieren energía, que consumen energía y que transforman energía; por ejemplo al correr transformamos energía, la que nos proporciona la comida en fuerza para correr, de la misma manera la energía sexual es alimento que nos nutre, que nos brinda y fortalece la energía vital y con ella transformamos muchas cosas en nuestra vida. Así estamos hechos; sin embargo, por múltiples factores como nuestro sistema de creencias, el qué dirán, nuestra educación y cultura, la sexualidad es vista como algo pecaminoso, sucio, obscuro y lo poco que nos enseñaron tiene ese sesgo negativo, así que la sexualidad tiene muchos enemigos que atentan contra la plenitud y la riqueza de esa energía.

Hay personas que carecen de sexualidad y creen que por medio del ejercicio o algunas otras actividades se puede suplir dicha energía, lo cual es falso, el ejercicio ayuda, también otras actividades, en el caso de la energía sexual sólo se puede estimular, elevar y transformar por medio de la sexualidad; otras personas, sin pareja, tratan de lavarse el coco diciendo que pueden vivir y prescindir de una pareja, sobre todo pasa en las mujeres, los hombres como quiera se las arreglan para tener intimidad con parejas eventuales o por ocasión; sin embargo, nuevamente estas personas están equivocadas, porque la energía sexual sólo se puede estimular, elevar y transformar por medio de la sexualidad. Es cierto que la mujer puede, en un caso extremo, volverse autosuficiente, es decir que a través de su auto erotización puede generar la energía sexual que su vida necesita.

—¿Qué es auto erotización?.

—Lo que conocemos como masturbación, sólo que esta palabra responde a la visión pecaminosa, sucia e incorrecta de la sexualidad, que se denomina sexofobia y desde la visión de que la sexualidad es natural y disfrutable para el ser humano, es la sexo filia. Entonces la ausencia de la estimulación de la energía sexual en las personas puede provocar enfermedades, también una energía sexual malsana, en nuestros antecedentes, puede ser causal de problemas emocionales y psicológicos. Un ejemplo de ello, es el caso de una mujer que sufrió algún abuso de tipo sexual, y que actualmente tiene artritis, en su caso y sólo en su caso, la enfermedad se somatizó producto de que se consideró una víctima de la autoridad que abusó de ella.

—¿Qué es somatizar?

—Pedro, somatizar es transformar inconscientemente una afección psíquica en orgánica.

—Hay muchos trastornos psicológicos y emocionales del ámbito sexual que pueden convertirse en enfermedades; esta es una de las razones por las cuales la sexualidad debe experimentarse plenamente, porque al contrario, la energía que se estimula con la sexualidad inhibe, impide que puedan generarse muchas enfermedades, le otorga salud a nuestro cuerpo, a nuestra vida emocional, a nuestra vida psicológica, incluso a nuestra vida racional y económica, entre otros factores, nos permite generar resiliencia, que es la capacidad de sobreponerse a períodos de dolor emocional y situaciones adversas. Hasta aquí. ¿Me siguen?

—Si.

Con un movimiento con su cabeza Pedro respondió afirmativamente.

—Ahora, existen tres ámbitos, en el plano sexual entre ustedes, la vida de Cristina antes de Pedro, la vida de Pedro antes de Cristina y la vida de Cristina y Pedro. Sin profundizar. ¿Qué me puedes decir de tu vida sexual antes de Pedro?

—Nada, llegue virgen a mi matrimonio.

—Eso dice muchísimo de ti. ¿Por qué llegaste virgen?

—Así me educaron, me dijeron que las mujeres tenían que llegar vírgenes al matrimonio, que eso es una costumbre de una buena familia.

—Para nada lo es, es una creencia limitante, que bloquea todo tu mapa de reflejos eróticos, es decir, tu mundo de creencias y estímulos en el ámbito sexual.

—¿Cómo definirías la vida sexual con Pedro?

—Pues... mala, jamás he tenido un orgasmo.

Pedro interrumpió.

—Muchas veces me dijiste que ya te habías venido.

—Sólo fingía, discúlpame jamás quise engañarte, es sólo que a veces ya me lastimaba, me irritaba y de alguna manera quería que te detuvieras y la mejor manera, siempre fue fingir mis orgasmos.

Pedro lucía alterado, confundido, molesto y trató de replicar una vez más.

—Cristina...

—Pedro, lamento mucho que te enteres en este momento, te pido que seas paciente y tolerante, enfócate en el gran amor que sientes por ella y tu enorme voluntad por ayudarla.

—Cristina, por favor dime qué significa para ti la sexualidad en este momento.

—La posibilidad de ser feliz, de ser plena de una manera diferente, probar un mundo desconocido, luchar por conquistar algo que puede ser muy agradable, así como cuando traje a mis niños a la vida, tuve que luchar, tardé nueve horas en mi primer parto y catorce en el segundo y durante todo ese tiempo estuve pujando y me esforcé para que pudieran salir, así hoy quiero empujar o hacer lo que sea necesario para tener una probadita de esa experiencia.

—Te percibo completamente determinada y definitivamente podemos hacer algo, si me lo permites.

—Si eso quiero, ayúdame, estoy segura de que sería un parteaguas en mi vida.

—Pedro, sería una opción positiva que aprendas sexualidad sagrada taoísta para...

—Gracias Aldo, estamos seguros de que el problema únicamente lo tiene Cristina, en mi caso estoy bien.

—Puedes estar mejor, por ejemplo y te pido que conserves la respuesta de manera íntima, sólo para ti, los hombres sanos debemos amanecer con una erección todos los días. ¿Te ocurre eso Pedro? En caso contrario, quiere decir que tus riñones están trabajando de manera deficiente y una primera estrategia que debes evitar es tomar bebidas frías, ya que los riñones son de energía caliente y les afecta lo frío.

—Hace poco tuve un problema de salud con mis riñones, y ninguno de los médicos con los que acudí, me indicaron que evitara los líquidos fríos.

—Jamás te lo dirán porque lo desconocen, como muchos médicos y terapeutas sexuales jamás te dirán que el hombre debe aprender a tener orgasmos sin eyacular, porque al hacerlo pierde una enorme cantidad de energía vital; sin embargo, ese tipo de orgasmos también son muy placenteros. A través de las técnicas de la sexualidad sagrada taoísta, puedes aprender todo un sistema para el cuidado de tu energía, de tu qi (chi) y con ello lograr tanto plenitud sexual como de vida.

—Lo que dices es interesante, soy un poco escéptico y me resisto a creer que perdemos energía al eyacular, en mi caso siento todo lo contrario, me lleno de energía cuando hago el amor.

—Te comprendo Pedro, exactamente así me pasó, fue una mujer la que me hizo darme cuenta, de que hay mucho más de lo que creemos en cuanto a la plenitud sexual, de hecho me dejó porque ella era una diosa que necesitaba un guerrero como amante, y definitivamente estaba muy lejos de serlo.

—Aldo...

—Dime Cristina.

—¿Cuándo podríamos vernos para la sesión?

—Amor. ¿De qué sesión hablas? Pensé que la ayuda que requerías de Aldo era de esta sesión o que después de esta reunión platicaríamos tú y yo.

—Pedro, mi amor, hablamos de esto, me dijiste que estabas de acuerdo.

—Lo sé, es sólo que es muy difícil.

—Pedro.

—Si Aldo.

—¿Para ti fue importante casarte con una mujer virgen?

—Es algo que se dio así, jamás pedí eso como requisito.

—Entonces puedes reencuadrar este asunto de una manera diferente, pensar que te casaste con una mujer que ya había estado con otro hombre, puedes reinterpretar este asunto de la manera que sea más ecológica para ti, más conveniente y sana. Lo que están viviendo les ofrece una maravillosa oportunidad para reinventarse, para renacer a una vida diferente, plena, porque la calidad de su vida sólo depende de lo que se atrevan a hacer, pueden hacer muchas cosas, la que se sugiere aquí es sólo una, pueden buscar otras, esa es una decisión que corresponde a ustedes tomar. Por lo que a mí respecta, esta plática está terminada, Cristina puedes contar conmigo, espero tu comunicación por correo, atentamente te pido que sea cual sea tu decisión me la comuniques por favor.

—Gracias Aldo, me quedaré a platicar con Pedro y te escribiré.

Aldo se despidió de ambos y se fue. Cristina y Pedro se quedaron en silencio por unos momentos.

—Pedro, reconozco que debe ser muy difícil para ti permitirme estar con otro hombre, también creo que deben existir otras opciones y si conoces alguna por favor, dímelas necesito escucharlas.

—Se me ocurre la terapia, buscar a otros terapeutas.

—Cuántos terapeutas más crees que debemos visitar. Pedro te propongo lo siguiente, darnos un plazo de 48 horas para buscar otra alternativa, si nos satisface a los dos, entonces la tomamos, en caso contrario, te pido que me permitas acudir a Aldo y resolver mis problemas.

—Está bien, hagamos eso, me parece buena idea.

Se levantaron de la banca en la que se habían sentado, las palomas aún recibían alimento que les arrojaban los niños que visitaban la plaza. Pedro intentó tomar de la mano a Cristina, ella al darse cuenta, prefirió cruzar sus brazos, caminaba lento y con la cabeza viendo al piso.

Dos días después, por la noche Cristina se sentó en su cama y esperó que Pedro llegara a la recámara, cuando llegó, Cristina le habló:

—¿Qué pensaste? ¿Tienes alguna idea?

—Me gustaría decirte que sí, he pensado muchas cosas, me cuesta mucho trabajo ofrecer alguna alternativa, he tratado de pensar que me gustaría hacer si fuera tú y creo que la opción de Aldo es la mejor o la única, luego pienso desde mi perspectiva y me cuesta mucho trabajo aceptar.

—Quiero ofrecerte una propuesta, déjame tener una sesión con Aldo y a cambio pídeme lo que quieras, por ejemplo estar con una mujer para que sea justo para ti.

—¿Serías capaz de permitirme estar con una mujer con tal de estar con Aldo?

—Es diferente, Aldo es como un terapeuta, es una persona que sabe cómo enseñarle a una mujer su sexualidad, tal vez creas que sólo quiero tener intimidad con él, es más que eso, quiero sentir, aprender, conocer lo que hasta ahora me ha faltado, también quiero seguir siendo tu esposa porque te amo, sólo creo que podemos tener una vida diferente y mejor.

—Está bien Cris, haz lo que crees que debes hacer, por el momento ignoro si después te voy a pedir algo a cambio, esta es la parte fácil, la parte difícil vendrá después cuando sepa que estás con él y cuando regreses; quiero que estés consciente de que tengo miedo de perderte, incluso pienso que tal vez...

—Amor, trato de hacerme una idea de lo que sientes y reconozco que debe ser muy difícil, aprecio el esfuerzo que haces, tu interés porque pueda estar mejor, también creo que si seguimos así nos podemos perder uno al otro, así que debemos hacer algo.

Pedro se levantó y caminó hacia Cristina y la abrazó muy fuerte.

—Por favor nunca me digas cuándo vas a estar con él, creo que tal vez después me entere.

—Gracias, así lo haré. Voy a la cocina a preparar algunas cosas para mañana.

—Está bien, te espero.

Cristina fue a la sala, prendió la computadora, fue a la cocina para prepararse un té, regresó a la mesa donde tenía su computadora, abrió el programa de correo electrónico y le escribió a Aldo:

«Hola Aldo, buenas noches.
Por favor indícame cuándo nos podemos ver y dónde, hablé con Pedro y estuvo de acuerdo. Te escribo en este momento, antes de que me arrepienta.
Saludos.
Cristina.»

Capítulo 9
Cristina

Aldo pasó por Cristina al Eje Central y Xola, muy cerca de su casa, al llegar al sitio Cristina ya estaba esperando, él se bajó del auto para abrirle la puerta a Cristina, al llegar a ella la saludó y posteriormente abordó el vehículo.

—¿Cómo estás Cristina?

—Muy nerviosa, inquieta, preocupada, angustiada, casi arrepentida.

En ese momento Aldo emprendió el camino, conocía un par de moteles muy cerca.

—Está bien sentirse así, mientras avanzamos quiero pedirte por favor que trates de definir tus emociones, la razón que las genera para gestionarlas y poder resolverlas. ¿Cuál dirías que es tu inquietud más importante?.

—Me siento infiel.

—¿A quién, con quién eres infiel?

—Con mi esposo.

—De acuerdo, ahora si le eres fiel a tu esposo. ¿Crees que te serías fiel a ti misma?

—Caray, jamás había pensado en ello, creo que sólo cabe una posibilidad, o le soy fiel a él o me soy fiel a mí.

—Así es, por otro lado, él estuvo de acuerdo contigo en que hicieras esto, así que enfócate en estos dos aspectos. ¿Qué emoción persiste, identifica y define su origen?

—Los nervios, estrés, ansiedad y angustia creo que son porque jamás he estado con otra persona, sólo con mi esposo, también me angustia fallar, hacer mal todo.

—En ese sentido relájate, el objetivo de esta sesión es aprender, así que tu misión es relajarte y disfrutar, antes de cualquier cosa vamos a hacer un ejercicio para que puedas tranquilizarte. ¿Está bien?

—Si lo necesito, muchas gracias.

—De acuerdo. ¿Sabes qué significa tu nombre?

—Creo que es cristiana.

—Es de origen griego y significa, la que sigue a Cristo, así que podría decirse que también puede significar cristiana.

Llegaron al motel, Aldo le pidió a Cristina que lo esperara dentro, se bajó y dio la vuelta para abrirle la puerta, entonces bajó. Él sacó algunas cosas de la cajuela y pasaron a la habitación.

—Pasa y siéntate por favor, permíteme, seré muy breve.

—Si gracias.

—Por cierto, jamás te pregunté qué tipo de música te gusta.

—Por favor, pon la que gustes.

Aldo seleccionó una lista de reproducciones de música romántica en español, canciones interpretadas por auténticas diosas, letras que estimulaban el deseo por hacer el amor.

—Cristina, vamos a hacer lo siguiente tres veces, levanta tus manos, todo lo que puedas, estira todo tu cuerpo, nos vamos a estirar por completo, con las puntas de los pies estírate hasta que duela y al soltar la tensión te inclinas hacia delante en un movimiento rápido, ahora.

Ambos se estiraron y después se inclinaron hasta la cintura, repitieron este ejercicio dos veces más y con ello, Cristina liberó gran parte del estrés que sentía.

—Cristina, haremos otro ejercicio, nos vamos a reír de nosotros mismos, primero será de manera deliberada y después será natural. ¿Está bien?.

—¿Reír de mí misma?

—Así es.

Aldo se apuntó su dedo índice a sí mismo y Cristina repitió el gesto, empezaron a reír de manera fingida, después de unos segundos, la risa dejó de ser provocada para volverse completamente natural. De hecho les costó trabajo dejar de reír.

—¿Cómo te sientes?

—Muy bien, gracias.

—Ahora dame unos minutos más.

—¿Qué vas a hacer?

—Mmmm, limpiar el lugar.

—¿Puedo participar?

—Claro, espera… que bueno que quieras participar.

Entre ambos realizaron la sanación del lugar.

—Cristina, traje un vino muy suave. ¿Te puedo ofrecer una copa?.

—Vi que tenías sangría. ¿Cierto?

—Así es. ¿Prefieres eso?

—Si, gracias.

—Salud.

—Salud.

—Ven Cristina párate aquí.

Aldo la condujo al centro de la habitación y le pidió que se quedara de pie y en ese lugar, subió el volumen de la música, puso una selección de canciones que hablaban de la mujer como bruja y después caminó en torno a Cristina, la observaba de pies a cabeza, en un principio ella se sintió extraña e incómoda, poco a poco se empezó a sentir deseada, al pasar por detrás él lo hacía muy lento, se acercaba para que pudiera escuchar su respiración y la rosaba ligeramente, primero con su muslo sobre sus glúteos, al pasar por delante rosaba sus pechos con su brazo izquierdo, después de la tercera ocasión sus pezones estaban erectos y su respiración empezó a agitarse.

Después de varios minutos, él cambió la música, eligió una lista de reproducción de bachatas, temas viejos de ritmo suave y sensual, empezó a bailar a su alrededor, acercándole mucho su cuerpo, moviendo sugerentemente su cintura, restregándole el vientre alrededor del cuerpo de ella, él se fue girando hasta quedar a su espalda y con el movimiento de su cadera literalmente le embarraba el pene en sus nalgas, tanto que poco a poco, ella se empezó a mover, a bailar lentamente, a soltarse y sus movimientos eran muy sensuales.

Sus manos empezaron a participar, a través de ellas se acariciaban, primero los hombros, el cuerpo, la espalda, y con caricias más provocativas se tocaron las caderas, el pecho, incluso las manos, entonces Aldo se colocó frente a ella y se acercó lentamente, sus rostros casi se tocaban, sus miradas se encontraron y después sus labios coincidieron y se besaron suave, lenta y sutilmente, con sus labios acarició el labio superior de ella, después el inferior, entonces sus bocas se entrelazaron, la lengua masculina penetró la boca femenina, así desafiaron al tiempo, ella soltó un enorme suspiro, colocó sus brazos sobre los hombros, entonces él correspondió y puso sus manos en las nalgas de ella, sin poder evitarlo, por un momento ella interrumpió el eterno beso, le sorprendió que tocara esa parte de su cuerpo, él simplemente continúo el beso y refregó su cuerpo, ella sintió su pene erecto, lo cual la excitó.

Ella se mostraba tímida, sólo se mantenía abrazando a Aldo por los hombros y sus expresiones eran mínimas; Aldo se desprendió del beso y mientras desabotonaba la blusa de Cristina, aprovechó para decirle que era muy importante que se abandonara a su placer, que sólo se concentrara en ello y también le dijo:

—La vida y el placer carecen de garantías, la vida y el placer son muy grandes y carecen de pertenencia, nadie es su dueño, es de quien se atreve a conquistarlos; para vivir y sentir placer deben correrse riesgos, aventurarse y decidirse; así mismo el tiempo a veces actúa como aliado y otras como enemigo, jamás espera a nadie, jamás hace pactos con nadie, así que lo tomas o se te escapa.

Terminó de desabrochar su blusa y la condujo al frente del espejo, él se puso por detrás de ella y le preguntó:

—Describe todo lo que veas, por favor.

—Me veo a mí...

—¿Cómo es la mujer que observas?

—Es... ¿Qué puedo decirte?

—Que eres una mujer muy hermosa, atractiva, observa la piel que se alcanza a ver por la apertura de tu blusa. ¿Qué percibes?

—Atrevimiento...

—Así es. ¿Qué más?

—Sensual, joven, alegre, dispuesta, decidida, quiero vivir, quiero sentir placer, quiero... decido aprovechar cada instante de mi vida.

Aldo tomó la blusa de los hombros y la bajo muy despacio, mientras lo hacía, besaba los hombros de Cristina, paseaba su lengua por su piel, seguía con besos muy húmedos, al quitar la blusa por completo la colocó en la cajonera frente a ellos, admiró por unos instantes a la diosa que tenía enfrente, y le dijo que era muy hermosa, ella llevó sus manos a sus pechos para taparse, nuevamente se puso a la espalda de Cristina y retomó los besos en su piel, hombros, cuello, puso sus manos encima de las manos de ella, poco a poco entre los besos y las caricias en sus manos, ella cedió y bajo la guardia, dejó descubiertos sus pechos, entonces Aldo le quitó el brasier y con las yemas de sus dedos recorría la geografía de los pechos, sin tocar los pezones, se escucharon temas interpretados por diosas, canciones románticas en español como: «Pero me acuerdo de ti», «Quiero Decirte Que Te Amo» y «Por Siempre Tú» en ese momento la punta de sus dedos alcanzó sus pezones y Cristina con su cuerpo expresaba movimientos muy sensuales.

Cristina se dio vuelta para quedar frente a Aldo, con ansiedad trató de desabrochar los botones de la camisa de Aldo, él la tranquilizó y entonces logró quitar su camisa, ella sentía que temblaba, tomó el cinturón para desabrocharlo, él le ayudó, al terminar él se quitó sus zapatos, calcetines y se bajó los pantalones, ella con mucha timidez, de manera muy discreta observó el pene de Aldo a través de su bóxer blanco, muy entallado que dejaban muy poco a la imaginación, él desabrochó el pantalón de ella, en un solo movimiento se agachó para bajarlo con cuidado lo retiró, le dejó sus zapatillas, se retiró unos pasos para poder apreciar a Cristina, le expresó que lucía maravillosa, sensual y dulce, ella dio unos pasos para abrazarlo, después de unos segundos, la cargó y la depositó en la cama, él se hincó a un lado, se inclinó para darle un beso en los labios, profundo y eterno, mientras tanto con sus manos, específicamente con la yema de sus dedos, emprendió un viaje por el cuerpo de ella, de repente con su mano izquierda llegó a la frontera que le marcaba el bikini de Cristina, entonces suavemente, con pequeños movimientos laterales lo conquistó y logró meter sus dedos por debajo de dicha prenda, con lo cual empezó a acariciar sus vellos púbicos, siguió adelante hasta encontrarse con su vagina, estaba extraordinariamente lubricada, con su dedo medio la penetró, ella emitió un gemido, Aldo calló el gesto al continuar el beso eterno, después llevó su dedo al clítoris que estaba completamente erecto, con caricias suaves en movimientos para arriba y para abajo la seguía excitando, después con un poco más de presión y con círculos siguió estimulando la flor más bella de su pétalo femenino.

Aldo cambió el destino de sus besos, primero fue el cuello, el pecho, se entretuvo unos momentos en los pezones, el abdomen, saltó a las piernas, las entrepiernas, hasta encontrarse en la vagina.

—Aldo espera. ¿Eso está bien? Jamás he recibido ese tipo de amor, lo quiero, es sólo que es nuevo para mí.

—Entonces disfrútalo y si te gusta, entonces estará bien.

Cristina estaba muy excitada, su vagina estaba muy caliente, con pequeños soplidos Aldo estimuló su vagina, después le hizo cunnilingus, amor oral como él le llamaba, muy lentamente paseaba su lengua por la base del clítoris, después por la punta y con un poco de presión, al terminar el recorrido, parecía como si esa parte del cuerpo regresaba a su sitio, como si rebotara; entonces nuevamente, sólo que ahora de arriba para abajo, muy despacio, la lengua recorría la piel, con la punta tocó el clítoris, después lo chupo, como si quisiera absolverlo, luego soplaba y volvía a jalarlo; Cristina estaba muda, sólo contoneaba su cuerpo, ella tenía sus labios atrapados por sus dientes, como mordiéndolos, mientras tanto los temas de «Cómo fue», «Cómo yo te Amé» y «El Amor que soñé» acompañaban estas sutiles caricias que con la lengua le daba Aldo a Cristina y entonces, como una explosión Cristina empezó a gemir, a gritar, Aldo aceleró el movimiento de su lengua y Cristina alcanzó su orgasmo, enorme, profundo y largo.

—Aaaaaah, Mmmmm!

Después de unos segundos.

—¡Que rico Cristina!

—Siii, fue muy intenso, es la primera vez que tengo un orgasmo, ahora estoy completamente segura, además la imagen de tenerte entre mis piernas es muy agradable, me sentí poderosa.

—Tienes razón, de alguna manera el cunnilingus o sexo oral es un acto de servicio, de amor y de amar; de hecho me gusta más llamarle amor oral.

Aldo colocó el centro de su mano en la vagina de Cristina, que al sentirlo, expresó un pequeño brinco, ya que aún estaba muy sensible.

—Cristina quiero pedirte un enorme favor.

—Dime...

—Quiero pedirte que ahora tú te acaricies.

—¿Cómo, en dónde?

—Así como te acaricie yo, con tus manos en tu vagina y clítoris, te pido que te estimules.

—Jamás lo he hecho.

—Pues juntos podemos aprender, si tienes dudas podemos resolverlas juntos, por medio de cambiar las caricias.

—Me da mucha pena decirte esto, si vamos a hacer el amor. ¿Verdad?

—Ya lo estamos haciendo, ahora si te refieres a que si te voy a penetrar... por supuesto que sí, sólo que antes necesitamos estimularte un poco más, antes de penetrarte y creme que me muero de ganas de estar en ti.

—Yo también estoy que me derrito por sentirte dentro de mí.

—En breve así será, que esto sirva para aumentar el deseo.

—Aldo. ¿Crees que podré tener otro orgasmo tan pronto?

—Por supuesto que sí, todas las mujeres son multiorgásmicas, están diseñadas para el amor, sin importar si lo haz hecho antes, definitivamente tienes un don natural que te puede permitir tener varios orgasmos.

—Puede tardar más que el primero.

—Depende de muchas cosas, por lo general a partir del segundo y los posteriores pueden ser más rápidos; sin embargo, puede ser diferente en cada mujer, así que debes evitar tener expectativas.

—¿Tú me vas a observar?

—Todo lo contrario, dime si quieres que haga algo en particular, algo que pueda ayudarte a excitarte y lo haré.

—¿En serio? ¿Podrías hacer lo que te pida?

—El propósito es ayudarte y sí lo que sea. ¿Qué estás pensando?

—También quiero ver que te masturbes —sonrió.

—Jajaja, está bien, sólo hazme un favor, vamos a llamarle auto erotización.

—Está bien, ya recordé lo que nos dijiste.

Aldo se recostó al lado de Cristina, le dio un tubo con lubricante y le dijo que podía ayudarle a estimularse mejor.

—Aldo, puedo hacerlo sin el lubricante, aún estoy húmeda.

Él se quitó su bóxer, tomó el lubricante y se lo colocó en su pene, se acarició en la parte posterior, eso le permitió lograr su erección casi de inmediato. Cristina también empezó a tocarse, se metió el dedo medio y se estimuló metiéndolo y sacándolo, entonces Aldo le recomendó que se acariciara el clítoris, con diferentes movimientos y presión; así lo hizo, se dio cuenta de que era mucho más placentero; ella observaba a Aldo como se acariciaba, él tomaba su pene y se estimulaba con dos dedos por la parte posterior, subiéndolos y bajándolos, después tocaba el glande, giraba sus dedos en su entorno; Cristina estaba muy excitada, tanto por las caricias que se estaba haciendo, como por el espectáculo que estaba presenciando, cuando empezó a gemir, anunciando la llegada de su clímax, Aldo se acercó para besarla, la saliva de ella era muy delgada, lo que indicó que efectivamente estaba en la fase más alta de excitación; se dieron un beso profundo, él penetró la boca de ella con su lengua y después ella hizo lo mismo, penetró con su lengua la boca de Aldo y esto los excitó aún más, entonces ella se separó del beso pues empezó a sentir su orgasmo, con gemidos muy altos celebró la llegada de esa energía maravillosa.

—Wow, jamás pensé que yo misma pudiera lograr esto, es maravilloso, me doy cuenta de que me he perdido de muchas cosas.

—Lo que importa es lo que sabes y que lo puedes hacer desde hoy.

Sin pensarlo mucho, Cristina se incorporó y se sentó en el regazo de Aldo, le urgía sentir el pene de Aldo, le urgía sentir otra piel, le urgía sentir; ella tomó el pene para dirigirlo y antes de que Aldo pudiera detenerla para penetrarla de una manera diferente, suave y despacio, prácticamente estaba en la vagina de Cristina, quien al sentirlo empezó a mover su cintura y caderas aceleradamente, su respiración también se apresuró, incluso se escuchaba. Asumieron el estilo peces, ella encima recostada sobre su amante.

—Mi amor, despacio, suave, el tiempo está de nuestra parte, podemos hacerlo muy despacito y disfrutarlo al máximo.

—Tú llévame, es maravilloso sentirte, te siento muchísimo.

—También te siento mucho, el calor y la humedad de tu vagina son deliciosos.

—Tienes una verga riquísima.

—¿Te gusta hablar mientras lo hacemos? ¿Qué palabras te gusta escuchar?

—Perdón, me doy cuenta de que estoy reproduciendo lo que hago siempre, más bien lo que me piden que haga.

—Está bien mientras te guste. ¿Te gusta?

—Prefiero escuchar, más que hablar.

—¿Sientes que rico es este movimiento rítmico y lento?

—Si lo es.

En ese momento, Aldo jaló con cariño de los brazos a Cristina para que se inclinara hacia él, al acercarse inició un beso como hasta ahora los habían creado, eternos, profundos, como si con la boca también se hicieran el amor; Ahí cara a cara, ella encima de él, tomo a Cristina de las nalgas y las presionaba, cuando el movimiento de la cadera era hacia adentro, aprovechaba esa inercia para presionarla, subirla y lograr una penetración más profunda, mantenía un ritmo de cuatro embates superficiales por una penetración profunda. Aldo tomó el lubricante que estaba en el buró, se vertió un poco en los dedos de su mano derecha, la llevó a las nalgas de Cristina y las embarró de lubricante, incluso en el ano, que empezó a estimularlo metiendo ligeramente su dedo medio, Cristina sólo incrementó sus gemidos como una expresión de aprobación y agrado.

Aldo sujetó a Cristina y se giraron, ahora ella estaba boca arriba, él se incorporó para poner las piernas de ella en sus hombros la tomó de los glúteos, la levantó ligeramente y la jaló para penetrarla y la dejaba caer para salirse, así siguió rítmicamente con ese movimiento, en la posición de Montando tortugas.

—¿Te gusta cómo te cojo Corazón? ¿Sientes cómo te penetro hasta adentro?

Ella respondió con la respiración entrecortada.

—Si te siento, ya me di cuenta de que prefiero que me digas cosas dulces.

—Está bien amor, me encantas, eres una mujer muy sensual y extraordinariamente hermosa.

Cristina tenía sus brazos doblados sobre su pecho y al escuchar a Aldo los abrió a sus costados en donde sus manos sujetaron la sábana, la presionaba cada vez que Aldo la penetraba hasta adentro, profundamente.

—¿Cariño estás bien? Dime todo lo que necesites y te guste, estoy muy cerca de mi orgasmo.

—Aldo que rico, también estoy cerca.

Aldo aceleró el ritmo de su cadera y puso más fuerza, ahora la penetraba duro y Cristina había logrado abandonarse al placer, estaba disfrutando muchísimo todas las sensaciones que tenía en su cuerpo, se agarró más fuerte de la sábana, poco a poco intensificó sus gemidos, Aldo se concentró en su respiración para evitar eyacular, también estaba muy cerca de su orgasmo. Entonces Cristina empezó a gritar...

—Aldo... sí que rico... Aldo... Aldo... ahí... siiiii... mmm, que rico, también estoy cerca.

En cuanto Aldo percibió que Cristina había terminado se salió de ella, realizó su técnica para subir su propio orgasmo a la cabeza, después al estómago, puso la palma de su mano en la vagina de Cristina, percibió como tenía pequeños espasmos y cuando ella sintió la mano de él, procedió a quitarla, pensó que seguiría estimulando su clítoris, le dijo que sólo la dejaría ahí sin moverla para mantener el flujo de la energía sanadora, de amor, creatividad y prosperidad.

La respiración de Cristina lentamente se normalizaba, había alcanzado un altísimo nivel de excitación, después de decir esto Aldo se acercó lentamente a Cristina y le dio un beso, Cristina correspondió y giró su cuerpo para quedar de frente a él; lo abrazó del cuello y se entregó en ese beso, sus labios se abrazaron, la lengua masculina penetraba lentamente la cavidad femenina, mientras la mano de Aldo encontró cobijo en el pezón izquierdo de Cristina, con lo cual indicaba su consentimiento para que esa mano prosiguiera su viaje al sur, ligeramente pellizcaba la erecta forma, entonces fue la lengua femenina la que emprendió la conquista de la boca masculina, la metía y la sacaba como si la estuviera cogiendo con su boca, eso fue suficiente para que el pene se le parara, Cristina soltó un ligero gemido al sentir el miembro en su muslo derecho, el beso se volvía eterno, la mano llegó al que parecía su destino, el clítoris, con el dedo medio empezó a realizar movimientos circulares lentos y suaves, se percató de que esa zona aún estaba muy húmeda y nuevamente retomaba su calor.

Cristina que aún lo abrazaba por el cuello, lo soltó y llevó su mano al pene, lo tomó del glande, con su pulgar lo acariciaba por toda esa área, lo que provocó que Aldo se volcara en un beso más intenso y profundo, al fondo la música de las diosas aderezaban el momento, primero fue «Tu eres mi luz», a continuación «Víveme» y después «Me equivoqué», que pareció ser la señal para que él se colocara el preservativo, se puso boca arriba, lo cual fue aprovechado por ella para montarse en él, en la posición de Pez enlazando escamas.

Se sentó para cabalgar, su candor la motivó para que sus movimientos fueran algo violentos y rápidos, entonces él tomó la mano derecha de ella, la condujo a su corazón y subió el volumen de su respiración para que ella calmara su ritmo, lo cual logró, además de que sintonizaron su respiración, con cadencia desplazaba sus caderas hacia atrás, todo lo que podía para casi expulsar el pene y después hacia adelante hasta sentirlo totalmente adentro, en penetraciones muy profundas, así siguió por algunos minutos, ella se percibía poderosa, completa y perfecta.

Unos instantes más tarde, Aldo se incorporó para quedar frente al rostro de Cristina y se unieron en un beso, la tomo con su mano izquierda de su nalga derecha y lentamente se desplazó a la orilla de la cama, bajó sus piernas y con la mano derecha tomó la otra nalga y se puso de pie, la cargó de las nalgas y ahora se hizo cargo del movimiento, la levantaba y la bajaba, con ello, sacaba y metía su pene, ella lo sentía tanto que empezó a gemir a decirle que la llenaba, que estaba encantada de sentirlo hasta adentro, la sensación de tener su pene dentro la conmovía. Estaban en la posición de Grullas entrelazando los cuellos con la variante de estar de pie.

—¿Cómo estás? ¿Estás cerca?

—Si mi amor, estoy inmensamente excitada, cerca de otro maravilloso orgasmo.

Se dio vuelta y con cariño y cuidado la depositó en la cama, al dejarla la tomó de su pierna izquierda y le dio la vuelta para dejarla en cuatro puntos, ahora en la posición de Tigres caminantes.

La tomó de la cabeza por la nuca y sutilmente la empujó para que su cabeza quedara pegada al colchón, enfiló su pene con el orificio de la vagina y la penetró, ella estaba tan caliente que al sentir el pene fuerte y completamente erecto, en esa postura estaba entregada a la voluntad de su amante, quien empezó a limar con fuerza y le metía todo el pene hasta chocar con sus nalgas, una y otra vez y ella lo percibía tan grande, fuerte y erecto, que esa sensación acercó más y más su clímax.

—Más... Si... Mételo así, fuerte.

En cada penetración ella gemía con más fuerza.

—Aaaah, si, ahí está... Aaaaaaaaaaah. Mmmmmmm.

En cuanto Cristina dejó de emitir sonidos él sé salió y llevó su orgasmo a su cabeza, después al estómago y depositó la energía en su caldero. Se recostó a un lado de ella, la abrazó y le dio pequeños besos en sus hombros, mejillas y labios.

—¿Cómo te sientes?

—Creo que esto es estar plena, me siento mujer, feliz, extasiada —sonrío— también cansada, más bien exhausta, son muchas emociones, todas hermosas.
—Eres una diosa Cristina y eso te acompañará por el resto de tu vida, a pesar de ti, así que confío que lo ejerzas y lo disfrutes.

—Aldo, al respecto tengo muchas dudas, muchas preguntas. ¿Me ayudas?

—Si con gusto, te propongo algo, podemos ir a tomarnos un café y hablamos.

—Por favor.

Aldo se acercó al rostro de Cristina y le dio un beso apasionado, a Cristina le supo a despedida, tenía un sabor diferente, como de hasta nunca, por lo que ella lo abrazó muy fuerte y sin poder evitarlo afloraron lágrimas, al sentirlas él las enjugó con pequeños besos, ninguno dijo nada, también la abrazó y pareció alentarla para que llorara todo lo que fuera necesario, casualmente el reproductor de música calló, sólo se escuchaban los besos de él, que detenían las lágrimas que seguían fluyendo.

Capítulo 10
Cristina, un café

Llegaron a un café muy cerca de la casa de Cristina, le abrió la puerta y le tendió la mano para ayudarla a bajar, ella acostumbrada a un trato completamente diferente, vio a los ojos a Aldo para externarle muchas cosas más que agradecimiento.

Caminaron hacia el café en silencio, la noche estaba fresca, tranquila, había poco tráfico a pesar de ser una avenida primaria, al llegar al lugar Aldo abrió la puerta y permitió que ingresara Cristina.

—¿Qué deseas tomar?

—Un café americano por favor.

La acompañó hasta la mesa, le abrió la silla, esperó a que se sentara y después acudió al mostrador a ordenar lo que querían beber, pidió que al café americano le escribieran Seguidora de Cristo que es el significado de Cristina en griego, después de recibir las bebidas caminó a la mesa fingió ser un mesero y dejó la bebida de Cristina y expresó.

—Este sitio tiene, la costumbre de otorgar una bebida a la mujer más hermosa que nos visita durante el día y por unanimidad usted, tiene derecho a varias bebidas, pues es la más hermosa del mes, tal vez lo sea también del año.

—Aldo estás lleno de detalles, abrir la puerta del auto, también lo hiciste en el hotel y ahora en este momento, muchas gracias, es muy fácil acostumbrarse a este trato, lo voy a extrañar.

—Cris, puedes pedir ser tratada así, te mereces todas las atenciones que un caballero puede brindarle a una dama.

—Tú lo haz dicho, un caballero.

—Sólo debes ser asertiva, identificar tus sentimientos, deseos y expresarlas con respeto, pedir que te brinden este trato, tú puedes con eso.

—Ese es el gran tema de mi vida, me falta ser asertiva, me cuesta identificar mis necesidades y satisfacerlas.

—Tal vez ese fue el tema pendiente de tu vida, recuerda que todo lo vivido hoy, es un pleno y enorme ejercicio de asertividad.

—Es cierto, tienes mucha razón. Aldo quería tomar un café contigo precisamente para que me ayudes a entender o resolver dos grandes dudas, la primera tiene relación con lo que estamos hablando, cómo le puedo pedir a mi esposo que sea caballeroso, me encantan los detalles, las atenciones, los mimos, por ejemplo ahorita que fingiste ser el mesero y las cosas tan bellas que me dijiste, me encantaría que él fuera así.

—Cris, cuando conociste a Pedro. ¿Cómo era? ¿Cómo te trataba?.

—El sigue siendo el mismo, es distante, frío, muy poco cariñoso, sin detalles y ya sé, la siguiente pregunta es. ¿Por qué me casé con él, verdad?.

—Más bien. ¿Por qué te enamoraste de él?

—Realmente tengo muchas dudas acerca de si me enamoré, creo que me urgía salir de casa, mi mamá me hostigaba y Pedro era mi vecino, definitivamente se enamoró de mí, es como 7 años mayor que yo y vi la oportunidad de salir de casa, tuve pocos novios y jamás tuve intimidad antes, sólo con él y nos embarazamos, el resto de esta historia te la comenté cuando nos conocimos.

—Cris, hay un aforismo, una frase que digo: «Cada uno tiene el amor o la pareja que se merece», independientemente de cómo somos, por amor y sólo por amor podemos cambiar, más allá de que nuestra pareja nos lo pida, podemos buscar la manera de satisfacer sus necesidades, entonces lo que sí es muy importante es que cada uno exprese lo que necesita, ya quedará en el otro, hacer algo para cumplirlas o satisfacerlas. ¿Conoces qué necesidades tiene Pedro?

—Creo que algunas, o más bien las que me ha dicho, a él le gusta hacer el amor casi todos los días, cuando llega a la cama, ya tiene una erección y por lo general se sube en mí, me penetra, casi siempre me lastima pues estoy seca y empieza a meter y sacar, me he dado cuenta de que si simulo un orgasmo, si finjo mis gemidos termina rápido, así que por eso él creía que tenía orgasmos.

—¿Qué crees que le hace falta a su vida de pareja, información, energía, ánimo, desarrollar sus competencias, es decir aprender a tratarse en la intimidad?

—Todo Aldo, nos hace falta todo, la Cristina de hace un año jamás aceptaría estar con otro hombre, sólo con mi esposo y ya ves, estuve contigo y eso me conduce a mi segunda duda. ¿Cómo sabes si hay química entre dos personas, lo suficientemente grande para que una se enamore de la otra?

—Tocas un tema muy polémico, por ejemplo mi maestro considera que sin química dos personas jamás podrían tener intimidad; difiero de él porque jamás una mujer se negó a que tuviéramos intimidad, aunque también él argumenta que es porque en torno a mi persona hay un halo de erotismo, de sensualidad y sexualidad, por el que las mujeres aceptan tener intimidad conmigo.

—Si Aldo, el simple hecho de saber que eres un amante delicioso, bueno eso lo sé ahora.

—¿Qué pensabas de mi antes de conocerme?

—Jaqueline es mi mejor amiga y ella me dijo que necesitaba vivir una experiencia maravillosa, jamás me contó nada de lo que hicieron, sólo lograba ver una luz hermosa en sus ojos y sólo me dijo que tú me harías el amor como nadie, que me atreviera a llevarme eso y por la emoción olvidé preguntarle si eras guapo, atractivo, de buen cuerpo o sexy.

—Cuando me viste. ¿Qué pensaste?.

—Que si eres guapo, jajajaja, trataba de ver tu pene, ignoraba si lo tenías grande y sólo pensaba que eras un extraordinario amante, eso me bastó para sentirme muy atraída, como nunca, más allá del físico era una energía que quería aventarse a ti, aún me pregunto cómo pude detenerme, jajaja. ¿Esa es la química?.

—Me atrevo a pensar que era alquimia, la química gusta de las formas, es atracción, es capricho, es ego, la química se desvanece con el tiempo.

La alquimia es una caricia sutil, casi imperceptible, es potencial, es transformación, cuando lo que nos atrae de una persona está más allá del cuerpo, de lo que se ve, cuando es algo que se siente y lo más importante es atemporal.

—Me cuesta trabajo entender qué es la alquimia y su diferencia con la química.

—Un maestro hindú dijo alguna vez lo siguiente: «Las personas que buscan química son científicos del amor, es decir, están acostumbrados a la acción y a la reacción. Las personas que encuentran la alquimia son artistas del amor, crean constantemente nuevas formas de amar. Los químicos aman por necesidad; los alquimistas por elección. La química muere con el tiempo, la alquimia nace a través del tiempo... La química ama el envase; la alquimia disfruta del contenido. La química sucede; la alquimia se construye. Todos buscan química, solo algunos encuentran la alquimia. La alquimia integra el principio masculino y femenino, por eso se transforma en una relación de individuos libres y con alas propias, En conclusión, dijo el Maestro mirando a sus alumnos: La alquimia reúne lo que la química separa. La alquimia es el matrimonio real, la química el divorcio que vemos todos los días en la mayoría de las parejas. Comencemos a construir relaciones conscientes, pues la química siempre nos hará envejecer el cuerpo, mientras la alquimia siempre nos acariciará desde adentro. Que todas nuestras relaciones sanen». Desconozco quién es el autor, me encantaría darle crédito porque es hermoso lo que dice al respecto de la alquimia. Esto quiere decir que cualquier pareja puede por medio de la alquimia transformase para amarse, ya que se pueden reinventar y renacer. Habla con Pedro, explícale todo lo que te gusta y lo que prefieres dejar de hacer, coméntale tus necesidades, escucha las suyas y si el amor es suficientemente grande, tendrán la energía que se requiere para que cada uno se sienta motivado a cambiar, a transformarse.

—Es que durante la tarde al estar haciendo el amor contigo, poco a poco me convencía de que me había enamorado de ti.

—Cris, gracias por tus palabras, confío en que te hayas enamorado de lo que viviste, de la vida, de la experiencia y que te aferres a ella, que busques convertirte en una pirata que decida todos los días, salir a la conquista de su plenitud y créeme cuando te digo que lo puedes hacer de la mano y al lado de Pedro. A veces pasa que la emoción nos confunde, lo valioso de este día está en lo que aprendiste y en que decidas integrar esos aprendizajes a tu vida. Es cierto que el placer enamora, sólo que se requiere de más experiencias para que ese enamoramiento se consolide.

—¿Cómo es que logras ser así, tan inteligente, tener la respuesta correcta a cada cosa?

—En este momento estás impresionada, viviste algo que te gustó y ese sentimiento lo vas a impregnar en todo lo que percibas de mí. Te agradezco mucho, lo más importante es lo que harás de este momento en adelante.

—Tal vez si estoy influida por lo que pasó, mi vida es otra, también puedo darme cuenta de que eres un gran hombre, cualquier mujer se sentiría dichosa de convertirse en tu pareja.

—Cris, muchas gracias de todo corazón por tan bellas palabras. Estoy de acuerdo contigo, tu vida es otra, depende de las decisiones que tomes en este presente eterno, ahora que te sientes empoderada, puedes concederte una mejor calidad de vida.

—¿Qué es presente eterno?

—Tengo la certeza de que sólo vivimos en un tiempo, el presente y que es eterno.

—Wow, tienes razón; me preocupa que al regresar con Pedro, esta experiencia se convierta sólo en un recuerdo y que mi vida, tal como era, se abalance sobre mí como una ola y me arrastre a lo mismo. ¿Qué puedo hacer para evitarlo?

—Te invito a sustituir la pregunta. ¿Qué puedo hacer? por un ¿Para qué? Si tienes un motivo, un para qué, los cómo carecen de importancia. Si reflexionas acerca de lo que quieres en tu vida, el segundo aspecto es la autosuficiencia, una cualidad fundamental de esta idea, se basa en el hecho de que somos capaces y con infinitas posibilidades para lograr todo lo que deseamos; los fundamentos de este concepto son: «Yo Merezco y Yo Puedo», esto es el corazón de la autosuficiencia; sin embargo, por las creencias que recibimos como herencia de nuestros ancestros, que en ocasiones se sostienen en frases o dichos, ponen en duda nuestro merecimiento, por ejemplo: «El que nace para maceta, del cielo le caen las flores». Como si ya existiera un destino marcado que pudiera evitar que alguien logre hasta el más alto de sus anhelos. Debemos trabajar para cambiar la programación mental arraigada, es un desafío que requiere mucha constancia, todos podemos, estamos hechos de la misma sustancia; sólo debemos repetirnos todo lo que queremos ser, sin dudarlo, con la confianza infantil que se traduce en certeza.

—Una vez que defino lo que deseo y resulta que concluyo que Pedro es incapaz de dármelo, también debo preguntarme. ¿Para qué?.

—Lo que debes evitar es suponer y sacar conclusiones anticipadas, una vez que definas lo que deseas y estés convencida de que te lo mereces, hablarás con Pedro, posiblemente realicen una negociación, celebren acuerdos y será él quien tome sus decisiones, por supuesto que va a ponderar y decidir; posteriormente comunicará su conclusión. En ese momento es crucial mantener la posición que dejaste establecida, porque si Pedro toma una postura y para evitar perderlo cedes, entonces quiere decir que de ninguna manera te crees merecedora de lo que habías pedido.

—Eso me ha pasado, pido y como jamás lo consigo, termino por ceder o por renunciar a la aspiración que había pretendido.

—Uno gana o pierde con uno mismo, al pretender conquistar algo, sin sentirlo con suficiente fuerza, podemos ceder aún más y entonces quedamos en una situación más desfavorable que al principio.

—Pedro ha aprovechado situaciones así, más bien creo que ha abusado de mis momentos de vulnerabilidad y ha obtenido concesiones que estando en mi centro jamás concedería.

—Cristina, esa es una manera de interpretarlo, otra posibilidad es asumir que somos los únicos responsables de lo que ocurre en nuestra vida, los otros son nuestros cómplices, nuestros compañeros de juego y desempeñan los roles correspondientes para cumplir con el plan que nosotros mismos diseñamos, somos nuestra propia causa y nuestra vida es el efecto. Lo que pienses de tu propia vida, se convertirá en tu propia manifestación.

—Suena sencillo, simple, práctico, debe ser mucho más profundo, tengo un para qué, me gustaría mejorar mi vida, volverme la causa de mi propia vida, seguramente hay información que me puede enseñar a diseñar mi vida. ¿Me puedes compartir algo, por favor?.

—Todos los días escucho un audio libro: «Cómo crear abundancia», ahí aprendí que la materia prima de todo en el universo son los pensamientos y que junto con los sentimientos, se convierten en la causa que altera la energía, esa energía alterada se traducirá en una manifestación, el efecto. También puedes adoptar a Bob Proctor como mentor, está Napoleón Hill, Kevin Trudeau, entre otros.

—Es una manera absolutamente diferente de pensar. Aldo, perdí la noción del tiempo, debo irme, Pedro me espera en casa e ignora en dónde he estado esta tarde, me pidió que jamás le dijera cuando estuviera contigo, así que aún debo pensar lo que le diré. Muchas gracias por todo, por tocar mi alma, por cambiar mi vida, por tocar mi cuerpo.

Sonrieron hasta que las risas se volvieron carcajadas.

Capítulo 11
Sofía y Alba

Ese sábado Aldo despertó temprano, después de hacer su rutina, revisó las notas de la conversación con Sofía, solicitó que la sesión fuera para ella y su pareja, de nombre Alba, ambas de orientación sexual homosexual, deseaban que las acompañara para que conociernan su cuerpo y recibir sugerencias acerca de cómo mejorar sus relaciones sexuales. La última nota que observó es que gustan de las baladas en inglés.

Sofía propuso que la sesión se llevara al cabo en su departamento, Aldo le comentó que hacerlo ahí, representaba el riesgo de volver el encuentro personal, así que le sugirió un hotel en Avenida Patriotismo, junto a un supermercado, le comentó que llegaría poco antes de las 16 horas, le mandaría un mensaje para darle el número de la habitación.

Alrededor de las 15:40 Aldo llegó al hotel, rentó la habitación, ya lo conocían en la recepción, así que por lo general le permitían escoger el número de su habitación, así que pidió la 405, una junior suite, con una cama king size y buena iluminación, ubicada al fondo del pasillo, por lo que era de las últimas en rentarse y efectivamente estaba disponible, ya que aún cuando era sábado, un día de gran demanda de habitaciones, aún era temprano.

Llegó a la habitación, las ventanas estaban abiertas y se filtraba una agradable brisa, colocó un reproductor de música y lo conectó a las bocinas de la habitación, buscó una lista de reproducción de baladas en inglés, tenía una con temas clásicos y una de música contemporánea, que fue la que finalmente seleccionó; después virtió un poco de esencia con aroma cítrico en un porta difusor eléctrico que acopló en la toma de corriente. Faltaban pocos minutos para las cuatro de la tarde, así que realizó la bendición del lugar y al terminar, se sirvió un caballito de tequila cristalino, una extraordinaria recomendación que le hizo Don Fernando, dueño del almacén de vinos y licores de su preferencia, le comentó que esa bebida la comercializaban en exclusiva y que estaba muy bueno.

Se sentó en uno de los sillones de la habitación y al degustar su tequila, le surgió un enorme antojo de fumar un puro, trató de recordar la última vez en que había fumado y se percató que tenía casi dos años, fue en Playa del Carmen, después de salir de un curso de sexualidad sagrada taoísta, que su maestro había impartido en ese paradisiaco lugar; después de la sesión, algunos de los participantes se organizaron para ir a un cenote, al que se metieron desnudos, el agua estaba fría, el calor del ambiente y de los cuerpos desnudos habían provocado las condiciones perfectas para nadar y después de esa experiencia, fumó ese puro cubano que era vendido en todos los rincones de esa playa. En medio de esos recuerdos llegaron Sofía y Alba.

Aldo les abrió la puerta, saludó a Sofía quien le presentó a Alba, las invitó a pasar y les ofreció una bebida, les comentó que tenía un excelente tequila cristalino, vino y ron porque fueron las opciones que Sofía le había comentado. Alba aceptó un tequila y Sofía prefirió una copa de vino. Mientras servía sus bebidas, se sentaron; era evidente en ambas su nerviosismo, Sofía estaba a punto de reconocer que se encontraba muy nerviosa, cuando Aldo de manera premeditada inició una conversación.

—Saben hace un momento que me serví y probé mi tequila se me antojó un puro, tiene mucho que fumé uno y me gusta disfrutarlo, precisamente acompañado de un tequila derecho y de preferencia blanco o cristalino. ¿Ustedes fuman?

—Jamás he fumado —dijo Sofía.

—A mi papá le gustaba fumar puro y en alguna navidad me dio a probar y me gustó, creo que de mantener relaciones con él, de vez en cuando lo acompañaría con un puro. —expresó Alba.

Se sintió una gran tristeza en el ambiente, así que Aldo inmediatamente comentó.

—¿Saben qué significan sus nombres?

—Creo que Sofía quiere decir... ups lo olvidé —externó Sofía.

Mientas que Alba reconocía que ignoraba el significado de su nombre.

—Sofía es de origen griego y significa «sabiduría o la que es sabia», mientras que la raíz etimológica de Alba es Albus y significa «nacimiento del sol» o como el mismo nombre lo indica «alba».

—Me gusta mucho lo que significa mi nombre, muchas gracias. —comentó Sofía.

—Ignoraba lo relativo a nacimiento del sol, pensé que alba significaba sólo eso alba. Gracias por compartirlo. —replicó Alba.

En ese momento se reproducía el tema «Writing´s on the wall», entonces Alba expresó.

—Esa canción es hermosa, me encanta. De hecho toda esa playlist está bella.

—Aldo me preguntó en la primera entrevista el tipo de música que nos gustaba, muchas gracias —dijo Sofía.

—Es un placer, ahora deseo proponerles lo siguiente, un servidor sólo las acompañará y si en algún momento quieren comentar algo, estoy para servirles.

Alba se levantó del sillón individual en el que estaba, y se fue con Sofía al sillón de dos plazas donde estaba sentada, brindó con su amante, después acarició su cabello con su mano izquierda, se miraron... fue mucho más que eso, como si pudieran tocarse con la vista, se observaron fijamente, sólo con el contacto de sus ojos, se tocaron el corazón, se acariciaron el alma, de repente dos cuerpos se encontraron en un solo corazón, por medio de esa unión lograron sentirse, entregarse, fusionarse y amarse.

Después de ese profundo encuentro, sus rostros se acercaban gradualmente, con la absoluta certeza de que ese presente duraría para siempre, que estaría la una para la otra, al estar muy cerca, cerraron sus ojos, se abandonaron a las sensaciones cuando sus labios se hallaron, Sofía apresó en su boca, el labio inferior de Alba, lo acarició con su lengua, para después darle pequellos mordizcos, ese momento se hizo eterno o se detuvo el tiempo, las lenguas iniciaron una danza, una sobre la otra, después cambiaban de posición, ahora sólo las puntas, acto seguido se tomaban por completo, para entonces, se fundieron en un beso, una penetraba la boca de la otra con su lengua y este baile era acompañado por un canto de gemidos, de repente interrumpieron muy abrúptamente lo que estaban haciendo, se levantaron y empezaron a quitarse la ropa, cada quien lo hizo por separado.

Por un instante, Sofía que tenía una polaridad más yin, más femenina, se detuvo un momento, porque se percató de la presencia de Aldo, sin reparar mucho siguió adelante, la energía de Alba era mucho más yang, masculina, de alguna manera era la que llevaba la batuta, la que marcaba el rumbo de la relación en este momento; algo era absolutamente obvio, se amaban.

Una vez que las dos estaban completamente desnudas, Alba le indicó a Sofía que se recostara boca arriba, le abrió la piernas y se disponía a darle cunnilingus, en ese preciso instante Sofía volteó para ver a Aldo, con la mirada trataba de decirle algo y mientras se incorporó, Alba expresó:

—Amor, te voy a comer, lo deseo muchísimo, quiero que te vengas en mi boca.

En ese momento Aldo se recostó al lado de Alba, la miró y le dijo:

—Antes de empezar a amarla de esa manera, con el amor que sientes por ella, sutilmente toca la vulva de Sofía, por favor.

Ella lo hizo y Aldo siguió hablando con ella.

—¿Está húmeda, lubricada?

—Muy poco.

—Entonces bésala mucho más, hasta que tus besos logren excitarla tanto que se moje profundamente y entonces además de comértela, te vas a beber sus aguas sagradas.

Sin dudarlo atendió la sugerencia de Aldo, Alba se incorporó y retomó los besos que antes de quitarse la ropa estaban dándose, sutilmente Sofía con una mirada dulce, agradeció a Aldo. Los besos de Alba eran muy intensos, se percibía que ambas estaban en frecuencias diferentes en cuanto al grado de excitación, entonces Aldo expresó, mirando a Sofía a los ojos.

—¿Está bien para ti, darle amor oral a Alba?

Las dos respondieron al mismo tiempo: — Siii. Alba agregó:

—Por favor Amor, cómeme, me siento extraordinariamente caliente.

En ese momento cambiaron de posición, Alba se giró boca arriba y Sofía descendió hasta la altura de la vulva de Alba. Empezó a besar sus muslos, primero con besos suaves, después un poco más grandes, abría la boca y humedecía cada parte de esa zona, después lamía de arriba a bajo, sin dejar un espacio sin besar, después repitió la operación en las entre piernas, era evidente que cada beso y cada caricia que recibía de la lengua de Sofía, la excitaba más.

Con besos muy sutiles, como si los labios de Sofía apenas tocaran la vulva de Alba, con cada exhalación dirigía el aliento a toda esa región, hasta que después de varios segundos, al borde de que Alba gritara, el labio inferior de la boca de Sofía empezó a recorrer la vulva desde abajo hasta arriba, el placer que sintió Alba fue tan grande que, tomó a Sofía de su cabeza, para guiarla, para orientar su boca a las zonas donde más placer sentía.

Con la punta de la lengua acariciaba el labio izquiero de la vulva de Alba, con pequeños movimientos, como si fuera un pincel que trata de extender la pintura sobre el lienzo, poco a poco subía la caricia y el estímulo, el rubor en el rostro de Alba era muy patente, entonces Sofía empezó a tocar el clítoris, alternaba los movimientos de su lengua, primero en círculos, lentamente, después de manera vertical, sin mover la cabeza, sólo la lengua con cierta velocidad, en ese momento Alba contoneaba su cuerpo, la sensación era poderosa, muy intensa, estaba cada vez más cerca, tomó la cabeza de su amante y asió su cabello, su respiración se alteró, empezó a gemir de más a menos, cada vez más fuerte.

—Aaaaahh, Siiiii, ¡aaaaaaahh!

Alba mantenía la cabeza de Sofía en su vulva, era la señal de que debía seguir lamiendo porque la sensación orgásmica continuaba, después de un instante, poco a poco soltó la cabeza de Sofía, quien se incorporó y giró su cuerpo para entrelazar sus piernas como dos tijeras encontradas.

La pierna derecha de Sofía había quedado sobre la cama y la izquierda encima de la derecha de Alba, Sofía dominaba, era la que movía su cadera sutilmente y los labios de ambas vulvas se acariciaban; era un espectáculo delicioso, las vulvas brillaban por la humedad que en ese momento se esparcía por toda esa zona. Alba se rendía al placer, cerró sus ojos para concentrarse en su sensación, la piel alcanzaba a estimular sus clítoris, ambas apenas gemían, su respiración empezaba a acelerarse, así como los movimientos de Sofía, que en un momento giró su cabeza y su mirada se encontró con la de Aldo... fue mucho más que un simple encuentro de miradas.

Aldo tuvo una erección, sintió el deseo de tocarse, aunque fuera por encima del pantalón, Sofía estaba al borde, observar lo que hacía Aldo la prendió aún más, un instante antes del orgasmo, Sofía que mantenía su mirada clavada en Aldo, provocó que se estremeciera, sintió algo en su estómago, fue como si esas miradas adquirieran una propiedad física y se estuvieran tocando, ella delató su fantasía, deseaba que fuera él quien le provocaba ese placer en su cuerpo, ese momento, en esas circunstancias, se convirtió en un acto de seducción, en una declaración de deseo.

Sofía empezó a gemir, se estaba viniendo, tenía un gran orgasmo y por ninguna razón dejaba de mirar a Aldo, tomó con fuerza la pierna izquierda de Alba para restregar su vulva con la de su pareja y profundizar la sensación, finalmente cerró sus ojos y terminó de saborear su clímax, sin darse cuenta de que a Alba le faltaba más tiempo y estímulo para terminar; sin embargo, se sentía complacida por Sofía, entonces Alba sintió muy humedecida su vagina y se dio cuenta de que Sofía había eyaculado, estaba inmensamente mojada, era la primera vez que lo lograba, sin saber que el tercero en la habitación era responsable de su impresionante final.

Alba tomó a Sofía para que se recostara a su lado y la colmó de besos, también intentó cobijar su desnudez, Sofía con un gesto le indicó que así estaba bien.

—Déjame taparte Amor.

—Así estoy bien, gracias, tengo mucho calor.

Siguió besándola y acariciándola. Se tomaron un descanso, Sofía cerró sus ojos y Alba inició una conversación con Aldo.

—Aldo, te juzgué mal, pensé que estarías en contra de las relaciones homosexuales o lésbicas.

—Creo en el amor, más allá de las formas Alba, más allá de los estereotipos, de los convencionalismos, incluso del género; estoy convencido de que parte de nuestra misión es amar, que somos absolutamente plenos y autosuficientes, que desde esa plenitud, podemos encontrar a otra persona plena para amarnos, incluso escribí una canción al respecto.

—Me da gusto escuchar eso, creo que fue un acierto invitarte, las recomendaciones que hiciste nos servirán mucho, gracias. ¿Qué dice tu canción?

—Por ahora la titulé: «La sombra del amor». Habla de que los prejuicios y creencias limitantes y sexofóbicas, le ponen una sombra al amor; sin embargo, el amor es luz y que debemos abrir nuestra mente a la luz del amor.

—Wow, que interesante. ¿Podrías cantarla, por favor?

—Me encantaría hacerlo, sabes que canto muy bien, sólo que me escucho un poco mal, jajajaja.

Sonrieron los tres.

—Por favor Aldo, cántala —Dijo Sofía—.

—Les propongo algo, se las describo, porque aún le falta la música, sólo he terminado la letra.

Asintieron moviendo la cabeza, Sofía se sentó para prestar toda su atención.

—«Había una vez un mundo, donde su aroma era la intolerancia.
   La verdad, la ética y la moral eran patrimonio de unos cuantos.
   Algunos no podían mirarse y mostrar su amor delante de otros.

   Había una vez un mundo, donde los hijos le mentían a sus padres,

Para no ser vistos como raros, por no ser comprendidos en su amar.

En el que tenían que ocultar sus miradas, sus caricias, sus romances.

Había una vez un mundo, en el que los amantes debían ser uno yin y el otro yang; en el que el amor tenía sombra, era malo y bochornoso.

Un espacio en el que unos decidieron lo que era malo e incorrecto.

Así que despierta yaaaaaa.
Porque el amor no tiene sombra, el amor es sólo luz.
Así que yaaaaaa...
Despierta ya y vibremos el amor.

Vamos a crear un mundo, en el que el idioma sea el amor.

Un mundo en el que quepan los otros mundos, que se respire tolerancia.

Donde la voz de todos pueda ser escuchada y se respete su verdad.

Vamos a crear un mundo, en el que eliminemos los prejuicios.

Que una yin pueda amar a otra yin y un yang a otro yang y sea, así sin etiquetas.

En donde la verdad sea patrimonio de toda la humanidad.

Vamos a crear un mundo, donde el amor viva sin importar el género.

Que el amor no tenga que esconderse, que haya libertad y tolerancia.

Donde quien ama pueda amar, sin esconderse, a la luz, en la luz.

Porque el amor no tiene sombra...

El amor es sólo luz».

Ambas aplaudieron con mucha emoción.

—Aldo, tienes que ponerle música, debes dar a conocer esa canción, el mundo la necesita, nosotros la necesitamos, yo la necesito.

—Muchas gracias a las dos, gracias Sofía por tus palabras. Espero muy pronto darles la noticia de que esta canción ya tiene música.

—Es un himno al amor y a la tolerancia Aldo.

—Gracias Alba, que bella descripción, te agradezco mucho.

—¿Crees que nuestra sociedad está lista?.

—Es difícil saberlo, son los estímulos emocionales los que de repente rompen los paradigmas, así que vale la pena compartir desde el amor sin expectativas.

—Así que yaaaaaa... (Cantó Alba).

   Ambas cantaron.
—Despierta ya y vibremos el amor.

Capítulo 12
Aldo y Carím en los viveros

Aldo y Carím quedaron de verse en los Viveros de Coyoacán, el plan era enseñarle a Carím las rutinas de Tai Chi y QiGong, después de saludarse con su abrazo, beso en la mejilla y su típica señal, empezaron a caminar para encontrar un espacio donde practicar, en eso, Carím preguntó:

—¿Crees en Dios?

—Hermano es muy temprano para ponerse tan intenso. ¿Estás de acuerdo?

Ambos lanzaron una carcajada.

—Imagina que Dios es el mar, que tú eres una gota de ese mar, que yo soy una gota de ese mar, en una sola gota está contenido Dios, tú y yo somos Dios. Así que para dar respuesta a tu pregunta, soy Dios y sí, por supuesto que creo en Dios, creo en mí, soy una gota de Dios, soy Dios en una gota. Hermano para pensar en Dios es indispensable aprender a pensar diferente, olvídate de las tres dimensiones que conoces, para hablar de Dios es conveniente pensar cuánticamente.

—Soy Dios en una gota, wow, eso está cabrón lo que le sigue, cabroncísimo. Lo bueno es que es muy temprano para ponerse intensos.

Se llenaron de carcajadas.

—Aldo, estás muy cabrón. ¿Qué pedo contigo? Deberías de escribir un libro, compartir todo lo que sabes, todos podemos saber mucho; sin embargo, creo que ya lo tienes muy bien estructurado y lo tuyo es la comunicación.

—Dicen que un pintor de la Antigua Grecia, Apeles, creo que así se llamaba, corrigió su pintura, específicamente los zapatos por el comentario de una persona cuya profesión era zapatero; al ver que el pintor le hizo caso, le realizó otras sugerencias, el pintor lo observó y le dijo: zapatero a tus zapatos. Disfruto lo que hago y hago lo que disfruto; escribir es algo que definitivamente jamás disfrutaría.

—Creo que lo harías muy bien, respeto tu postura. Antes de que me pierda, por favor cuéntame algo acerca de la cuántica.

—Para ello es imprescindible que abras tu mente, la cuántica es hablar de la dimensión de la energía y nos cuesta mucho porque la visión newtoniana—cartesiana del materialismo es abrumadora y nos impide apreciar más allá de lo que perciben nuestros sentidos. Einstein dijo: «La realidad es simplemente una ilusión, aunque una muy persistente». Carím, somos energía, es el elemento que más hay en nuestro ser, aunque tal vez pienses que es el agua.

—Estoy de acuerdo, resuena conmigo el que somos energía, si es una dimensión radicalmente diferente y estamos educados, diría perfectamente condicionados para concebirnos materialistas.

—Como parte de la energía, también somos información y es lo que distingue a uno de otro, la información, es lo que hace vibrar de manera diferente a la energía en cada uno.

—Recuerdo algo que dice el audio libro que me regalaste, lo que hace diferente al oro del plomo es la información.

—Celebro mucho que lo cites, es muy valioso; la información nos distingue. Ahora bien, somos receptores de información, el primer canal de percepción es cuántico, sin saber cómo, lo primero que percibimos del entorno es la energía.

—Aldo, se me ocurre pensar que podemos recibir toda la información que está en el universo, creo que por un principio de orden cada persona como antena, recibe cierta cantidad y calidad de información, me cuesta trabajo creer que pueda llegar toda la información sin discriminación.

—Muy interesante, cada antena, como bien defines, tiene una determinada frecuencia, por ello sólo puede recibir y enfocar en toda la información que oscile en ese mismo ancho de banda, por así decirlo. De ahí uno de los principios o tal vez leyes de la cuántica es: semejante atrae semejante.

—Tiene mucho sentido, esto quiere decir que uno define su propia frecuencia. ¿Cómo lo hacemos?.

—Con el uso de nuestro regalo primigenio, el libre albedrío, en un acto volitivo cada uno decide la información que convierte en certeza para sí mismo y al hacerlo define su frecuencia.

—Pausa. ¿Qué es volitivo?.

—Acto de la voluntad.

—Cierto, ya recordé. Enorme desafío ese de semejante atrae semejante, porque nos enseñaron que polos opuestos se atraen.

—Justo, es una de las grandes distinciones entre el materialismo y la cuántica, lo cual me resulta maravilloso, porque nuestra percepción es selectiva, podemos verlo todo; sin embargo, sólo observaremos lo que elegimos, podemos oír todo y escuchar específicamente lo que decidamos, es decir, la información es permanentemente discriminada por nuestra frecuencia, sólo lo semejante es percibido, esta sintonía se llama resonancia.

—Una vez que percibimos la información que ya fue depurada por un primer filtro. ¿Qué pasa, qué sigue?

Antes de responder, ambos percibieron fijamente a dos ardillas que trepaban un árbol.

—Una sinergia y un bucle, la información se vuelve energía y la energía información en el campo, en el universo esa energía se objetiva, se manifiesta; lo cual ocurrirá en el instante perfecto, desde una perspectiva del tiempo cuántico, o si lo traduzco a nuestra interpretación del tiempo, inmediatamente o años después.

—¿De qué dependerá la manifestación?

—De nuestro desarrollo, del estado de coherencia, es decir de la sintonía entre lo que se piensa y lo que se siente sobre algo en particular; eso genera un colapso de las partículas y las ondas para transformarse, en otras palabras, es a través del enfoque de nuestra energía que modificamos la energía del campo.

—Así que el destino es inexistente. ¿Qué opinas?

—El destino es el efecto de lo que causamos, el desafío es que en ocasiones causamos sin darnos cuenta, sin ser conscientes de ello y por lo mismo, podemos afirmar que nuestras experiencias son producto del destino, que somos víctimas o actores de un proyecto superior.

—¿Siempre estamos causando, a pesar de hacerlo sin un estado coherente?.

—Si, porque otra ley de la cuántica es la ley de causa y efecto. Siempre estamos causando, sólo que podemos hacerlo sin ser conscientes, es decir siempre hay una alineación entre lo que pensamos y sentimos, sólo que en ocasiones ni cuenta nos damos de esta alineación, porque lo que deseamos es diferente, de ninguna manera se le puede definir como coherente porque pensamos algunas cosas y sentimos otras, incluso en ocasiones lo que sentimos, lo sentimos con mucha fuerza, por ejemplo con el miedo.

—Siempre me haz dicho que el miedo es el principal desafío del ser, su más grande enemigo.

—La frecuencia del miedo es semejante a la del amor, muy potente, muy magnético, por ello atrae con mucha fuerza.

Para entonces ya le habían dado una vuelta completa al vivero y seguían caminando, entre los andadores cubiertos por las sombras de los grandes árboles que acompañan el pasear de los visitantes.

—Entonces los sentimientos como el miedo pueden evitar la coherencia y por lo mismo causar algo diferente de lo que se desea.

—Los sentimientos son un producto, son el resultado de lo que pensamos, entonces el sentir siempre depende del pensar, en ocasiones pretendemos pensar algo y en el fondo tenemos miedo, angustia, ansiedad y terminamos causando algo que deseábamos evitar, por eso importa mucho cuidar y gobernar lo que pensamos, es lo que nos garantiza causar exactamente lo que deseamos.

—¿Ese es el secreto del «Secreto»? Me refiero al libro.

—Es correcto, la ley de atracción es otra manera de interpretar la ley de causa y efecto. Espero que se comprenda esto, los pensamientos tienen una energía eléctrica, es decir el pensamiento puede viajar por el campo, sin atraer o ser atraído por otra energía; en cambio los sentimientos tienen energía magnética, por ello serán atraídos o atraen energía de la misma frecuencia y en ese encuentro se puede realizar el colapso de las ondas y partículas, el instante en que se puede transformar la intención en manifestación y la reiteración facilita el proceso; aquí convergen dos leyes, la de «proporción» dice que la manifestación es directamente proporcional al tiempo en que se sostiene un estado coherente, ya sabes pensar — sentir. La segunda es la ley de «importunidad», a la insistencia y persistencia en que se sostiene un estado coherente.

—Es como si los pensamientos fueran los pasajeros de una nave llamada sentimientos, que son los que llegan al destino programado. Mencionaste resonancia. ¿Qué es eso?

—La resonancia es precisamente la alineación de las frecuencias vibratorias, la frecuencia de tu estado del ser, lo que piensas y sientes, determina una frecuencia y todo lo que hay en esa sintonía, vibrará contigo, es decir resonará contigo y es lo que vas a manifestar.

—Es decir. ¿Si resueno con la carencia, voy a perder algo?

—Exactamente Carím, manifiestas todo aquello con lo que resuenas.

—¿Cómo o qué puedo hacer para resonar con lo que deseo?

—Uno de mis mentores, dice que la repetición de una idea genera una reprogramación y con ello una modificación de la frecuencia vibratoria.

—¿La repetición?

—En efecto, la repetición, reprograma. Una forma de reprogramarnos es la meditación o los decretos o afirmaciones.

—Insisto, deberías escribir un libro.

—Ya lo estoy considerando.

Ambos sonrieron.

—Lo escribes tú o lo hago yo —sonrío— este tema es apasionante. ¿Cuál es el insumo de los pensamientos?

—Hermano, si te propones escribir un libro, te puedo asegurar que lo realizarás.

—Gracias Aldo.

—Respecto de los pensamientos puede decirse que la ruta, a veces puede iniciar con una suposición, que después se convierte en creencia y si es de aplicación universal, entonces se convierte en certeza, este requisito es fundamental, por ejemplo creer en Dios es una creencia, que se sustenta en la fe, por ello su carácter es individual, ya que cada uno tiene su propia interpretación de esa creencia.

—Es desafiante distinguir entre creencias y certezas, hay creencias que para mí pueden funcionar como certezas y condicionarme o limitarme.

—Absolutamente Hermano, en ocasiones las creencias son las cadenas que nos esclavizan.

—¿Qué filtro puede usarse o qué estrategia puede usarse para validar una certeza?

—Al final, la vida es individual, esa es la ley de la individualidad, nadie puede pensar como tú, ni por ti; nadie puede sentir por ti, ni como tú. El filtro puedes usarlo tú para ti, ya que a pesar de que demuestres la universalidad de una certeza, habrá personas que decidan darle a una creencia la categoría de certeza para ellos.

—¿Una creencia es eterna?

—Las creencias tienen dos características, la primera es que son autosustentables, existen para ti mientras las sostengas, es decir, creer en algo es empoderarlo; el día que decides soltar una creencia, simplemente pierde ese poder, deja de ser creíble. La segunda característica es que las creencias se auto confirman, todo aquello en lo que crees habrás de vivirlo, así cobran fuerza porque puedes afirmar que hiciste vida aquello en lo que creíste. Por ello llegan a tener tanto poder sobre nosotros, al grado que olvidamos que se trata sólo de creencias y la consideramos certezas.

—Me atrevería a agregar que la fuente de las creencias también es importante Aldo, porque si es algo que me dijeron mis papás, ni lo cuestiono, lo «acepto» como verdad indiscutible.

—Tienes razón, además es un bucle, porque hay creencias que pueden tener muchas generaciones y las seguimos heredando, aunque posiblemente hayan perdido su vigencia, así que vivimos en un contexto con creencias arcaicas. El asunto es que jamás cuestionamos nuestras creencias y justo cuando lo hacemos y las razonamos, podemos llegar a romper paradigmas, vencer lo que nos limitaba.

—Como la sexualidad.

—Así es, si suponemos sin conceder, como dicen los abogados, que somos energía e información, la sexualidad es un recurso que modifica ambas, eleva la energía, tanto su potencia como su pureza, a su vez transforma y mejora nuestra información, hay muchas creencias limitantes en torno a la sexualidad que evitan su ejercicio pleno. Por ejemplo, la sexualidad sagrada taoísta sugiere que para alcanzar una sana sexualidad deben depurarse las emociones restrictivas y por medio del QiGong y Tai Chi, se logra, hay un ejercicio, que en un momento haremos que se llama sonidos curativos en los que se expulsa la energía de sentimientos como la tristeza que sacamos de los pulmones, el miedo de los riñones, el enojo del hígado, la ansiedad del corazón y la preocupación del bazo.

—Antes de que empecemos. ¿Cuáles serán las creencias más limitantes o restrictivas, esa palabra me gustó, que pueden condicionar nuestra sexualidad?

—Culpa, castigo y sacrificio. Considero que son creencias que limitan tanto la sexualidad como la vida de una persona.

—Estas creencias pueden trastocar aspectos religiosos en el individuo.

—Es posible, creo que puede mantenerse la fe y razonar la pertinencia de erradicar estas tres creencias, sólo como posibilidad.

—Una vez que decides cambiar una creencia. ¿Cuál es la ruta, el procedimiento?

—Me regreso un paso, valdría la pena revisar nuestras creencias, por medio de un razonamiento, por ejemplo las siguientes preguntas: ¿Creer esto es bueno para mí? ¿Creer esto me daña o daña a alguien? ¿Esta creencia me detiene, me limita? ¿Esta creencia impide mi crecimiento?. Por supuesto que es un ejercicio de asertividad, de honestidad personal y después, el siguiente paso es repetir con insistencia y persistencia la idea o certeza que estoy adoptando; la repetición es uno de los recursos más efectivos para la programación, así aprendimos nuestro nombre por ejemplo, entre otras cosas.

—Ok, Hermano, gracias. Demos inicio a la lección del QiGong.

En ese momento se detuvieron en un espacio abierto, el sol desde el zenit se asomaba como participante de esta sesión.

—Qi, significa: fuerza sustancia, energía. La cantidad y vibración marcan la diferencia entre cada cuerpo. Gong, significa: trabajo consciente, esfuerzo realizado con lo mejor de nuestro corazón. Así que QiGong es trabajar con nuestro Qi para despertar nuestra sabiduría.

—Wow, que interesante.

—En este sentido, todo trabajo o ejercicio que hacemos con la consciencia de que participa la energía y le ponemos una intención sanadora o transformadora, se puede considerar QiGong.

—Por ejemplo la sexualidad.

Carím le respondió con un gesto con el pulgar hacia arriba que hizo con su mano derecha.

—Iniciamos con un saludo de una disciplina de Kung Fu, denominado Shaolin Chi Kyosho, primero te menciono lo que se dice: Yang penetra a Ying. Toma de los cuatro rincones del universo los elementos para la creación. Los presenta en equilibrio, para lograr la alquimia de lo inferior a lo superior. Para ampliar la capacidad de amar con amor incondicional. Mantener el equilibrio de las dos fuerzas.

—Que belleza de frases.

—Así es. Primero damos un paso con el pie izquierdo, el perfil del corazón, la mano izquierda que representa la energía Ying, se pone a un lado del pecho izquierdo, con la palma abierta y perpendicular al piso; el brazo derecho se extiende a ese mismo costado, con el puño, representa la energía Yang, el pene. El puño de la mano derecha hace un medio círculo por delante del pecho hasta llegar de frente al centro de la palma izquierda, de manera simultánea, damos un paso con el pie derecho, en ese momento expresamos la primera frase: Yang penetra a Ying. Juntos puño derecho en palma de la mano izquierda ahora se mueven en círculo del perfil izquierdo hacia el derecho y al hacerlo decimos: Toma de los cuatro rincones del universo los elementos para la creación. Al concluir el movimiento las manos que mantienen la posición del puño derecho en la palma de la izquierda ahora terminan en el centro del pecho. En el siguiente movimiento, ambos brazos se estiran para el frente, las manos se abren y el dorso de ambas se encuentran, este movimiento es acompañado por la frase: Los presenta en equilibrio. Los dos dorsos de las manos encontrados y los brazos estirados, inician otro movimiento, ambas manos así en esa posición, se dirigen hacia el vientre, con las puntas de los dedos para abajo y giran apuntando los dedos hacia adentro hasta que las puntas señalan hacia arriba y se expresa: para lograr la alquimia de lo inferior a lo superior. Hago un paréntesis, esta es parte de la alquimia, donde el fuego o Qi pélvico, denominado plomo, sube al fuego o Qi del corazón, que es el bronce, al fuego o Qi espiritual de la cámara de cristal en la cabeza. Una vez que las puntas de los dedos llegan a la cabeza, las manos se cierran como puños y se colocan cada mano en su perfil, sacando ambos codos hacia atrás y el pecho, se acompaña este movimiento con la frase: Para ampliar la capacidad de amar con amor incondicional. Por último, ambos brazos se mueven hacia el frente, la palma izquierda cubre el puño derecho, en ese típico gesto de las artes marciales y se dice: Para mantener el equilibrio de las dos fuerzas. Puedes concluir con una reverencia con la cabeza. Al hacer el movimiento completo puedes omitir las frases, es recomendable expresarlas en voz audible.

Carím muy emocionado por lo que atestiguaba, señaló.

—Está súper ese saludo, agrupa la esencia del Kung Fu sexual.

—Sin embargo, son conocimientos independientes en una sabiduría común. Son disciplinas que recogen la sabiduría milenaria, que se desarrollaron por caminos paralelos.

Por varios minutos practicaron el saludo. El entusiasmo de Carím se había convertido en motivación y en pocos intentos había memorizado el movimiento, el texto le costaba un poco más.

—Ahora Hermano pasemos al segundo ejercicio. Se llama Molino de Agua y es esencial para la sexualidad sagrada taoísta. Es la reproducción de la órbita microcósmica interior por donde fluye nuestra energía. Te explico, imagina a una persona de perfil, hay un circuito que se forma por dos canales de energía, el primero se llama canal gobernador y sube del perineo o del punto de energía llamado Hui Yin, por la zona posterior del cuerpo y de la cabeza hasta la glándula pituitaria o punto de energía denominado Dan Tien alto o Tan Tien alto, digamos en la frente; el segundo canal se llama funcional, inicia en la garganta, desciende por la parte frontal del cuerpo y termina en el Hui Yin. Estos dos canales se pueden convertir en un circuito si pegamos la lengua al paladar. Hasta aquí. ¿Alguna duda?

—Ninguna, recapitulo; dos canales que al pegar la lengua en el paladar forman una órbita, el canal por el que sube la energía es el gobernador y va del perineo hasta la frente o pituitaria; el segundo canal se llama funcional, por el cual desciende la energía de la garganta hasta el perineo. ¿Qué tal?

—Felicidades Hermano.

Ambos sonrieron y se dieron un abrazo.

—Sigo, dos dedos por debajo del ombligo hay otro centro de energía, es como una pila porque almacena y distribuye la energía, es el Dan Tien medio, imagina que entre el abdomen y la espalda hay un caldero, una vasija con tapa y dentro está una perla de luz, me gusta imaginarla del tamaño de una canica grande.

—Hermano, le decíamos bombochas...

Espontáneamente soltaron una carcajada. Para entonces el calor ya se sentía con mucha fuerza, el flujo de gente había crecido considerablemente, ahí en la explanada, muy cerca de donde se encontraban, había un grupo como de 20 personas que estaban por iniciar su rutina de Tai Chi.

—De acuerdo bombocha. Entonces imagina que quitas la tapa del caldero y se voltea, deja caer la bombocha, recuerda que es de luz, intensa, brillante, sólo luz y cae en el Hui Yin, simultanemente al dejar caer la bombocha de luz...

—Hermano, espera, cómo le llamas a esa bombocha porque me desconcentra ese nombre.

—Vamos a llamarle perla de luz o simplemente perla, para dejarla caer, es indispensable realizar una contracción anal, en el caso de las mujeres la contracción también debe ser vaginal. ¿Todo bien?

—Si, abro caldero, destapo, giro, contraigo y dejo caer.

—Muy bien, ahora realizaremos el efecto popote, contracción anal y simultáneamente inhalamos, para subir la perla, imaginamos que sube y ponemos las manos con las palmas, frente a frente y para ayudar a nuestra imaginación ambas manos acompañarán el movimiento de la perla; entonces cuando la perla cae, acompañamos su caída, bajando ambas manos y cuando contraemos e inhalamos, acompañan el ascenso de la perla, cuando llega a la cabeza, pegamos la lengua al paladar para crear el circuito, en ese instante exhalamos y la perla cae, acompañamos con las manos y repetimos el ascenso.

—Hermano, deja recapitular, desde que la perla está en el perineo, las palmas de las manos puestas de manera lateral, con una separación de 30 centímetros. ¿Está bien?

—Alineadas a los hombros.

—Sigo, contracción anal, inhalo y sube la perla, acompaño con las manos, al llegar a la cabeza, pego la lengua al paladar y exhalo, aquí suelto la contracción. ¿Es correcto?

—Había olvidado ese detalle, así es al iniciar el descenso, sueltas la contracción y exhalas.

—Lo tengo y ahora. ¿Qué sigue?

—Repetimos esta operación 9 veces y al llegar a la novena, al estar la perla en la cabeza, vamos a irradiar energía en el Dan Tien alto, con la palma de la mano derecha, giramos 9 veces en círculo a la derecha, también imaginamos que la perla gira en el interior de la cabeza y después 9 veces a la izquierda, cada serie se hace con contracción anal e inhalando, al terminar las dos series, exhalamos, bajamos la perla sin contracción y la detenemos a la altura del caldero, ahí también hacemos dos series de movimientos en los que circula la perla 9 veces hacia la derecha y 9 hacia la izquierda, al terminar absorbemos la perla en el caldero inhalando y con contracción, tapamos el caldero. Hasta aquí. ¿Alguna duda?

—Al concluir los nueve ciclos de la órbita, al subir la perla en la última vuelta, baña de energía la cabeza, al girar 9 veces para un lado y 9 para el otro, con contracción e inhalación, después de una serie se puede descansar la respiración, después baja la perla sin contracción y exhalando, la detengo en el caldero, repito la operación de hacer círculos para un lado y para el otro, nueve veces en el abdomen y al terminar, con contracción e inhalando absorbo la perla al caldero y lo tapo.

—Excelente Hermano, última parte, ahora creamos saliva, movemos la lengua para estimular las glándulas salivales, al tener una buena cantidad de saliva, inhalamos con contracción para absorber millones de pequeños soles que están en el ambiente y que se combinan con la saliva, la colman de energía y activando la bomba craneal, la tragamos de golpe, al hacerlo se convierte en una gota de luz líquida que cae a un lago interior a la altura del estómago, que al hacer contacto, se incendia en una luz dorada que nos concede una sensación de bienestar, paz, salud, armonía y juventud. Hacemos tres respiraciones profundas; inhalamos amor, exhalamos enfermedad, inhalamos armonía y exhalamos cualquier tóxico en el organismo, inhalamos salud y exhalamos tensión. Así concluye el ejercicio de QiGong de la órbita microcósmica.

—Impresionante, se siente la energía cuando se absorbe en el caldero y cuando cae la gota de luz líquida.

—Olvidé algo que debemos hacer al inicio y al final, nos frotamos las manos para estimular la energía, este ejercicio deja grabado en nuestra mente que tenemos energía protegida y disponible.

—Me gusta, estoy seguro que este bienestar es más psicológico que producto de la energía que se genera. ¿Correcto?.

—Recuerda que somos energía e información, así que ya transformaste tanto tu energía como tu información, ahora hagamos el último ejercicio básico del QiGong Sexual, se llama Respiración Testicular, aunque también se llama Ovárica porque es exactamente igual, sólo cambian los genitales masculinos por los femeninos.

—Venga Hermano, estoy listo.

—Ubicamos el punto palacio espermático, con nuestras manos, unimos las puntas de los dedos pulgares de manera horizontal y forman una línea recta, los colocamos debajo del ombligo, ahora juntamos nuestros dedos índices y así se forma un triángulo; ahí donde coinciden las puntas de los dedos está el palacio espermático. Las puntas de los dedos índices, medios y anulares van a presionar el palacio, rodeando el hueso pélvico por la parte superior; al hacerlo inhalamos, hacemos contracción anal, levantamos los testículos, al terminar el ciclo de inhalación e iniciar el de exhalación, con las dedos hacemos vibrar el punto, aquí mismo visualizamos una perla que gira con fuerza centrípeta, imaginamos que de los testículos se proyecta luz de energía sexual y que es concentrada en la perla. ¿Dudas hasta aquí?

—¡Hay Hermano! Ahora si, más despacio, espera... hacemos un triángulo con las manos, los dedos pulgares forman la línea base de manera horizontal y se ponen debajo del ombligo, los dedos índice forman una punta de flecha y ahí está el palacio espermático, hasta ahí sin bronca. ¿Luego?

—Presionamos el punto, inhalando con contracción anal y levantando los testículos. Al exhalar, vibramos el punto, visualizamos una perla en el palacio, que gira con fuerza centrípeta y absorbe la luz de energía sexual que emiten los testículos. La energía sexual de los testículos creó una perla de energía sexual fría en el palacio espermático. Repetimos 9 veces esta operación.

—Oye, esto está cachondo, la zona se pone caliente o tal vez sea mi imaginación, vamos a ver, préstame tu mano y comprobamos.

Ambos soltaron una carcajada.

—Es para fines científicos, ya si después quieres vibrar tu mano con fuerza centrípeta en el glande, se agradecerá el esfuerzo, todo sea por la ciencia Hermano.

Seguián riendo.

—Gracias Hermano, otro día con más calmita, te puedo asegurar que al concentrarse la energía esa zona está caliente y estimulada. Estos son los tres ejercicios básico, hay otro que después te enseño, se llama El Dragón Nadando, que puedes sustituir por el saludo, ahora veamos a estos hermanitos en su práctica del ZhiNeng QiGong que también deberás aprender, por lo menos el primer método PengQiGuanDingFa, que es elevar y verter el Qi.

Aldo abrazó a Carím por el hombro izquierdo y se fueron bromeando hacia la explanada para ser testigos de la práctica de un buen número de practicantes.

Capítulo 13
Dani e Isabella, un trío

Por primera vez, Aldo había decidido flexibilizar su protocolo y se reuniría por tercera vez con Paula, jamás había visto a una de las diosas, después de haber hecho el amor, después de haber estado juntos, se lo pidió por la naturaleza de la solicitud que quería pedirle Daniela.

Se citaron en una cafetería cerca de Coyoacán, cuando llegó ya estaban ahí, Paula corrió instintivamente hacia Aldo y le dio un cariñoso abrazo, lo bendijo y le dijo que gracias a él su vida había cambiado radicalmente, se sentía inmensamente feliz y plena, lo tomó de la mano y lo llevó hacia la mesa donde estaba Daniela.

—Aldo, ella es Dani y es mi «recomendada».

—Hola Dani, mucho gusto, es un inmenso placer conocer a una mujer que desea conquistar su plenitud.

—Hola Aldo, muchas gracias. Disculpa, me siento nerviosa.

—Ven Dani, dame un abrazo —Dijo Aldo—.

Aldo le dio un gran y fuerte abrazo a Daniela.

—Siéntense por favor.

Llegó la mesera y los tres pidieron café.

—Paula luces sensacional. ¿Cómo te ha ido?.

—Muy bien, gracias, después de esa sesión contigo todo cambió, mi manera de ver la vida, me volví muy tolerante, paciente, sobre todo, aprendí a disfrutar la vida. Se lo comenté a Dani, a pesar de sus creencias y de ser muy conservadora, estuvo de acuerdo en venir, queremos, más bien, quiere hacerte una petición especial.

La mesera llegó con las tres tazas de café.

—¿Gustan azúcar, esplenda, estevia?.

—Así está bien para mí —Dijo Daniela—.

—Así lo tomo —Dijo Paula—.

—Un sobre de estevia —Pidió Aldo—.

—El café que venden aquí es muy bueno, espero que les guste, lo traen de Veracruz. ¿Daniela, sabes qué significa tu nombre?

—¿Mi nombre? Jamás me cuestioné su significado.

—Daniela es de origen hebreo y significa: «Justicia de Dios».

—¿Justicia de Dios? Wow, la justicia jamás ha sido algo importante para mí.

Los tres sonrieron.

—¿Paula y tú sabes qué significa tu nombre?

—Jajajajaja, me lo dijiste cuando nos conocimos, espera... mencionaste que era de origen latino, que tenía relación con Paola y que significa: la menor o la pequeña.

—Bravo, recordaste todo, muchas felicidades.

Para entonces Daniela ya se sentía completamente tranquila y relajada.

—Aldo, muchas gracias por venir para que platiquemos y poder pedirte un enorme favor, además de que aceptaste que Paula me acompañara porque tiene una razón de ser.

—Es un placer Dani, además es indispensable platicar para conocer las razones por las cuales se desea aceptar la recomendación, que en este caso te transfiere Paula.

—Paula me habló de lo que haces y me interesa mucho la experiencia, debo decirte que estoy casada, definitivamente he pensado mucho en que jamás le contaré esto a mi esposo, así que creo que aceptar implica hacer algo por única vez. ¿Me explico?.

—Dani, déjame contarte un poco de lo que hago, hay quien lo define como terapia, prefiero definirlo como consultoría, porque en este caso, ustedes son consultantes, en una postura activa, en vez de pacientes, que viene del latín *patiens*: sufriente, sufrido; por otro lado, también implica una actitud pasiva.

Tenemos una primera reunión en la que platicamos y dependiendo de las conclusiones de la conversación, puedo sugerir una segunda sesión, en la cual experimentamos un acto amatorio, en el que se busca autoconocimiento, autodescubrimiento y un momento de plenitud. Después de este segundo encuentro, nos podemos volver a reunir sólo como amigos.

—Gracias Aldo, ahora déjame contarte, me interesa mucho estar contigo, sé que será una experiencia única, así que también quiero aprovechar para vivir una fantasía, se trata de un trío; se lo propuse a Pau y estuvo de acuerdo.

—Celebro mucho que quieras conquistar tu plenitud, incluso que te interese vivir una fantasía, eso es sensacional. Antes de tocar ese tema, por favor dime. ¿Por qué quieres estar conmigo o sólo es el pretexto para vivir un trío?

—Mi esposo es un hombre maravilloso, es el primer hombre en mi vida; jamás lo ha reconocido, estoy segura que soy su primera mujer, estoy convencida de que me entregó su virginidad y nuestra sexualidad es muy monótona, estoy perdiendo el deseo y quiero hacer algo para encender la llama de nuestra pasión, quiero hacer lo que sea por mantener mi matrimonio y aunque parece una contradicción o un contra sentido, desde que Pau me contó su experiencia contigo y siento que puedo aprender lo necesario para mejorar mi vida íntima, la sexualidad con mi esposo, ya después pensaré en la forma en que le compartiré todo lo que aprenda, este es el primer paso.

—Dani, eso es justo lo que quería saber, cuenta conmigo y respecto del trío, hay algo muy importante que debo decirles. Ustedes son muy amigas, es más, tienen reuniones con sus respectivas familias. ¿Cierto?.

—Así es replicó Paula.

Daniela, asintió con la cabeza.

—Por favor déjenme crear un escenario, usemos nuestra imaginación y usaré sus nombres aleatoriamente. Junto con sus familias hacen el plan de pasar juntos la navidad, deciden que la reunión será en casa de Pau y estando las dos en la cocina, Dani te susurra al oído —dirigiéndose a Pau— que te desea, que quiere hacer el amor contigo e imaginen que Pau te rechaza —dirigiéndose a Daniela—. ¿Cómo se sentirían al respecto?

—Para empezar creo que Dani tiene muy buen gusto, jajajajaja.

Los tres rieron.

—Además de que es una golosa, jajajajajaja.

Siguieron riendo. Ese momento de humor bajó un poco la tensión que se generó en ambas, pues omitieron pensar en cómo sería su relación después de tener intimidad.

—Wow, jamás pensé en eso, creo que si yo le hiciera una propuesta a Dani y me rechaza, me sentiría muy mal, definitivamente nuestra amistad se afectaría.

—Caray tiene razón Aldo, sólo pensamos en aprovechar esta ocasión para vivir una fantasía, porque las dos lo deseamos, lo que comentas sí alteraría de sobremanera nuestra amistad.

—Si ustedes desean o tienen la fantasía de vivir un trío, está muy bien, sólo creo que deben considerar hacerlo con alguien que sea específicamente para ese fin. Dani, en caso de que te interese hacer un trío, está bien, podemos aprovechar nuestra sesión, sólo que deberé buscar una candidata para ello, de hecho, conozco a la persona indicada, después de conocerme y saber lo que hago, me expresó su interés en hacer un trío. Puedo buscarla y podemos acordar vernos la próxima semana. ¿Qué te parece?

—Aldo. ¿Cómo se llama esta mujer?

—Isabella, es muy guapa, muy sexual, muy bonito cuerpo, también es muy sensual. Tiene tiempo que la conozco y al enterarse de lo que hago, te reitero que me hizo esa propuesta.

—¿Ella es una de tus diosas?

—Ninguna diosa es mía, ella se convirtió en diosa con sus medios y sus méritos, como muchas sigue creciendo, en gran medida creo que por eso desea vivir la experiencia del trío.

—Un favor Aldo. ¿Puedes llamar a Isabella y decirle si puede vernos hoy? Ups. ¿Tú puedes hoy?

Rieron los tres.

—Eres una perra —Dijo Pau, refiriéndose a Dani—.

—Me conozco y si esto se programa para la próxima semana, podría sabotearme, ya estoy aquí, salí decidida para vivir esto.

—Ok, yo si puedo, llamaré a Isabella para preguntarle, dame un momento.

Aldo buscó el contacto de Isabella y sin pensarlo, le llamó. Mientras respondía prefirió ponerse de pié y alejarse de la mesa para tener más libertad al hablar.

—Aldo, que sorpresa. ¿Cómo estás? Me da mucho gusto saludarte.

—Hola Isabella, estoy muy bien, gracias. Es un placer escucharte.

—¿Dime que me llamas por nuestro acuerdo? ¿Conseguiste a la diosa perfecta para nuestro trío?

—¿Eres bruja o qué? Tengo una candidata que quiere vivir esa experiencia, sólo hay un pequeño detalle, debe ser hoy. ¿Puedes?

—Todo es perfecto, tiene dos o tres días que me he sentido mega caliente, así que sólo de ver que me llamabas me mojé. ¿Dónde y a qué hora?.

—En el hotel de Patriotismo. ¿Te late si nos vemos a las 5 pm?

—Cuenta conmigo, ahí te cojo, bye.

Antes de que Aldo pudiera despedirse, Isabella ya había cortado la llamada y eso le provocó una sonrisa. Paula al ver la sonrisa en Aldo, interpretó que Isabella había aceptado y se lo dijo a Daniela. Entonces Daniela se levantó y abrazó a Aldo, quien consideró que estaba de más detallar la llamada.

Daniela y Aldo llegaron al hotel, unos minutos antes de las 5 pm, en la recepción de los vehículos estaba Javier, un leal y discreto colaborador de ese hotel desde hacía varios años.

—Hola Don Javier. ¿Cómo está?.

—Hola señor, bienvenido a nuestro hotel. ¿Qué tipo de habitación desea?

—Una habitación sencilla, de preferencia una villa.

—Por supuesto tengo disponibles al fondo, la 47 por favor.

—Muchas gracias Don Javier.

—Creo que ya se olvidó de ti —Dijo Dani—.

—Es el protocolo, él tiene que portarse conmigo, como si fuera la primera vez que vengo, es una persona muy profesional, ética y discreta, te imaginas que tu fueras mi esposa y me dijera: «otra vez por aquí».

Ambos sonrieron.

—Parece cómico, es un asunto de la mayor importancia.

—Tienes razón.

Se estacionaron en la villa 47, Aldo se bajó y caminó hacia Javier para pagar la renta de la habitación.

—¿Cómo está licenciado Aldo? ¿Cómo le va? Me da mucho gusto saludarlo.

—Gracias Don Javier, igualmente. ¿Qué tal, cómo está y cómo va el trabajo?

—Un poco flojo, tal vez es por el día, posiblemente más tarde se ponga bueno.

—Eso le deseo Don Javier.

—Gracias licenciado, lo que requiera por favor, con toda confianza me avisa.

—Sí Javier, en breve llegará una invitada, va a preguntar por mí, por favor la acompañas a la villa 47.

—Por supuesto, cuente con ello.

—Muchas gracias.

Javier oprimió el botón para que se bajara el portón eléctrico. Aldo se dirigió hacia la puerta del pasajero y la abrió, Le ofreció su mano a Daniela para que pudiera bajar.

—Muchas gracias Aldo.

—Un placer.

Aldo con la mano le señaló el camino, ambos subieron las escaleras, apenas estaban entrando a la habitación, cuando se escuchó que se abría una puerta en la parte inferior, después se escuchó un concierto de tacones que subía las escaleras, Daniela se puso nerviosa.

—Aldo, llegó Isabella.

—Justo a tiempo.

Aldo inició la reproducción de una playlist con temas románticos interpretadas por diosas en español. Los tacones se escuchaban cada vez más cerca, la puerta estaba entre abierta, Isabella la abrió y entró, se dirigió a ambos con los brazos abiertos en señal de que les daría un abrazo a los dos. Los tres se entregaron en ese encuentro y sirvió para que se olvidaran del mundo fuera de esa habitación. Aldo las abrazó a la altura de la baja espalda y las apretó, simultáneamente emitieron un ligero gemido. Aldo tenía a Isabella a su derecha y a Daniela a su izquierda.

Aldo movió su cabeza ligeramente para atrás y mirando a Isabella, le dijo...

—Esta hermosa mujer es Daniela.

—Hola Dani, gracias por esto, jajajajaja, pensé que sabría qué decir.

Sonrieron los tres. Ahora Aldo miró a Daniela.

—Esta mujer sensual, es Isabella.

Sin decir nada, sólo le dio un gran beso en la mejilla. Aldo comentó:

—Hagamos juntos la bendición del lugar, vamos a rotar en nuestras posiciones, hasta darnos la espalda...

Siguió dando las instrucciones, mientras los tres las cumplían:

—Vamos a levantar la mano izquierda, como si fuéramos a prometer algo, la palma derecha la llevamos a nuestro corazón y juntos repetimos el sonido primigenio «AUM» 3 veces, más o menos 6 segundos cada letra. Inhalamos.

—Aaaaaaaaaaa... Uuuuuuuuuuu... Mmmmmmmmmm.

—Aaaaaaaaaaa... Uuuuuuuuuuu... Mmmmmmmmmm.

—Aaaaaaaaaaa... Uuuuuuuuuuu... Mmmmmmmmmm.

—Regresemos a nuestro abrazo.

Giraron despacio y se encontraron nuevamente en ese abrazo. Ahora Aldo las sujetó casi de las nalgas y propuso lo siguiente.

—Hagamos un juego, cada uno le quitará una prenda a la persona que tiene a su derecha y al mismo tiempo o después le da un beso, cómo quiera y dónde quiera.

—Empiezo yo — Dijo Isabella.

Daniela tenía un vestido amarillo, muy entallado, así que Isabella la abrazó suavemente del cuello para abrir el broche y empezar a bajar el cierre, por un instante miró a Daniela, se acercó hasta darle un beso en los labios que empezó pequeño y delicado, fue creciendo de intensidad mientras el cierre llegaba a media espalda y después se tornó muy apasionado al llegar hasta el final, el beso siguió. El vestido de Daniela quedó atorado a la altura de sus nalgas, Isabella lo jaló con fuerza y cayó, dejó ver una lencería muy sensual, de encaje blanco.

Al separarse, Dani, tenía una ligera gota de saliva en la comisura de sus labios, que intentó retirar con su mano y Aldo, le dijo:

—Deja, lo hago yo.

Aldo tomó del rostro a Daniela y con un beso en la comisura resolvió el pendiente de Dani.

—Listo Hermosa.

—Tú tienes que besar a Aldo, ese beso te lo dio él y en el juego eres tú quien debe besarlo — Dijo Isabella.

Daniela sonrió y empezó a desabotonar la camisa a Aldo, al terminar, tomó la camisa de los hombros y la bajó por la espalda, situación que aprovechó para acercarse a Aldo, lo tomó del cuello para bajar su cabeza, ya que él era más alto y se entregó en un beso muy apasionado desde el principio. Isabella empezó a acariciar las nalgas de Daniela, hasta pasear sus dedos por la línea del ano, hasta casi sentir su vulva.

Isabella vestía un vestido rojo y unas botas largas de gamuza negra, Aldo replicó la estrategia, abrió el broche detrás del cuello y mientras bajaba el cierre, besó a Isabella, sus lenguas bailaban la danza del placer y la pasión, Daniela abrazó a Aldo por la espalda y llevó sus manos a su pene, que ya se sentía erecto y eso la excitó. Al terminar de bajar el cierre, Aldo jaló el vestido hacia abajo y al caer, mostró la desnudez de Isabella que sólo quedó con un collar y sus botas.

—¡Que rico!!! Vienes preparada para la ocasión.

—Quiero aprovechar cada instante de este momento — Dijo Isabella—.

—Tienes un cuerpazo — Dijo Daniela a Isabella—.

—Tú estás buenísima y ya quiero comerte — Le dijo Isabella a Daniela—.

—Van a esperar un poquito mis amadas, por favor acuéstense boca abajo y dejen una separación en medio, para mí, por favor.

Mientras daban los tres o cuatro pasos para llegar a la cama, ambas se acariciaron las nalgas y se recostaron. Aldo en medio de ambas, puso sus manos en sus respectivas espaldas, Isabella estaba a su izquierda y Daniela a su derecha, él colocó la palma de sus manos a la altura, de lo que sería el punto de encaje, es esa zona en donde la Virgen María o Virgen de Guadalupe, tienen sus manos en posición de rezar, sólo que a la altura de la espalda; ahí dejó sus manos un momento, sin moverlas, después empezó a ser pequeños movimientos en toda la espalda, con movimientos sincronizados, ambas manos recorrían suavemente toda esa bella región de sus cuerpos, en círculos en sentido de las manecillas del reloj.

Después se recorrió hacia abajo, para acariciar las pantorrillas de cada una de ellas, con caricias sólo de las yemas de sus dedos, hacia arriba y hacia abajo, después con toda la mano, ejerciendo cierta presión, disfrutando esa femenina región, luego poco a poco fue subiendo las caricias, ahora ya estaba en la parte posterior de las piernas, y después de unos minutos en las entrepiernas, esto empezó a causar un placer diferente, más sexual.

Llegó el turno de las nalgas, en movimientos circulares, igualmente en sentido de las manecillas del reloj, muy lentamente las recorría, ambas tenía nalgas hermosas y voluptuosas, de repente, presionaba alguno de los glúteos y las respuestas de placer eran inmediatas, con sutiles gestos y ligeros gemidos, regresó a sus entrepiernas, con cada movimiento hacia arriba, se acercaba más y más a sus genitales, lo que provocó un pequeño contoneo en Daniela y delicadas expresiones de Isabella.

Los dedos índices de Aldo, ya hacían pleno contacto con la parte externa de sus vulvas, las rozaba cada vez más, hasta que Aldo giró sus manos y con los dedos índice y medio, aprisionó los labios mayores de las vulvas y las empezó a acariciar en toda su extensión, muy lentamente recorría de sur a norte toda esa zona, los gemidos y pequeños movimientos de sus cuerpos se hicieron más patentes, así por varios minutos, las mejillas de ambas empezaron a ruborizarse, uno de los síntomas de excitación en el cuerpo femenino, con sus dedos medio y anular, poniéndolos juntos, acarició la línea central de sus vaginas, lentamente empujaba sus dedos medios cómo sí al hacerlo hicieron un surco.

Así lentamente, ambas vaginas empezaron a ceder, a permitir que el dedo medio de Aldo, en cada una de sus manos, abriera por completo la flor de los cuerpos de sus compañeras, sentía su rocío, su caliente y abundante humedad, llevó la punta de sus dedos medios, sólo con las yemas, intercalando la presión, a la entrada de la Cueva de Jade, el orificio de la vagina, primero empujaba un poco y después lo sacaba, con estos estímulos provocaba una mayor humedad, esta es la zona que más lubricación produce, con las caricias adecuadas, con mucho amor, paciencia e intercambiando la velocidad y presión.

Repetía los movimientos, primero despacio y después con más velocidad, después de un momento, ambas vaginas estaban muy mojadas, listas para recibir, fue así como penetró a cada una, con su dedo medio, sólo la primera falange, ahí además de acariciar de arriba hacia abajo, intercalando la velocidad, primero despacio y después más rápido, se escuchaba el sonido que provoca la humedad en la piel, se hacía cada vez más abundante, esto también provocó que aumentaran el volumen de sus gemidos, de los sonidos del placer, de gestos y de un contoneo de los cuerpos más evidentes.

Seguía intercalando los movimientos, primero lento y después rápido, con ello lograba sentir más lubricación, entonces sacó la punta de sus dedos medios de las vaginas y sutilmente los dirigió hacia los clítoris de cada una de ellas, con movimientos circulares empezó a estimularlas, después cambió el movimiento hacia arriba y abajo, con un poco de fuerza, luego muy suave, con un ligero roce, para retomar el movimiento circular, intercalando la presión y el movimiento de arriba hacia abajo; las dos empezaron a gemir, primero Daniela, por casualidad o como consecuencia de ello, Isabella acompañó ese hermoso concierto con sus gemidos, sus respiraciones cambiaron, el rubor en sus rostros era patente, la respiración de ambas se entrecortaba, sus gemidos aumentaron, movían sus cuerpos, levantaban sus nalgas, estaban muy cerca.

—Siente y disfruta, suelta y fluye — Les dijo Aldo, aunque lo expresó en singular, era para las dos—.

Ambas empezaron a gemir mucho más, anunciando sus primeros orgasmos, estaban muy calientes... hasta que uno con mucho poder, con mucha fuerza indicó que habían alcanzado sus clímax.

—Aaaaaaah, que delicia, sólo cuando tienes un orgasmo así, te permite darte cuenta de que cada orgasmo es diferente y que unos son mucho más grandes y potentes que otros.

—Así es Isabella, cada orgasmo es único.

—Isabella, acuéstate boca arriba, puedes colocar tu cabeza en una almohada, abre tus piernas, ven Dani, ponte aquí, en cuatro puntos.

Aldo colocó a Daniela en cuatro puntos, entre las piernas de Isabella, se puso un condón, la tomó de la cintura, guió la punta de su pene al orificio de su vagina y la penetró lentamente, inició con embates muy lentos, poco profundos, sin mucho pensarlo Dani, tomó de las piernas a Isabella y empezó a besar sus entrepiernas, ambas empezaron a esbozar ciertos gemidos. Las penetraciones de Aldo empezaron a ser más profundas, mientras que Daniela lamía el clítoris de Isabella, quien había tomado de la cabeza a Daniela.

—Justamente así Amor —Dijo Isabella a Daniela—. Ya me tienes...

Daniela jamás le había dado amor oral a una mujer, al parecer disfrutaba tanto como Isabella ese momento. Lamía el clítoris con diferentes movimientos y velocidad. Por unos embates Aldo la penetró duro y la prendió muchísimo, sentía el pene completamente erguido y duro de Aldo y proyectó su excitación a su boca y lengua que ahora chupaban por completo la vagina de Isabella.

—Así Dani, así amor, vas a hacer que me venga, así, sigue...
aaaaaahhh.

Isabella tuvo un orgasmo, sus pezones completamente
erectos, la piel clara de sus mejillas, ahora estaba ruborizada,
Daniela dejó de comerse a Isabella, las sensaciones de su
cuerpo le reclamaron su total atención, Aldo la tomó de sus
hombros para penetrarla profundamente y Daniela estaba
rendida al placer...

Isabella se incorporó, abrazó a Aldo por la espalda, a pesar de
ser ligeramente más bajita que él, se las arregló para poder
besar el cuello de Aldo, con sus manos acarició su pecho y se
percató de que sus pezones estaban erectos, entonces los
empezó a lamer, Aldo disfrutaba inmensamente que chupara
sus pezones, más el izquierdo que el derecho y al hacerlo
Isabella, él empezó a gemir, así mostró su agrado por esa
estimulación, regresó a besar el cuello de Aldo, sólo que ahora,
llevó el dedo medio de su mano derecha al culo de él y poco a
poco lo penetró.

Aldo jamás había experimentado esa sensación y ese estímulo,
por un momento pensó en detenerla, tal vez la forma en que
ella lamía su cuello o la sensación misma en su culo lo
detuvieron, simultáneamente Aldo, tomó el largo cabello de
Daniela y lo jaló suavemente, al tiempo que la penetraba duro,
y Daniela aprobó con gemidos lo que hacía Aldo.

—Así Aldo, dame así, rico, duro.

Aldo empezó a cambiar su respiración, se estaba excitando de
más, los besos en el cuello y el estímulo en su culo, lo estaban
llevando a un abismo de placer, Daniela elevó la intensidad de
sus gemidos, estaba teniendo un gran orgasmo, Aldo
aprovechó para recuperar el control de su respiración, se
volvió consciente del movimiento de su órbita microcósmica,

bajó radicalmente la velocidad y profundidad de sus embates, Isabella dejó de penetrarlo, aunque siguió besando el cuello de Aldo.

Daniela lentamente sacó el pene de Aldo y se recostó en la cama, extasiada, rendida por el placer vivido, Isabella sabía que había logrado prender muchísimo a Aldo, se sentía empoderada.

—Quiero que me cojas así, duro como te la estabas cojiendo. Nena, súbete y gira boca arriba.

Apenas Daniela se acomodó en la almohada, Isabella le abrió sus piernas y empezó a besarla en la comisura de sus entrepiernas, sin tocar su vagina, le agradó el estímulo al expresar levemente un si. Aldo se cambió el condón, se dispuso a penetrar a Isabella, llevó su pene a su vagina y sintió que estaba muy mojada y caliente, la tomó de las nalgas y las presionaba, después de su esbelta cintura y la jalaba con fuerza para penetrala duro, tal como lo había pedido.

—Así Amor, dame así, mmmm que rico pene, cógeme duro Amor.

Aldo tomó de los hombros a Isabella, para penetrarla sólo a presión, sin meter y sacar, para bajar y alejar la sensación de venirse, aún se sentía muy excitado, así con esos embates tenía más control, y le gustaba mucho a Isabella sentir la fuerza del pene al interior de su vagina, con su lengua mantenía muy excitada a Daniela, penetraba su vagina al tiempo que estimulaba su clítoris.

Isabella estaba que ardía, tuvo que dejar de dale amor oral a Daniela, sentía que estaba muy cerca de venirse.

—Cógeme Aldo, así duro Amor, me voy a venir!!!

Aldo la penetró duro, sólo sería un instante, estaba al borde y antes de lo que pensó, sus gemidos de placer confirmaron que ya estaba en su clímax, los embates siguieron, más lentos, aunque igualmente profundos, entre gemidos le pedía a Aldo que siguiera.

—Sigue Amor, por favor, así, mmmm, es enorme!!!

Lentamente, Isabella se movió para que Aldo saliera de ella, al hacerlo siguió estimulando a Daniela.

—Descansa Amor, sigues después —Dijo Isabella a Aldo—. Quiero hacerlo, amo comerte.

Con la punta de su lengua estimuló el clítoris de Daniela, con un solo movimiento, de arriba hacia abajo y a velocidad media, inmediatamente Daniela empezó a gemir, estaba más cerca de lo que pensaba, llevó sus manos a la cabeza de Isabella, que al sentirlas le hizo saber que estaba muy cerca, aceleró el movimiento de su lengua, Aldo se acostó a un lado de Daniela y lamió sus pezones, Daniela le pidió que la besara y eso hizo, sus lenguas se trenzaron, se acariciaron, se estaban comiendo, al momento en el que Daniela terminó, con largos gemidos, Isabella bajó la velocidad de su lengua, siguió hasta que Daniela dejara de gemir. Aldo la besó suave, abrazó a Daniela, Isabella se acomodó a un lado de Aldo, dejándolo en medio de las dos, las abrazó a ambas y ellas se acurrucaron a su lado.

—Que maravilloso es el placer. ¿Por qué nos negamos esto? —Expresó Daniela—.

—Por todas esas creencias limitantes, por nuestros paradigmas —Replicó Isabella—.

—También se requiere hacerlo con las personas correctas, que sepan cómo coger, quiero que mi esposo aprenda para que vivamos esto, porque jamás había sentido tanto placer y quiero que juntos lo logremos. ¿Aldo, crees que el puede mejorar como amante?

—Todos podemos aprender, todos podemos ser grandes amantes, se requiere en primer lugar humildad para reconocer que siempre podemos mejorar, aprender y ese es un gran obstáculo, porque los hombres tenemos el chip de que somos productos terminados en el arte amatorio, ni siquiera reconocemos que justamente amar, es un arte que debe aprenderse.

—¿Cómo empiezo, qué le digo?

—Puedes decirle que una de tus amigas te contó que su esposo se convirtió en un gran amante y que ahora disfrutan mucho su sexualidad, que él estudió sexualidad sagrada taoísta, te puedo compartir los datos de mi maestro Luis Antonio, sabe muchísimo y constantemente ofrece cursos.

—Sí por favor, ese puede ser un buen inicio. ¿Isabella, dónde aprendiste a amar así?

—Todo suma Preciosa, la primera vez que estuve con un estudiante de sexualidad sagrada taoísta, todo cambió, me puse a estudiar un poco, usé los huevos intrauterinos, son huevos de jade, que te insertas en la vagina y te los dejas, el tiempo es distinto para cada mujer; sin embargo, creo que eso despertó a mi ser sexual y por último, el instinto femenino que todas tenemos. ¿Por ejemplo, dime cómo te sentiste?

—Me sentí una puta.

Los tres rieron.

—En el buen sentido de la palabra, sé que ustedes me entienden; lo primero es que sentí una absoluta libertad, jamás percibí un juicio, reconozco que a veces lo percibo de mi esposo, aquí me pareció que me salieron alas y que los tres volábamos, que de igual a igual, sólo podía experimentarse una absoluta libertad y después se liberó mi sensualidad, cuando Aldo nos acomodó y tenía tus piernas y tu vagina al alcance de mi boca, ni lo pensé, sólo quería que te vinieras en mi boca, que disfrutaras y la forma en que me estaba cogiendo Aldo, me colmó de placer.

—Preciosa eres buenísima comiendo, me vine rápido, lo disfruté muchísimo, lograste prenderme y hacerme disfrutar intensamente.

—Gracias por decirlo, me encanta saberlo, me siento una mujer poderosa.

—Todos podemos convertirnos en grandes amantes, sólo nos hace falta entender cómo estimulamos nuestra energía sexual, la más poderosa que el ser humano puede transformar, voluntad y empatía. Dentro del conocimiento de la sexualidad sagrada taoísta, aprendes a calibrar a tu pareja, escucharla, sentirla, preguntarle que desea, que le gusta y en el caso de los hombres, mantener el control de la respiración, que el movimiento del cuerpo evite que tu respiración se acelere, porque al hacerlo será muy difícil evitar la eyaculación. También aprender a disfrutar el camino, los orgasmos inyaculatorios, aprender a disfrutar el placer de tu pareja, de sus orgasmos y una técnica que se llama órbita microcósmica que es la conciencia de que tu energía está girando en tu interior, que entre más gira más crece, más se empodera y debes dejarla dentro de ti, porque al eyacular se derrama y la pierdes. Isabella y tú son grandes amantes, maravillosas y sólo hizo falta su absoluta disposición para crear esta fiesta de placer y gozo.

—Me encantó hacer el amor con ustedes, muchas gracias.

—Preciosa, esto fue sólo un breve descanso, nos falta el gran final.

—Wow, que maravilla, quiero más, quiero llenarme de placer, de ustedes. ¿Qué sigue?

—Vamos a cumplirle a Aldo la fantasía que todos o casi todos los hombres tienen, te la vamos a comer entre las dos.

Isabella con señas le indicó a Daniela que ahora le darían amor oral a Aldo, así que una de cada lado, empezaron a estimular su pene, a la menor provocación, recuperó su erección; colocaron sus bocas en la base del pene, las abrieron y entre las dos abrazaron el pene y juntas empezaron a moverse desde la base hasta el glande y regresaban, después con sus lenguas acariciaron el glande, una lo metía a su boca y la otra estimulaba en tronco y se intercambiaban, si bien era muy placentero, lo más excitante era visual, observar a dos mujeres hermosas dando amor oral, era sublime.

Después Aldo le pidió a Isabella que lo montara y a Daniela que se sentara en su cara, viendo a Isabella; así mientras penetraba a Isabella, le daba amor oral a Daniela, la obra maestra de un trío, porque mientras el hombre le daba placer a ambas diosas, ellas por su cuenta se besaban y acariciaban sus pezones. Isabella movía con cierta velocidad su cintura y caderas, deseaba que Aldo terminara en ella, aún con el condón, quería seducir a un estudiante de sexualidad sagrada, ya había estado muy cerca de lograr que Aldo eyaculara cuando lo penetró con su dedo, sólo que en ese momento estaba penetrando a

Daniela y se hubiera venido en ella, deseaba sentir el privilegio de lograr que se viniera.

Aldo era muy bueno para dar amor oral, así que estimuló el clítoris de Daniela con su lengua con diferentes movimientos, velocidad y presión, así que en poco tiempo, ella empezó a gemir, besó a Isabella, eso provocó que ambas se excitaran más, entonces Isabella besó y lamió el cuello de Daniela, lo hacía muy sensualmente y contribuyó para que empezara a sentir el principio de su orgasmo, así que gimió muy fuerte cuando lo logró, una vez que alcanzó su climax, se hizo a un lado y dejó que Isabella y Aldo siguieran hasta terminar.

Él tomó de la cadera a Isabella, para jalarla y que las penetraciones fueran menos rápidas y más profundas, empezó a sentir los espasmos del orgasmo de ella, al tiempo que empezó a gemir y Aldo también lo hizo, ya que también estaba sintiendo un orgasmo, en cuanto ella terminó, Aldo se detuvo por completo, ya que a pesar de controlar su respiración y de girar su energía en la órbita microcósmica, estuvo a punto de venirse.

Nuevamente los tres se recostaron, ahora Daniela quedó en medio, Aldo la abrazaba por la espalda y ella a su vez a Isabella. Mientras descansaban, Aldo le preguntó a Isabella:

—Isabella. ¿Sabes qué significa tu nombre?

—Alguna vez mi papá me lo dijo, sólo que lo olvidé.

—Tiene un significado hermoso, Isabella: «forma italiana del nombre Isabel que significa "Promesa de Dios", "Que ama a Dios"».

Capítulo 14
Carím y el ecosistema

Aldo manejaba hacia el Ajusco, llevaba a Carím al bosque, le mostraría un lugar al que le gustaba acudir a caminar, para mantenerse en contacto con la naturaleza, además cerca de ese lugar preparaban quesadillas y sopes que le fascinaban y sabía que también le gustarían a Carím.

—Hermano, háblame de tu negocio, jamás te había sentido tan emocionado con un proyecto profesional, además entiendo que gracias a eso, puedes dar el servicio que le brindas a las mujeres.

—Si Carím, hace poco pensé en diseñar algo que denominé ecosistema, visualiza tres círculos entrelazados.

—Es decir. ¿Como un sistema de tres ámbitos?.

—Exacto Cabrón, tú muy bien. El primero es el cultivo de la energía y espiritualidad, el segundo, el desarrollo de la mentalidad y el tercero, el vehículo para incrementar la prosperidad. De hecho este modelo lo pensé antes de tener el vehículo para crecer mis finanzas.

—Hermano, ahora en español —sonrieron—.

—Cabrón, despierta la ardilla, por favor —sonrió—. El primero se refiere a que debemos aprender a cultivar nuestra energía, en especial la más poderosa que podamos transformar, la energía sexual, que está vinculada a la espiritualidad.

—Hay Hermano!!! Muy interesante.

—Aprende Hermano —rieron—. El segundo se refiere al crecimiento o desarrollo de la mentalidad, aprender que nuestros pensamientos son poderosos y van a fijar la frecuencia en la que nos queremos ubicar, después los pensamientos se convierten en sentimientos y son los que vibran, su naturaleza magnética atrae, entonces así funciona el secreto, la fuerza del sentir es el que manifiesta.

—Así que estos dos ámbitos tienen relación con la salud con el bienestar con la plenitud y se cierra la pinza con el tercer ámbito.

—Ya pusiste a girar tu ardilla, bien hecho Hermano, jajaja; con el tercer ámbito, el vehículo para el desarrollo de la prosperidad, cumples con los aspectos más importantes del ser, por eso lo denominé ecosistema.

—Hermano. ¿A quién se lo copiaste?

—Hasta crees pendejo, salió de esta cabecita —rieron—.

—¿Neta? Entonces cuenta. ¿Qué te metiste? —rieron mucho—.

—Es una genialidad. ¿Cierto?

—Calma Llanero Solitito, reconozco que me gusta el modelito, sigue, plis. ¿En qué consiste el último ámbito?

—En este caso, el vehículo de la prosperidad, que estuve buscando por varios meses, lo pude encontrar en la tecnología, déjame hacerte una pregunta. ¿Sabías que ya nos encontramos en la tercera generación de internet?.

—Estás loco Hermano, sólo hay una internet, venga explica con manzanas y despacio.

—Pon atención, en la primera generación de internet, que denominaron web 1.0, los programadores podían enviarnos información, nosotros la recibimos, sin poder responder. En la segunda generación, que llamaron web 2.0, que es la que conocemos y que sigue trabajando actualmente, además de recibir, también podemos responder, la debilidad de esta red, es que tu información se guarda en un servidor y lamentablemente un hacker tiene la habilidad para entrar en esos servidores, robar la información y después robar el patrimonio.

—Es por eso que las empresas invierten mucho en ciberseguridad, para evitar estos hackers.

—Así es Sherlock, la inversión en este aspecto es considerable, esa es la razón por la que nació la web 3.0, a principios de los años 2000; sin embargo, por casi 9 años se le dio muy poco uso, hasta el 2009, una persona con el seudónimo de Nakamoto, utilizó una tecnología a la que llamaron blockchain, para vender el primer activo digital o criptomoneda: Bitcoin. Poca gente creyó en este proyecto, los que sí lo hicieron, se volvieron millonarios, después de 8 años aproximadamente.

—Prácticamente toda la web 3.0 y blockchain se utilizan para la compraventa de activos digitales y criptomonedas, se requiere un amplio conocimiento tecnológico.

—Así era Sherlock, hace tres años y medio, un joven, un genio tecnológico, desarrolló una blockchain con el eslogan: «blockchain para todos», si bien cuenta con su propio activo digital o criptomoneda, a diferencia del resto de este tipo de proyectos, su idea fue desarrollar aplicaciones de uso cotidiano, poner a la venta acciones o participaciones, para que la riqueza que generen dichas aplicaciones se comparta con toda la comunidad que haya comprado, es un proyecto de una gran visión.

—Vaya que lo es Hermano, una blockchain, qué interesante.

—Esta blockchain tardó 2 años en desarrollarse, inició operaciones en junio del 22, salió con un primer producto, un «Hub NFT», que es algo así como título de propiedad en esta tecnología, un activo digital, que te recompensa con interés compuesto a un plazo fijo de 5 años; puedes hacer retiros parciales cada año; sin embargo, lo que conviene es dejar tu capital, sin tocarlo, hasta vencerse el contrato inteligente, la recompensa, en casi todos los paquetes, podría ser de cientos de miles o millones de dólares. Tiene 7 diferentes paquetes y puedes comprar uno o varios en la misma cuenta, el más pequeño es de cien dólares y el más grande de treinta mil dólares.

El segundo producto, un Hub NFT «Centro de Juegos», se trata de la primera lotería y casino, privado, global y descentralizado del mundo, en este caso nos permiten comprar participaciones, es decir tipo acciones, del capital intelectual del software, motivo por el cual las recompensas son vitalicias, para este producto crearon nueve diferentes participaciones, que van desde los cien, hasta los cien mil dólares. Cada paquete tiene una ganancia máxima, que al alcanzarse tienes la opción de recomprar tu paquete y activar otro ciclo de ganancia o simplemente lo dejas perder.

—Hermano, más despacio, quiero comprender, dime. ¿Qué significa global? Creo entenderlo, prefiero conocer el concepto exacto.

—Quiere decir que sin importar en qué parte del mundo te encuentres, puedes comprar un boleto o participar en alguno de los juegos o concursos que próximamente tendrá «Centro de Juegos».

—Me gusta Hermano, el concepto de privado, entiendo que quiere decir que los dueños son ustedes, junto con los desarrolladores de la aplicación.

—Exactamente.

—¿Qué significa descentralizada?

—En la tecnología blockchain, los fundadores y dueños del proyecto toman las decisiones para cumplir la misión y visión que ellos determinen, esas directrices, definen y configuran los contratos inteligentes, en ese momento la comunidad se vuelve responsable y supervisora de la operación, se asegura de que cada transacción cumpla lo establecido, con su respectivo contrato inteligente, es decir, la tendencia es que el poder deja de estar centralizado en un grupo de personas y ahora se comparte con la comunidad.

—Hermano, que interesante.

—El tercer producto, Hub NFT «Centro de pagos», es una banca digital que se administra con una tarjeta de débito, que une al mundo centralizado y banca tradicional, con las finanzas descentralizadas, blockchain y criptomonedas, habrá una versión física y otra virtual, al comprar tu participación en las primeras etapas, tu recompensa es del 20% de las ventas, posteriormente sólo será del 10%. Hay nueve participaciones, que van desde los cien, hasta los cien mil dólares; este producto iniciará operaciones, aproximadamente en junio o julio de 2024.

—Está poca madre Aldo. ¿En mi lugar cuál comprarías primero?
—El Hub NFT «Centro de Juegos», porque ya está en funcionamiento y quedan muy pocos paquetes.

—Además de estos ingresos pasivos, mencionaste que hay una forma de ganar ingresos activos. ¿Cómo es eso?

—Adquirir uno de estos productos nos concede el estatus de cliente, podemos utilizar el network marketing o redes de mercadeo para referir o recomendar, así nos convertimos en socios y ganamos bonos, ingresos activos y sabes algo, es la primera vez en mi vida que lo hago y se gana muy bien.

—Hermano eso es multinivel.

—Así también le llaman, por alguna razón que desconozco, hay mucha gente que rechaza este modelo de negocio y de acuerdo con ciertos autores, es la industria que más ricos y millonarios ha generado en la historia.

—Hay gente que ha utilizado este recurso para defraudar, por eso su mala fama.

—Este proyecto me gusta por dos razones: la primera, es que la blockchain se encarga del desarrollo tecnológico y de los productos, hay otra empresa que se hace cargo de la mercadotecnia de referidos, de la comunidad y la administración de los bonos, así cada una se enfoca en su especialidad. Imagina que pones un restaurante y te digo que te olvides de los clientes, yo me hago cargo de llevártelos, te dedicas a conseguir los mejores productos y preparar los mejores platillos, mientras yo lleno el restaurante, sería un gran equipo. ¿Cierto?

—Por supuesto Hermano. ¿Cuál es la segunda razón?

—La comunidad cuenta con un sistema de entrenamiento y capacitación, también motiva al equipo.

—Tiene su propio ecosistema.

—Cabrón, hoy vienes tremendo, ves cómo es bueno dejar de jalársela.

Ambos rieron mucho.

—Está muy chingón, te explico, hay líderes que tienen mucho conocimiento, porque han participado en otros proyectos y le saben mucho, entonces su experiencia les permitió crear un modelo de capacitación y entrenamiento muy fregón, todos los días por la mañana hay una mentoría, esto es vía zoom, sólo de cierto rango en adelante pueden participar, además también vía zoom, todas las noches se presenta el negocio a prospectos, así de esta manera, te apalancas del sistema y trabaja para ti, por las noches se activa el tercer ámbito, da a conocer el negocio y en las mañanas operan los dos primeros ámbitos.

—Está genial Hermano, el crecimiento es integral.

—Exacto Cabrón, más que un negocio es un Proyecto de Desarrollo Integral.

En ese momento Aldo salió de la carretera principal y tomó una vereda de terracería.

—Cabrón. ¿A dónde me llevas?

—Hoy es el gran día, el que estabas esperando desde hace tiempo —rio mucho—.

—Tantos años cuidando el tesorito para venir a perderlo en el Ajusco, tan siquiera. ¿Trajiste aceitito? —rieron mucho—.

—Te das cuenta por qué estoy tan contento, este proyecto me brinda la oportunidad de cumplir mi misión y ayudar a las diosas.

—Muchas felicidades Hermano, está chulo. Mira ahí hay un puesto de quesadillas, de ahí soy.

—Cabrón, primero vamos a caminar, leve, una hora y después las quecas.

—Hermano. ¿Una hora!!!

—Tú fluye, que te va a encantar —sonrió—.

—Hermano, hablando en serio, quiero ser socio de este proyecto.

—Será grandioso que también en este ecosistema crezcamos juntos. Gracias, Hermano por la confianza.

—Gracias a ti.

Se dieron un fuerte apretón de manos.

Capítulo 15
Mar (Martha), el masaje

Martha citó a Aldo en una cafetería de la Condesa, muy cerca del Parque España, ambos llegaron puntuales, ella le dijo que llevaría un pantalón de mezclilla holgado y una blusa morada, así que cuando llegó él, fue fácil reconocerla.

—Hola Mar, me llamo Aldo, es un placer conocerte. ¿Cómo estás?

—Hola Aldo, muchas gracias por venir, mucho gusto, gracias que gusto, ya lo dije — rio—. Perdón, es que... ¿Ya te habían dicho que tu presencia impone? Te juro que estaba muy tranquila, en cuanto te ví, me puse muy nerviosa.

—A veces las expectativas nos juegan una mala jugada y nos ponen nerviosos, conozco un remedio para resolver este tipo de situaciones. ¿Me permites?

—Si, por favor.

Aldo tomó de los hombros a Martha y la abrazó. Al sentir a Aldo, se puso aún más nerviosa, ella empezó a palmear la espalda de él, como lo hace todo mundo para cortar el encuentro; sin embargo, se percató que sería un abrazo diferente, Aldo mantenía sus manos en la espalda, sin palmear, movía ligeramente sus manos, como para acariciarla y efectivamente, eso ayudó para que se tranquilizara.

—Muchas gracias, me siento mejor, gracias.

—¿Dónde naciste Mar?

—Monclova Coahuila, después de la universidad conseguí trabajo en un despacho jurídico que me ofreció una plaza en Ciudad de México, así es como llegué aquí. ¿Tú eres de aquí?

—Si, soy Chilango — rio— en realidad la Chilanga eres tú.

—¿Cómo? Chilango es el apodo que le decimos a las personas que nacieron aquí en la capital.

—Esa es la costumbre, en algún libro leí que chilango es una persona que nació en el interior del país y que migra a radicar a la capital, esa la acepción correcta, la chilanga eres tú.

Rieron.

—En otros diccionarios podremos encontrar que chilango es el sobre nombre despectivo, que se la da a las personas que nacen en el centro del país o que radican aquí, así que nosotros podemos elegir si tú o yo o los dos, somos chilangos.

Volvieron a reír.

—Chilango suena feo.

—Sabes, tal vez ya me acostumbré, además mi interpretación de chilango, simplemente es la persona que tuvo la bendición de nacer en la Ciudad de México.

—Así hasta yo quiero ser chilanga —río—. Gracias Aldo, ya me siento muy tranquila.

—Me da mucho gusto. ¿Quieres tomar algo? Se ve que los churros están muy buenos.

—Lo están, yo sólo quiero un chocolate. ¿Qué gustas tomar? Yo invito.

—Gracias Mar, acepto un chocolate.

Martha se levantó a pedir las bebidas, así era el sistema en ese lugar, tipo autoservicio y le pidió a Aldo que se quedara para conservar la mesa. Regresó con dos tazas de chocolate caliente y espumoso.

—Muchas gracias, huele delicioso.

—Así sabe, delicioso, sólo que está muy caliente, es mejor esperar.

—Lo haré, gracias, soy poco tolerante a las cosas muy calientes.

—¿A todo lo que está caliente? —sonrío—.

Rieron

—Realmente estoy muy relajada, mira que hacer ese tipo de bromas —sonrío—. Sabes me considero muy tímida e introvertida, se puede decir que hasta reservada.

—Está bien, mientras esas características jamás te limiten o condicionen, todo está bien.

—En mi caso, si han sido una limitación, condicionamientos que me han estorbado y evitado mi crecimiento, por eso acepté la recomendación de Layla, ella es otra, se convirtió en una mujer impresionante, muy empoderada, incluso muy... cómo decirlo,

Al mismo tiempo ambos hablaron.

—Puta —Dijo Mar— Plena —Dijo Aldo.

Sonrieron mucho, casi al borde de las carcajadas.

—Así que tú eres la tímida!!! —siguió riendo—.

—Estoy irreconocible —rio—.

—Si tú eres la tímida, cómo será la extrovertida, jajajaja.

Siguieron sonriendo.

—Para muchas personas, decir «puta» es peyorativo, para mi, es el estado ideal de la mujer, porque disfruta su sexualidad sin prejuicios. ¿Cómo se le puede decir entonces a una mujer así?

—Lamentablemente y a pesar de la riqueza de nuestro idioma, creo que nos falta un término que describa esa condición, podría ser plena, aunque tal vez se quede corta.

—Siento que es mucho más. ¿Me explico?

—Te comprendo perfecto y dime. ¿Te gusta la mujer en la que se transformó Layla?

—Por supuesto, la admiro, quiero imitarla, por eso te escribí, sólo que tener intimidad es muy complicado, es demasiado para mí. ¿Existe algo que sea intermedio, algo que me permita dar un pasito antes de la intimidad?.

—Si lo hay, sólo debo decirte que el proceso de sanación conmigo es de una sola sesión, así que ese pasito intermedio, previo a la intimidad, podemos experimentarlo y después ya buscarás con una pareja tener intimidad.

—Si, lo entiendo. ¿Jamás haz tenido dos sesiones con una sola mujer?

—Hasta ahora he logrado mantener ese principio y tiene una razón emocional, el placer, en particular los besos, tienen el poder, la magia de enamorar a las personas.

—¿En serio? Lo haces para evitar que una mujer se enamore de tí.

—Lo hago por los dos, yo también podría enamorarme de alguna mujer.

—Wow, tal vez a alguna le guste saber que puede hacer que te enamores de ella.

—Esta es la primera vez que le digo esto a alguien y me gustaría que quedara entre nosotros, como todo lo que hablemos.

—Así será, dime. ¿Cuál es ese paso intermedio?

—Un masaje taoísta.

—¿Un masaje? Quiero pensar que es diferente a un masaje tradicional.

—Así es, es un proceso que logra varios objetivos: primero, busca borrar las huellas de abuso que quedan grabadas en la piel; segundo, reconecta el erotismo y sensualidad femenina en la mujer; tercero, contribuye a resolver las huellas de la infancia, específicamente traición y abandono, aunque tal vez también ayude con las otras tres.

—¿Cuáles son las otras tres?

—Humillación, injusticia y rechazo.

—¿Cómo un masaje logra tantos beneficios?

—El creador de ZhiNeng QiGong, el Dr Ming, dice que somos una entidad integrada por los tres elementos que existen en el universo: información, energía y materia. Un masaje representa información, la caricia amorosa que te brinda un hombre en un masaje, introduce nueva información y con el placer que genera el masaje, se estimula la energía más poderosa que el ser humano puede transformar, la sexual y por último, la suma de la información y la energía transforman la materia; así de esa manera se alcanzan los objetivos que ya te mencioné.

—¿Puedo usar mi recomendación para recibir un masaje en lugar de la sesión?

—Así es, puedes usar tu recomendación para un masaje.

—¿Podemos ir en este momento?

—Si, por supuesto. Hay algo que debes considerar, el masaje tiene una sola regla, está prohibida la penetración, aún cuando puedes pedir un regalo, lo único excluído es que me pidas que te penetre. ¿Esta regla quedó clara?

—Descuida, jamás te pediría que me penetres. Muchas gracias.

Salieron del café y caminaron hacía la camioneta de Aldo, tomaron dirección hacia el hotel de Patriotismo, estaba cerca.

—Mar. ¿Qué tipo de música te gusta?

—Instrumental, New Age.

—Es mi música favorita; sin embargo, en el masaje es mejor omitir música o aromas para estar más enfocados en lo que pasa.

—Recuerda la única regla, está prohibido pedir hacer el amor, la penetración puede anular o alterar la información que se genera durante el masaje. A cambio puedes pedir todo lo que se te antoje o quieras, salvo lo dicho en la primera regla. La retroalimentación es muy importante, el masaje es como un simulacro del acto amatorio y la comunicación de la pareja es indispensable, decir lo que te gusta, lo que prefieres evitar, todo es muy importante, es parte del éxito en la intimidad.

—De acuerdo.

—Para iniciar el masaje, debes desnudarte por completo, acostarte boca abajo. Empezaré por la espalda, en esta primera parte el masaje, se debe comunicar amor incondicional, es como una conexión con nuestros padres, después bajaré a las pantorillas, ya con otro tipo de contacto o caricia, digamos erótica, es decir, la caricia que un hombre le brinda a una mujer con mucho amor. ¿Alguna duda?

—Todo está muy claro, gracias.

Llegaron al hotel, Don Javier les asignó la villa 47. Subieron a la habitación y sin pensarlo mucho Martha se quitó la ropa y se acostó boca a bajo.

—Mar. ¿Quieres pasar al baño antes de iniciar?

—Ups, creo que si.

Por un momento dudó, si levantarse desnuda, así lo hizo. Una vez que regresó Aldo le comentó lo siguiente.

—Vamos a bendecir este lugar, te diré que haremos, nos pondremos espalda con espalda, levantaremos la mano izquierda, la derecha la pondremos en el corazón y vamos a emitir el sonido primigenio OM, lo más largo que puedas extenderlo. ¿Dudas?

—Todo claro.

Nuevamente Martha dudó en si vestirse o pararse desnuda, en ese momento se dio cuenta de que se había precipitado al desnudarse —sonrío—. Se levantó y se percató que Aldo ya le daba la espalda, así que se sintió tranquila en ese sentido.

—Inhalamos profundo y lento.

— (Ambos) Oooooooommmmm.

—Inhalamos profundo y lento.

— (Ambos) Oooooooommmmm.

—Inhalamos profundo y lento.

— (Ambos) Oooooooommmmm.

—Ahora si, te puedes recostar.

Martha se recostó boca abajo.

—Voy a pedirte permiso para entrar en tu campo físico y energético, el permiso lo debes conceder la voz alta, por favor.

—Está bien.

—¿Mar, me concedes el permiso para entrar en tu campo físico y energético para que juntos sanemos y para el más alto bien de todos los involucrados?

—Si, te concedo mi permiso.

Lo primero que hizo Aldo, fue poner un vaso con agua en el buró.

—Mar pondré agua en el buró, por favor evita tocarla y cuando terminemos vas a depositarla en el wc.

Aldo se sentó junto a Martha, se puso aceite en sus manos, puso su mano izquierda sobre su espalda, la dejó en el centro de ella, hizo una pequeña meditación, con ambas manos esparció el aceite, con las palmas de sus manos extendidas, acarició toda su espalda, desde los hombros hasta la parte inferior, con grandes círculos, siempre en sentido de las manecillas del reloj.

Aún cuando en este momento el masaje busca brindar seguridad, tranquilidad y relajación, Martha estaba empezando a emitir un tipo de gemido y movía su cuerpo en señal de disfrute. Aldo se sorprendió, siguió.

Aldo le pidió a Martha que abriera sus piernas, el se hincó entre ellas, colocó aceite en sus pantorrillas, las caricias ya eran diferentes, la respuesta de ella fue semejante, emitía ligeras expresiones que significaban que estaba disfrutando el masaje, ahora lo hizo en la parte posterior de las piernas y una zona muy importante, porque ahí quedan guardadas las huellas de abuso, las entrepiernas, al tocar esta zona la conducta generalizada es que se guarda silencio, algunas mujeres incluso llegan a llorar, Martha estaba disfrutando cada contacto y lo hacía notar.

Expandió aceite en las nalgas, los gemidos aumentaron, así como ligeros movimientos del cuerpo, sobre todo de sus brazos, sin importar las variaciones en el tipo de caricia, los cambios de presión y velocidad, todo era motivo de placer y disfrute para Martha, Aldo pensó en las reacciones que tendría una vez que tocara sus genitales. Se aplicó un poco de aceite en sus manos para dejar de hacerlo en la piel cercana a los genitales, primero masajeó la zona a la derecha de la vulva, después a la izquierda, así lo hizo durante unos minutos, luego con sus dedos pulgar e índice tomó con un poco de presión los labios mayores de la vulva y los recorría en toda su extensión, percibió como pulsaba.

Giró la palma de la mano y con los dedos medio, anular e índice acarició desde el perineo, hasta arriba del clítoris y sintió como poco a poco se humedecía, lentamente se empezaba a abrir la vulva y las expresiones de agrado por parte de Martha se hicieron más evidentes, con mucha sutileza el dedo medio se abría paso entre los labios vaginales y conquistaba el interior de la gloriosa flor de esa sensible mujer, que ahora contoneaba muy despacio sus caderas, acompañado de gemidos que incrementaban su intensidad.

Aldo concentró las sutiles y constantes caricias en el clítoris, a veces con movimientos rápidos, otras apenas rozándolo, el rostro de Martha, estaba muy ruborizado, cerraba sus puños y se aferraba a la sábana, su respiración era entrecortada, sus gemidos cada vez más intensos, al igual que el movimiento de sus caderas.

—Aaaaaaaaahh, ¡Que rico!!!

En ese momento alcanzó su orgasmo, había logrado lubricarse abundantemente. Se giró y percibió lo mojado de la sábana.

—Está muy mojado.

—Así es, es mucha, creo que eyaculaste. ¿Ya te había pasado antes?

—¿Las mujeres también ayaculamos?

—Si, de diferentes maneras, unas lo hacen con chorros pequeños, otras como si hicieran pipi y unas más con un flujo abundante, muy parecido a lo que hiciste.

—Wow, me sorprende lo mojado que está.

—Disfruta el momento, las sensaciones, incluso la humedad, en la sexualidad sagrada taoísta se dice: «las aguas de la eyaculación femenina son sagradas». Descansa un momento para continuar con la parte frontal de tu cuerpo.

—¿En serio? ¿Aún habrá más sensaciones placenteras?

—Sólo si tu lo deseas, estás de acuerdo.

—¡Siiiii!!!. Esto es maravilloso, me encanta.

—Además recuerda que puedes pedir algo que quieras, el masaje es un regalo para ti y esa petición adicional, es como el moño de ese regalo.

—Creo que ya sé lo que pediré, sólo voy a pensarlo un poco más.

—Muy bien, voy a empezar.

—Si, gracias.

Aldo aplicó aceite a la altura del pecho de Martha, lo exparció y acarició sus pechos, sin tocar, ni siquiera rozar los pezones, aún así los dedos de Aldo pasaban muy cerca, lo que provocó que ambos se erectaran y ella movía su pecho buscando los dedos y la manos de él, deseaba que los acariciara, que los tomara y los apretara, se sentía súmamente excitada.

Ahora aplicó aceite en las piernas, le pidió que las abriera y se sentó en el tríangulo que formó el compás abierto, también sentado con las piernas abiertas, recargó las piernas femeninas sobre las suyas y continuó poniendo aceite en el pubis, a sus costados, en las entrepiernas, justo a un lado de la vulva, con los dedos pulgar e índice, muy lentamente tomó el labio izquierdo de la vagina para acariciarlo en toda su extensión, Martha extendía sus brazos sobre la cama y nuevamente sujetó la sábana, sus pezones estaban completamente erectos.

Aldo penetró la vagina de Martha con sus dedos anular y medio, mientras que con su mano izquierda estimuló sus pezones, con sutiles caricias, rozándolos. Apenas penetró las dos primeras falanges de sus dedos, giró la mano hacia arriba y con un poco de presión estimuló la zona g, que aparece después del primer orgasmo, ya que esa área experimenta una pequeña inflamación, tal vez semejante a un gánglio inflamado y con esas caricias una mujer puede eyacular.

Con la estimulación de la zona g, se produce mucha lubricidad, prevía a la eyaculación, la cual a veces se alcanza junto con el orgasmo y otras sólo el orgasmo, de cualquier manera la sensación es muy placentera. Martha estaba muy cerca de lograr un orgasmo más, sus gemidos, el movimiento de caderas y el sonido de la humedad en su vagina, eran las mejores evidencias al respecto.

—Me voy a venir, si ya casi, aaaaaaah, siiiii.

Siguió gimiendo, mientras Aldo bajaba la intensidad de la estimulación; estaba muy húmeda, al grado que escurría un líquido casi transparente, sin olor, ni sabor.

—Creo que otra vez eyaculaste, estás muy mojada.

—A ver —Dijo Martha —.

Llevó una de sus manos a la vagina y se percató de lo mojada que estaba.

—¡Que pena!!!

Rápidamente se incorporó.

—Espera, este es un maravilloso espectáculo para los sentidos, la humedad es auténtica, nadie puede fingir esto, así que debes sentirte plena, satisfecha y jamás sentir vergüenza por mojarte de esta manera.

—¿De verdad?

—Por supuesto, esta es una expresión de placer, de gozo, de plenitud, así que esto debería hacerte sentir maravillosamente bien.

—Así me siento, sólo fue una reacción, me siento súper bien.

—Me da mucho gusto.

—Ya sé qué quiero pedir de regalo.

—Por favor, dime.

—Que me cojas.

Aldo se sorprendió mucho.

—Querida Mar. ¿Recuerdas qué dijiste cuando te comenté la única regla del masaje?

—¿Qué dije? ¡Ya me acordé!!! Espera, es que jamás imaginé que se sentiría así, que sería tan intenso.

—¿Jamás imaginé?

—Así es Aldo, soy virgen, o era, ignoro si esto cuenta como mi primera vez.

—Cuenta si tu quieres que cuente, el masaje también es un acto amatorio, la idea de que debe haber penetración es una idea sexofóbica, me encantaría complacerte Corazón; sin embargo, fui muy claro con las reglas. Me sorprende saber que jamás habías estado con un hombre, de hecho Layla me dijo que te ha conocido dos novios.

—Así es, me rehusé a perder mi virginidad con ellos.

—Decir «perder la virginidad» es sexofóbico, nadie pierde en un acto amatorio, los dos ganan, los dos aman, los dos dan y reciben amor.

—Que hermoso, tienes razón.

—Regresando a nuestro tema, en verdad lo siento, tendrás que pensar en otro regalo.

—Está bien, ¡Tengo otra solicitud!!!

—Dime...

—Déjame chupártela, quiero comerme tu pene.

—Corazón el regalo es para tí, si me das amor oral, el regalo sería para mí.

—Por favor, acepto que quede fuera la penetración, déjame sentirte, quiero hacer lo que hacen las mujeres, cuando salgo con mis amigas, ya que se ponen jarras hablan de que se comen a sus parejas y eso quiero vivirlo, por favor Aldo.

—Escucha esta propuesta, qué te parece si yo te como a ti y tú me comes a mí y lo podemos hacer al mismo tiempo.

—Me siento satisfecha, muchas gracias, para ser mi primera vez, estoy feliz, sólo me hace falta vivir esa fantasía.

—Sabes, ni siquiera me han pedido darles amor oral y tu me pides que te deje dármelo.

—¿También está prohibido?

—Es que...

—Anda, acepta y déjame ser aún más feliz.

Ella se incorporó, tomó de los brazos a Aldo y lo empujó lentamente para que se acostara, se quedó sin palabras y sin argumentos para decirle que pidiera otro regalo. Una vez que estaba recostado, le quitó el bóxer, le abrió las piernas a Aldo y se acostó en medio, Martha tomó el pene con sus dos manos y lo acarició, la respuesta fue inmediata y empezó a erectarse y ella a besarlo, sólo con los labios. Una vez que estaba completamente erecto, Martha se lo llevó a la boca.

—Mar por favor sin los dientes, eso duele, sólo labios y lengua, por favor.

—Lo siento, pensé que sería agradable.

—El filo de los dientes puede causar pequeñas laceraciones que después de que baja la excitación duelen muchísimo.

—Lo siento.

A partir de ese momento, con sus labios abrazó el perfil derecho de su pene, bajaba hasta la base y subía hasta el glande, después cambió de perfil, abrió su boca y metió el glande, lo acarició con su lengua, tomó el pene y lo ingresó lentamente, hasta meterlo por completo, así lo sacaba y lo metía hasta el fondo, ocasionalmente acariciaba el glande dando círculos con su lengua y regresaba a meterlo hasta el fondo y a sacarlo; Aldo estaba deleitándose con ese amor oral.

De alguna manera, ella había renunciado a conducirse como una novata, su instinto femenino, su intuición la conectó con su lado erótico, con su espíritu sensual y en cada ocasión en la que acariciaba el pene de Aldo con su lengua, lo estaba seduciendo, lo estaba doblegando, tal vez la forma en que Martha se entregaba o la manera en que se lo estaba comiendo, había logrado que se olvidara de su sitio, de su papel en ese lugar y en ese momento. Aldo colocó sus manos en la cabeza de Martha, mecía su cabello, ahora era él quien metía por completo su pene en la boca de ella, sin darse cuenta, su respiración cambió, empezó a gemir, estaba por caer en el abismo del placer, cuando cobró consciencia, a pesar de lo que su cuerpo deseaba, la detuvo.

—Corazón, por favor, te agradezco mucho esto, debes detenerte.

—Quiero que te vengas en mi boca.

—Corazón, evito venirme, así cuido mi energía primordial, esa es la razón por la cual puedo dedicarme a esto.

—Aldo. ¿Lo hice bien, te gustó?

—Me encantó, lo hiciste maravillosamente bien. Muchas gracias.

Martha se incorporó y se acercó a Aldo, pensó que le daría un abrazo y sí se lo dio, junto con un enorme beso, ahora se lo estaba comiendo en ese beso, penetró la boca de él con su lengua, ambas empezaron a bailar, a acariciarse, a sentirse.

—Wow, Aldo, ahora entiendo porque una persona puede enamorarse en un beso, tus besos son espectaculares.

—Estos besos fueron nuestros, de los dos, así que coincido contigo, estos besos fueron espectaculares.

—Gracias Aldo, esta experiencia fue maravillosa.

—Gracias a ti por la confianza, por cierto. ¿Sabes qué significa tu nombre?.

—Por favor dime.

—Mar es de origen hebreo y significa: Hija adorada, también puede significar: Señora o Dama.

Capítulo 16
Conferencia en la universidad

Aldo llegó al salón de usos múltiples de la universidad, donde daría una plática, más que una conferencia, lo contactaron después de que lo vieron en la entrevista que le concedió a María de la Luz, se dirigió con el rector, lo saludó, se presentó y se puso a sus órdenes. El rector una persona muy culta, muy amable y muy empática con los jóvenes, lo invitó a que pasara a sentarse en una mesa que habían colocado en el podio, le ofreció agua o café, Aldo aceptó el café.

El auditorio estaba casi lleno, había mucho escándalo, como era de imaginarse por la llegada de tantos jóvenes; el rector regresó con el café y le preguntó a Aldo si tenía alguna idea del formato que quería seguir.

—Aldo muchas gracias por aceptar la invitación, muchos jóvenes te vieron en el programa de María de la Luz, enviaron cartas a la rectoría en las que pedían que te invitáramos.

—Es un placer, me encanta la idea de que los jóvenes tengan interés en conocer acerca de la sexualidad sagrada taoísta, así que el agradecido soy yo.

—Por favor dime. ¿Qué formato te gustaría que siguiéramos?.

—Se me ocurre que puedo compartir un par de cosas y después abrir la sesión a preguntas y respuestas.

—Me parece bien, concédeme 5 minutos y empezamos.

En ese momento el rector activó el micrófono y y le pidió a los jóvenes que tomaran su lugar, que el evento estaba a punto de empezar. El auditorio tenía una capacidad para 200 personas, estaba prácticamente lleno, se había generado una expectativa acerca de la visita de Aldo y en pocos minutos, se sabría sí dicha expectativa correspondería a la realidad.

—Jóvenes, guarden silencio por favor, estamos a punto de empezar. Quiero agradecer al maestro Aldo, por aceptar nuestra invitación, por favor vamos a brindarle un cordial aplauso, en señal de nuestro agradecimiento.

Todos los asistentes en el auditorio ofrecieron un caluroso aplauso.

—Muchas gracias por este recibimiento, espero que esta plática, les agregue valor, comenzaré por compartir con ustedes, los hechos de la sexualidad sagrada taoísta y posteriormente, narraré los elementos básicos que debemos tomar en cuenta al hacer el amor.

La sexualidad sagrada taoísta busca la inmortalidad y la espiritualidad de los seres humanos, la primera se consigue al evitar que la energía vital se desperdicie, y la segunda se logra con lo que se conoce como el vuelo femenino, es decir la mujer tiene la capacidad de transformar su energía sexual en un impulso, que le puede permitir trascender su plano físico y percibir otras realidades, entre ellas poder estar ante la presencia de Dios, cuando esto se logra se conecta con el plano máximo de la espiritualidad.

Los hechos de la sexualidad sagrada taoísta son: Primero, los seres humanos disponemos de una energía vital limitada; segundo, la energía vital femenina se encuentra en los óvulos, cuando estos se desechan a través de la menstruación, que nosotros denominamos: luna roja, también se tira la energía vital; en el caso de los hombres la energía vital está en el semen, de la misma manera al eyacular, esta energía se desperdicia, salvo que en ambos casos se tengan como propósito la procreación; tercero, mujer y hombre pueden aprender a cultivar su energía sexual, así como evitar desperdiciar su energía vital.

Primero explicaré qué puede hacer la mujer para cuidar su energía vital, la idea es evitar la ovulación, salvo que se tenga la intención de procrear, de otra manera el objetivo es evitarla, a esto se le denomina Cortar la Cabeza al Dragón Rojo, por medio de un ejercicio que lleva el nombre de Venado, consiste en un masaje que debe darse a los senos y pezones, por lo menos una vez al día, aunque lo ideal es que sean dos veces, de esta forma se estimulan las glándulas mamarias y con esto se engaña al cuerpo de que se está esperando un bebé, el primer efecto qué ocurre con el embarazo, es que se suspende la ovulación, así se evita perder la energía vital.

En el caso del hombre, se le enseña a tener orgasmos sin eyacular, es decir inyaculatorios, así deja de desperdiciar su energía vital. Estos orgasmos son menos intensos, menos explosivos que la eyaculación, son más largos y extensos, porque se experimentan en todo el cuerpo, modificar este placer, trae consigo un cambio de paradigma, lo más importante es que se cuide la energía vital.

Ahora quiero hablarles del acto sexual, el sexo sin amor, genera contaminación energética, la sexualidad sagrada taoísta se opone a esta práctica, lo que sugiere es transformar

229

el acto sexual, en un acto amatorio, hacer esto es muy sencillo, con el simple hecho de que pienses, que amas a la persona con la que estás, ya estás convirtiendo el sexo en amor, porque la intención es muy poderosa, quien dude al respecto le puedo recomendar el libro: El poder de la intención.

Por supuesto que es más poderoso si se expresa ese te amo; sin embargo, con el pensamiento es suficiente. Una analogía sería que el sexo se representaría con dos flechas encontradas, que viajarían en sentidos opuestos, así es como la energía de una persona se proyecta en la otra y viceversa, mientras que hacer el amor, se puede representar con el símbolo del infinito, la energía de cada participante se suma y se transforma en algo más poderoso, que los nutre, los sana, estimula su salud, prosperidad y creatividad.

Al hacer el amor vale la pena considerar lo siguiente: Que haya muchos besos, muchas caricias, así se lubrican y es mucho más placentero el acto amatorio. Antes de que el hombre penetra a su pareja, debe acompañarla y ayudarle a que tenga entre uno y tres orgasmos, a partir de ese momento ya se puede penetrar, esto va a facilitar que ella pueda tener muchos más orgasmos, porque una vez que llega el primero los siguientes son cada vez más rápidos, para cuando el hombre quiera tener su orgasmo, ella habrá alcanzado cuatro, cinco o seis.

Por último, los hombres debemos cuidar nuestra respiración, que el movimiento de nuestro cuerpo siempre nos permita respirar por la nariz, cuando movemos nuestro cuerpo de manera impetuosa, corremos el riesgo empezar a respirar por la boca, lo que significa una enorme dificultad para evitar la eyaculación, así que el control para evitar terminar, en primer instancia depende de la respiración y en segundo lugar de ser conscientes de hacer la órbita microcósmica.

Imaginen un circuito en la parte superior de su cuerpo, inicia en el perineo, sube por la espalda, llega a la corona y de ahí desciende al paladar, esa es la mitad de la órbita, si pegamos nuestra lengua al paladar la continuamos bajando por el frente hasta el perineo. La sexualidad sagrada taoísta recomienda que en el acto amatorio, visualicemos como una luz sale de un caldero imaginario que tenemos a la altura del ombligo, cae al perineo, haciendo un efecto popote, es decir inhalar y contraer los músculos del piso pélvico, incluido el ano, sube la energía, al llegar a la corona, empieza a descender por la parte frontal del cuerpo, con la condición de que peguemos la lengua el paladar, exhalamos y desciende hasta el perineo, repetimos este procedimiento mientras estamos en el acto amatorio.

De esta manera estamos estimulando y trabajando nuestra energía, hay personas que hacer este circuito les lleva varias horas, cuando es algo que debe durar entre uno y tres segundos, tienen tanta densidad que su energía que difícilmente fluye. Ahora vamos a elevar el nivel de la órbita y vamos a pensar cómo hacerlo en pareja, imaginen que al descender la energía, ahora se dirige al pene se conecta por la vagina, asciende por la espalda, de ella, llega la corona, la mujer pega la lengua en el paladar, así permite que descienda, se dirige a la vagina se comunica con el pene, ingresa en el cuerpo del hombre, desciende al perineo, nuevamente asciende por la espalda, baja por la parte delantera y otra vez se comunica a través del pene a la vagina. ¿Qué forma le pondrían a la órbita de esta pareja?

—El infinito —Respondió una joven—.

—Exacto, felicidades.

—Se imaginan la cantidad de energía sexual que se transforma, a través de generar en pareja la órbita microcósmica. Es impresionante e incalculable y esa energía podemos aprovecharla para nuestra salud, creatividad y prosperidad fundamentalmente, porque es energía vital. Una cosa más, las mujeres son elemento agua, los hombres elemento fuego, así que a través de la órbita microcósmica, la mujer le comunica el espíritu del agua al hombre, sólo para refrescarlo, jamás para apagarlo, asimismo el hombre comunica el espíritu del fuego a la mujer, sólo para calentarla, sin la intención de evaporar su agua, a este proceso le llamamos alquimia sexual.

Si alguien gusta hacer una pregunta estoy a sus órdenes, sólo les pido tres cosas: respeto absoluto, si alguien se burla, de antemano les digo que esa persona es virgen, si les interesa conservar el secreto de su virginidad, por favor eviten burlarse —Sonrío—.

Algunos en la sala también sonrieron, otros se quedaron pensando si realmente la burla sería la forma en la que se delatarían las y los vírgenes.

—Lo segundo, en materia de sexualidad, ninguna pregunta es tonta, así que todas son valiosas e importantes. En tercer lugar, al preguntar mencionen su nombre. Gracias.

En esa sala de 200 personas, aproximadamente diez levantaron la mano y una joven corría para acercarles el micrófono.

—Hola Aldo, buen día, me llamo Verónica. ¿Todas las mujeres son multiorgásmicas o sólo algunas?

—Excelente pregunta Verónica, muchas gracias. Toda mujer puede serlo, sin expectativas, porque habrá ocasiones que cueste trabajo alcanzar un orgasmo, y eso puede generar ansiedad de desempeño y la idea de que es imposible que sea multiorgásmica. La mujer puede ayudarse a mejorar su capacidad orgásmica al auto erotizarse, que es la palabra sexofílica para masturbación, y esta es sexofóbica, entre más orgasmos se autogenere una mujer, está enseñando a su cuerpo a responder, a disfrutar y a conectarse con el eros, con la vida. La sexualidad sagrada taoísta dice que la mujer siempre debe estar mojada.

—Muchas gracias Aldo.

—Un placer Verónica, por cierto el significado de tu nombre es muy bonito. ¿Lo conoces?

—Lo ignoro.

—Verónica, viene del latín verum, que quiere decir: verdadero.

—Muchas gracias, me gusta.

—Hola Aldo, me llamo Citlali. ¿Por qué a algunas mujeres les cuesta alcanzar el orgasmo?

—Otra mujer con nombre bonito. Son múltiples razones, el principal órgano sexual es la mente, si una persona está desconcentrada, distraída o ausente, le costará mucho trabajo lubricarse y puede sentir dolor al momento de la penetración y eso evitará sentir placer, será casi imposible tener un orgasmo, otro factor es que el juego previo haya sido muy breve e insuficiente, como ya lo mencioné, es conveniente que la mujer tenga de uno a tres orgasmos antes de ser penetrada, eso incrementa las posibilidades de sentir mucho placer y alcanzar más orgasmos, pensemos que los hombres se calientan en microondas y las mujeres en estufa, requieren mucho más juego previo que los hombres, más tiempo; por otra parte, casi siete de cada diez mujeres, requieren estimulación directa del clítoris, por último la creencia de que la pareja debe tener sus orgasmos al mismo tiempo, eso también mete mucha presión y estrés.

—Gracias Aldo. ¿Me puedes decir qué significa mi nombre?

—Encantado, viene del náhuatl y significa Estrella.

—Wow, muchas gracias.

—Siguiente pregunta por favor —Replicó el rector—.

—Me llamo Javier, Aldo. ¿Qué piensas de los hombres que somos multiorgásmicos y qué significa mi nombre?

La pregunta generó bulla.

—Silencio por favor —Dijo el rector—.

—Hola Javier, los hombres multiorgásmicos me causan envidia y lo siento desconozco el significado de tu nombre.

—Qué tal Aldo, me llamo Eduardo. ¿Los hombres también pueden ser multi orgásmicos?

—Eduardo, muchas gracias por tu pregunta es muy buena. Primero debemos distinguir entre orgasmo y eyaculación, son dos cosas diferentes, se pueden tener orgasmos sin eyacular, así como eyacular sin tener orgasmos; ustedes, que son muy jóvenes pueden tener tres eyaculaciones seguidas; sin embargo, eso va a lastimar su próstata, sólo que la factura les llegará varios años después, así que ahora que lo saben lo mejor es eyacular una vez, excepcionalmente dos veces por sesión o por día. De hecho les comparto esta tabla para que conozcan la forma de cuidar su salud, a la edad de 20 años, pueden eyacular una vez cada 4 días, a los 30 años, pueden eyacular una vez cada 8 días, a la edad de 40 años, pueden eyacular una vez cada 16 días, a los 50 años, una vez cada 21 días y de los 60 en adelante, pueden eyacular 1 vez cada 30 días, aunque lo mejor es dejar de hacerlo para siempre. El hombre también puede ser multiorgásmico, se refiere a la capacidad de tener varios orgasmos sin eyacular, reitero debemos cuidar nuestra próstata, están en el mejor momento para empezar hacerlo, para convertirse en multiorgásmicos, es indispensable cambiar el chip, cambiar nuestra mentalidad, aprender a disfrutar el camino, dejar de pensar que todo el chiste del acto amatorio es eyacular, por supuesto que es una fiesta, la sensación es maravillosa; sin embargo, podemos aprender a disfrutar del placer de nuestra pareja, permitiendo que tenga muchos orgasmos, los hombres también podemos tenerlos, insisto, siempre que evitemos eyacular.

—Muchas gracias Aldo.

—Un placer.

—Me llamo Gabriela, Aldo me da mucho gusto conocerte, aprendí mucho en tu entrevista en el programa de María de la Luz. Tengo dos preguntas, por favor. ¿Es cierto que las mujeres también podemos eyacular y sabes el significado de mi nombre?

—Es un placer conocerte Gabriela, tu nombre es de origen hebreo y significa: Fuerza de Dios.

—¿En serio? Que hermoso!!! Gracias.

—Haaaay, ternurita —A coro un grupo de estudiantes en el auditorio—.

—Silencio y respeto por favor —Expresó el rector—.

—La respuesta a la primera pregunta es sí, las mujeres pueden eyacular, de diferentes formas, sólo deben aprender; es curioso, los hombres debemos aprender a inyacular y ustedes a eyacular. Una opción para aprender a eyacular, es con la estimulación de la zona g, es más que un punto y aparece después del primer orgasmo, es un requisito, ya que es una especie de ganglio que se inflama, está al interior de la vagina, aproximadamente atrás del clítoris, ligeramente abajo, te explico, con la mano derecha, la palma hacia arriba, introduces dos falanges del dedo medio, sentirás una pequeña protuberancia, ligeramente rugosa y un gran placer, al estimular esta zona, en pocos minutos sentirás y escucharás que se segrega mucha humedad, debe continuarse con la estimulación, hay mujeres que tardan poco, otras más, aparecerá la sensación de querer orinar y eso provoca que muchas desistan, porque piensan que es orina; sin embargo, es la proximidad de la eyaculación, que en este caso, se acompaña de un orgasmo de zona g, me cuentan que es diferente al orgasmo de clítoris o de la vagina, así que ya podemos darnos cuenta, de que ustedes mujeres son sexualmente superiores a los hombres, empezando porque tienen un órgano cuya única función, es proporcionar placer y se llama... clítoris.

La mayoría de las mujeres aplaudió espontáneamente.

—Dos últimas preguntas —Dijo el rector—.

La joven colaboradora que facilitaba el micrófono dijo.

—Me entregaron un papel con una pregunta, quieren que sea anónima. ¿Se puede?

—Por favor, adelante —Dijo Aldo—.

—Si una persona tiene fantasías sexuales con alguien de su propio sexo. ¿Es homosexual o lesbiana?

—La orientación sexual es mucho más que una fantasía sexual, es por quién te sientes atraída o atraído, de manera permanente, en los ámbitos romántico, afectivo—emocional y sexual, así como a la capacidad de mantener relaciones íntimas y sexuales con una persona, que si es del mismo género se denomina homosexual y si es de género diferente, heterosexual, y bisexual si se tiene la misma capacidad para tener relaciones de este tipo con ambos géneros.

—Muchas gracias.

—Hola Aldo, soy Horacio. ¿Recomiendas contar nuestras fantasías sexuales a nuestra pareja?

—Sí, con una condición, hacerlo sin expectativas de que al saberlo la pareja, estará de acuerdo en realizarlas, una cosa es contar y otra aceptar. El deseo humano es parte de nuestra naturaleza, pueden estimular el deseo y erotismo en ambos, hay cuatro reglas de oro en la sexualidad: la relación debe ser consensuada, sin provocarle daño a la pareja, sin aceptar hacerte daño y sin que haya una figura de autoridad entre ambos, que pueda coaccionar a uno de los dos.

—Muchas gracias, Aldo.

—Un placer.

—Damas y caballeros, vamos a reconocer a nuestro invitado su conocimiento y nuestro agradecimiento, con un fuerte aplauso.

Los asistentes se pusieron de pie y aplaudieron cariñosamente a Aldo, quien también se puso de pie y agradeció llevando su mano derecha a su corazón e inclinando su cabeza en señal de agradecimiento.

Capítulo 17
Liz (Lizbeth)

Aldo llegó unos minutos tarde y entró en la habitación, cuando la vió, se quedó inmóvil, atónito por su belleza, cautivado por su inocencia, hechizado por su sensualidad.

Ahí estaba, sentada a la orilla de la cama, desbordando feminidad, Aldo se acercó lentamente y ella lo seguía con su mirada, segura de si misma, de su belleza, él paseó su mano derecha por su muslo, como invitando, como sugiriendo la ruta por donde sus besos tendrían que ser depositados, interrumpió la aventura, para tomar sus manos, con un ligero movimiento le insinuó que se levantara, y al hacerlo la abrazó con su brazo izquierdo, pues su mano derecha ya estaba sobre su nuca, acariciándola, sus miradas se encontraron y con ellas, sus labios marcaron el inicio de la jornada, primero fue suave, se reconocían, ligeramente abrieron sus bocas para dar paso a un encuentro esperado... un beso profano para conquistar su intimidad, intentando descubrir sus más profundos secretos.

Sólo el sonido de los besos se escuchaba, cuando sigilosamente, surgieron pequeñas expresiones que festejaban la fiesta de los labios, y las lenguas atrapadas, acariciándose como si quisieran desafiar el tiempo y volver infinito el momento, la piel daba muestras de la emoción del contexto, ya se sentía el calor en cada poro, en cada vena, las manos masculinas, ya recorrían su geografía, la lene tela negra del femenino y seductor atuendo, ya estorbaba, lo confirmó la ansiedad y los nervios con los que querían quitarse la ropa, con un beso largo, dulce que inició tierno, que después se transformó en intenso y apasionado, él con su mano inició un viaje por su entrepierna.

El beso se hizo más húmedo, el calor apareció junto con la excitación, al tiempo que la respiración se agitaba, los sonidos se incrementaban, más todo pareció detenerse cuando sus dedos llegaron a lo más profundo de su ser, cuando tocó el pétalo de su flor, ella manifestó su agrado cuando sus besos se tornaron más profundos, para conquistarlo, para cautivarlo, ahí en el fruto de su cuerpo, sus dedos seguían, se recreaban entre el calor y la lubricidad, indicaron que todo estaba listo para el gran encuentro, sólo que las caricias ahí atrapadas y los gemidos acompañando los besos, la humedad, el calor y entonces...

Sintió como si el pétalo de su piel, lo llamara, empezó besando su entrepierna, la respuesta fue intensa, pues abrió más sus piernas, lentamente entre besos húmedos, entre caricias y gemidos, la punta de la lengua la tocó, al momento, esa región se exaltó, su boca y lengua deseaban aprehender su geografía pues la recorrían, lo tomó de su cabeza, se prendió del cabello, como para detenerlo, para evitar que se fuera de ahí, si supiera que su intención era la de perderse y perpetuarse en ese hermoso lugar, con las puntas de los dedos, apenas la rosaba, al sentirlo su cuerpo se contoneaba, precioso, fascinante, su respiración cambió, se aceleró, también la lengua en su romance lo hizo, los gemidos se transforman en gritos, anunciaron la llegada de su clímax, era delicioso, mágico, sus delicadas manos presionaban su cabeza hacia ella, entonces... apareció su orgasmo, delicioso, intenso, seductor y sensual; húmedo delirio de su ser.

Subió para ser testigo de su bello rostro, sus ojos aún cerrados lo enamoraron, su piel caliente y rosada, sus pezones erectos, besó sus mejillas, lo detuvo, porque estaba muy sensible, duele la piel, cuando el placer es tan intenso, con una leve y tenue mirada expresó que había sido maravilloso, buscó un beso, con su mano derecha, Aldo acarició sus piernas y su ser aún vibrante, con gran determinación se levantó para montarlo, lo conquistó con un beso, suave y tierno, que lentamente se convertió en un encuentro colmado de pasión y sensualidad, ahora ella llevó sus manos para reconocer su piel, acariciaba todo su cuerpo, se detuvo en las piernas, quería enamorarlo con caricias cariñosas, por supuesto, lo había conseguido, lo sedujo e inmediatamente respondió, en instantes ya muy lubricado, ella con sus labios seguía embriagando su ser.

Ahí montada, movió sus caderas, lentamente bajó su cuerpo para alinear sus centros, cerró sus ojos, él le pidió que los abriera mientras lo hacía suyo y él la hacía suya, mientras penetraba su ser, mientras se conquistaban en ese instante en que ella lo convertía en su hombre y él la hacía su mujer, los rumores se volvieron gemidos, su cadera con meneos cadenciosos explota toda su sensualidad sobre su alma, sobre su cuerpo, hasta lograr su rendición, lo doblegó su feminidad, él logró levantarse y con cariño cambió la posición, la depositó sobre su lecho, puso sus piernas sobre su pecho, sus pies sobre sus hombros y presionó sus muslos sobre su cuerpo, al limar, sacudió su cuerpo, así como sus pechos.

Tomó sus tobillos con sus manos, llevó sus piernas en dirección a su cabeza, con ello la penetró profundo, así se lo hizo sentir con tus gemidos, con sus maravillosas expresiones, para entonces ya estaban muy cerca, ella pidió que acelerara, que la amara, la llamó por su nombre, ella respondió con el suyo, sus gemidos son más intensos, la tomó de la cintura y la presionó hacia su cuerpo, cuando mágicamente escuchó su éxtasis y después se vino él, habían alcanzado el máximo placer, entregándose,

—Te amo Liz, adoro hacerte mi mujer.

—Te amo Aldo, adoro hacerte mi hombre y volverme tu mujer.

Sellaron esas palabras con un beso que parecía eterno.

—Este aroma a tu sexo, esta fragancia de ambos, me embriaga —Dijo Lizbeth—.

Se abrazaron y entrelazaron sus piernas.

—Te necesitaba Aldo, deseaba tanto sentirte dentro, sentirme así como me siento, tu mujer y tu mi hombre.

—Me fascina sentirte.

—Sabes, pensé que querías hablar. Me dijiste que jamás habías estado con una diosa, como tú me llamaste, por segunda vez.

—Así es, jamás lo había hecho, quería decirte que tenía sentimientos encontrados, por un lado deseaba muchísimo estar contigo, hacerte el amor y por el otro...

Lizbeth interrumpió.

—Aldo, cuando entraste a la habitación, quise correr y comerte, me detuve para que pudieras hablar, la forma en que me miraste y te acercaste, fueron una hermosa manera de hablarme.

Aldo la presionó contra su cuerpo y besó su cabello, acarició su espalda, apenas con las yemas de sus dedos, hasta que se quedó dormida y él admirando su belleza, su esencia, su ser, su divinidad.

Cuando despertó, lo besó y le dijo.

—Tengo sed de ti, hambre de tus besos, de tu piel, de tus gemidos y de tu amor, ven acompáñame.

Lizbeth se levantó y tomó de la mano a Aldo, lo guio hacia el baño, al llegar giró las llaves de la regadera para abrirlas; se volteó, puso sus manos sobre el cuello de Aldo y lo besó, pegó su cuerpo al de Aldo y él la abrazó, la tomó de las nalgas; volvió para regular el agua, tomó uno de los brazos de Aldo para mostrarle que la abrazara por detrás, cuando sintió sus nalgas, empezó a tener una erección, al sentirlo pegó más su cuerpo y emitió un ligero gemido, cuando percibió perfecta la temperatura del agua, lo jaló, se metieron y regresó a besarlo.

Literalmente lo comía con su boca, recibió su lengua que la penetraba como un presagio de lo que deseaba, de lo que anhelaba, él seguía acariciando sus torneadas nalgas y la presionaba hacia él, sus cuerpos completamente pegados, ella se separó ligeramente para lograr meter su mano y acariciar su pene, él gimió, con su puño abrazando el pene, para acariciarlo desde la base hasta el glande, seguían los besos, después de un momento, se separó y ella se agachó, con su mano llevó el pene a su boca, él se recargó en la pared, ella con su lengua acariciaba el glande, después metió lentamente todo el miembro a su boca, movía su cuello hacia adelante y para atrás, después de un momento, se levantó para volver a besar a Aldo, ella giró y puso sus manos en la pared, él la abrazó por la espalda, gimió cuando sintió el pene en sus nalgas, entonces le susurró...

—Cógeme por favor.

—Quieres que...

—Si, cógeme por el culo.

—Estás segura.

—Sólo ámame con mucho cariño.

Aldo se colocó un condón, con cierta dificultad por el agua de la regadera, puso la punta del pene en el ano, lentamente empezó a presionar y meterlo poco a poco, se percibía que le dolía un poco, estaba tan excitada, tan caliente, sabía que a él le encantaba penetrar por el culo, también deseaba sentirlo, a ella ya la habían penetrado por el ano; sin embargo, había sido sin consideración, sin amor, sin empatía, una experiencia radicalmente diferente a la que estaba viviendo en ese momento, mientras la seguí penetrando, él la tomó del cuello para girar su cabeza y besarla, ella con la mano izquierda lo tomó de las nalgas para jalarlo, entonces terminó de penetrarla y exclamó cuando lo sintió, entonces empezó los embates, sacaba y metía su pene, lentamente, amorosamente, ella gemía y disfrutaba sentirlo, recargó su cara en la pared para sujetar con fuerza las nalgas de Aldo y presionarlo para que la penetrara más, él al sentir sus manos, se excitó aún más, con su sensualidad y su pasión.

Los embates empezaron a ser más rápidos y ella gemía aún más, alcanzó a decirle, a susurrarle que estaba cerca; Aldo estaba muy prendido, la tomó de la cintura, la penetraba con pasión, cuando empezó a gemir con más fuerza, él con su mano derecha alcanzó su vagina y acarició su clítoris, ella volvió a recargar sus manos en la pared, cuando gimió muy fuerte.

—Aaaaaaaah, te amo.

Él ya había tenido un orgasmo y al seguir con los embates, estaba muy cerca de superar el punto de «no retorno», estaba disfrutando tanto, sentía tanto placer, cuando Lizbeth le pidió que se detuviera. Después de venirse, ella alcanzaba un alto grado de sensibilidad en su piel, en su cuerpo, así que al detenerse, lentamente logró sacar su pene, ella se giró.

—Abrázame.

—Te amo hermosa, muchas gracias por este momento, fue mágico.

—Así quería que lo hicieras, con tanto amor y mucha pasión, me encantó, jamás había disfrutado que me cogieran por el culo, mi ex era muy egoísta, sabía que me dolía, que prefería hacer otras cosas, a él sólo le gustaba cogerme, venirse y dormirse.

—Déjalo ir, ya pasó, esa experiencia te permite ser la mujer que eres y a pesar de todo, fue tu maestro y algo o mucho aprendiste viviendo con él. Regresemos a la cama.

—Si, vamos.

Se recostaron y se taparon.

—Liz, te conocí en Zacatecas, y hablas con un tono muy simpático. ¿Eres de Ahí?.

—Así es.

—Jamás había hablado Zacatecas.

Rieron mucho.

—Cuando te conocí, recuerdo que comí unos tacos envenenados —rieron—.

—Estaban buenísimos.

—De todos los nombres posibles. ¿Por qué usar el de tacos envenenados?

—Hay otros tacos que también están riquísimos y se llaman «Tacos de Basura».

Aldo rio muchísimo.

—Imposible. ¿En verdad?

—Si y como ya te dije, están muy ricos.

—Extrañé ese tono, el idioma Zacatecas, me encanta.

—¿Sólo el idioma?

—A ti.

Se besaron, era tan poco el estímulo que se necesitaba para que ambos se prendieran otra vez. Ella acarició el pene de Aldo con su mano izquierda, cuando lo sintió completamente erecto, bajó y con sólo sus labios abrazó el glande, abría su boca y lo introducía, mientras lo tenía dentro, paseaba su lengua por toda su cabeza, Aldo estaba extasiado, disfrutaba inmensamente, entonces muy lentamente fue metiendo el cuerpo del pene en su boca, lo chupaba, sólo con sus labios y lengua, lo metía todo lo que podía, después lo sacaba, hizo el movimiento que volvía loco a Aldo, lamer la parte posterior en toda su extensión, primero con los labios, luego con la lengua, de arriba abajo... entonces Aldo dijo:

—Amor, ven por favor, móntame.

Dejó de lamer, abrió sus piernas y se sentó sobre Aldo, con su mano derecha tomó el pene y lo puso con la punta hacia el ombligo, después colocó ambas manos sobre el pecho y empezó a mover su cintura para adelante y para atrás, ese era una de los grandes atributos de Lizbeth, el movimiento cadencioso y amplio de sus caderas, poco a poco su vagina empezó a abrazar el pene, en los siguientes movimientos lo colocó en el introito y con más fuerza, logró que empezara a penetrarla, con algunos movimientos más, la penetró por completo, Aldo tomó a Lizbeth por la cintura, acompañaba su vaivén, después llevó su mano derecha al pecho izquierdo para tomarlo con un poco de fuerza y después con sus dedos medio y anular estimuló su pezón.

Lizbeth cambió su movimiento, ahora subía y bajaba, después de unos minutos, bajó todo lo que pudo hasta sentir que el pene la penetraba profundamente y empezó a girar sus caderas, giraba despacio, disfrutando como el pene acariciaba el interior de su vagina, Aldo se sorprendió mucho, estaba disfrutando inmensamente el placer de esos estímulos; instintivamente a la par de girar, levantaba un poco la cintura para sacar el pene mientras seguía girando y luego bajaba.

Ella sentía que estaba muy cerca, anhelaba profundamente que él también lo estuviera, prefería seguir con los giros pues presentía que tendría un orgasmo muy grande, pues era enorme el placer que sentía, así que sólo aceleró la velocidad de sus giros, empezó a gemir con mucha fuerza, casi gritaba, como pudo le preguntó a Aldo si estaba cerca y él le pidió que disfrutara, que sintiera.

—Vente rico Amor.

Siguió y tuvo un orgasmo muy intenso y largo, en cuanto terminó se detuvo porque sentía esa hipersensibilidad que es una combinación entre placer y dolor, se quedó inmóvil, Aldo comprendió su sentir y evitó tocarla, le concedió su espacio y tiempo para que le bajara esa sensación, cuando ella abrió los ojos.

—Te amo Liz, me encanta que tomes la iniciativa, que tengas el poder y eso te gusta, prefieres montarme y controlarlo.

—Me encanta dominar, quería que te vinieras, ya me has dicho que el placer y la eyaculación son cosas diferentes, las mujeres creemos que si nos mojan es porque hicimos un buen trabajo.

—Amor, hoy me hiciste el amor maravillosamente, tuve uno o dos orgasmos con tus movimientos, sólo que ya sabes que evito venirme para cuidar mi energía y para que este encuentro sea lo más largo posible, contigo siempre estoy a punto de venirme, por ejemplo con el amor oral que me diste, tu orgasmo y sensibilidad me ayudaron, estaba a punto, lo que haces me enloquece, por eso estoy aquí, a pesar de mis reglas.

En ese momento se bajó de Aldo y se abrazaron, entrelazando sus piernas, ella sintió la gran humedad que había en las sábanas y le pidió que se recorrieran.

—Quiero preguntarte algo.

—Dime Amor.

—Sabes que he tenido dos parejas y con ambos tuve relaciones. ¿Por qué siento tanto contigo? ¿Por qué me haces vibrar y tener esos orgasmos tan profundos, tan intensos, incluso tan largos y que me mojo muchísimo? Siente cómo está este lado de la cama.

—Ya lo sentí y te mojaste delicioso, me encanta. La razón por la cual, los dos sentimos tanto al hacernos el amor es por varias razones. —Lizbeth lo interrumpió—.

—¿Tú también lo sientes?

—Por supuesto, tu ser, belleza, sensualidad y el que seas una golosa —rio—.

Ella también rio mucho. Su risa era escandalosa y disfrutaba mucho hacerlo.

—Tal vez sea golosa... lo soy sólo contigo.

—Ya en serio, sentimos mucho por la alquimia que tenemos, tú me transformas, yo te transformo y juntos nos re—creamos, nos inventamos y eso es algo que nos puede pasar con muy pocas personas, por eso nos sentimos tanto, te pongo un ejemplo, al estar aquí aspiro a tenerte abrazado, sentir tu desnudez, tus piernas y cuando me acaricias el pene... me prendes, responde de inmediato, me excitas y sólo quiero estar en ti.

—Sabía de la química, jamás escuché de la alquimia.

—Con muchas personas puedes sentir química, la alquimia será algo que sentiremos con muy pocas, puede ser una, dudo que puedan ser más de tres.

—Para la alquimia. ¿Es irrelevante la belleza de los cuerpos, el tamaño del pene o los pechos, o las nalgas?

—Así es, porque tiene que ver con la energía que generan ambas personas, con el vínculo de las almas, con la unión de los sentimientos que se concreta o se siente en los cuerpos.

—¿Por eso aceptaste venir? Me dijiste que querías que habláramos, sólo que ni tiempo me diste de decir algo, inmediatamente empezaste a seducirme y hacer el amor.

—Desde la primera vez, reconocí en ti a una diosa, a una sacerdotisa del amor.

—Siempre dices que todas las mujeres son diosas. ¿Qué diferencia hay?.

—Que eres la diosa con la que puedo experimentar esta maravillosa alquimia, por eso te amo.

—Ya sé que siempre piensas un te amo, con todas las diosas con las que estás.

—Es cierto, así transformo el acto sexual en un acto amatorio, así evitas la contaminación energética, también sabes que generalmente lo pienso y si llego a expresarlo, digo: «Te amo, aquí y ahora».

—Me estás haciendo sentir muy especial.

—Deberías, porque lo eres, excepcional y maravillosa.

—Golosa también —rio a carcajadas—.

Aldo también rio a carcajadas.

—¿Te cuento un secreto?.

—Si, dime por favor.

—Estuve a punto de mandarte un correo, lo estaba pensando cuando recibí el tuyo, de que venías a Ciudad de México.

—¿Qué me ibas a decir?

—Lo escribí. ¿Quieres que lo lea?

—Por supuesto que sí, con una condición, quiero que me sigas abrazando, quiero seguir entrelazada a tu cuerpo.

—Será un placer

Aldo se levantó por un par de hojas que tenía entre sus cosas. Regresó a la cama y se abrazaron otra vez.

— «Amada Liz».

—¿Así empezaste la carta?

—Si... ¿Me vas a dejar leerla?.

—Lo siento, sólo quiero que te des cuenta de lo que eso puede provocar en una mujer.

—Lo sé, sigo: «Son tus ojos inquietantes joyas, que le quitan el aliento a la tranquilidad, tu mirada cautiva, provoca los sueños más eróticos jamás experimentados, por tus hombros, se deslizan las primeras gotas de sensualidad.

Tus piernas pueden convertirse en la más exquisita prisión, capaz de retener a cualquier ser, con el firme deseo de auto condenarse a pasar una cadena perpetua de pasión y amor, tus manos son la medida perfecta para las más seductoras caricias.

Por tu espalda se dibuja la más hermosa piel y silueta femenina, tus labios son capaces de crear los besos, desde los más tiernos y suaves, hasta los más intensos y pasionales, sólo ellos son capaces de cambiar el placer de verte, por el placer de sentirte.

Entre tus brazos se conforma el espacio más anhelado por la sensatez masculina, es un lugar fascinante, un sitio delirante que puede inspirar las jornadas más épicas en la historia del amor, un espacio que desaparece el tiempo y crea un delicado vino de la mejor cosecha de mujer... tú.

Tus pechos pueden retener los labios por siempre, tus pezones hacer lo propio con la lengua que esperaría reconocer cada poro y toda el área, hasta transformar su forma, hasta excitarlos y con ello, extraer su firmeza, su calor, un nuevo color, alcanzar una sublime señal de plenitud.

En tus glúteos podrían perderse las caricias, los besos, las miradas, las ilusiones y las más profanas fantasías, así como en la flor de tu cuerpo, en la parte más íntima de tu ser, podrían las manos y la boca recrearse y crear un monumento de pasión y éxtasis».

—Lizbeth interrumpió—.

—Espera Aldo, tengo que besarte.

Se dieron un profundo beso, suave al principio y más intenso después, la lengua de él la penetró, después fue la de ella la que conquistó su boca, le estaba haciendo el amor en ese beso, se estaban comiendo, dulce y apasionadamente.

—Sigue Amor, por favor, esa carta me enamora.

—Me encanta saberlo, sigo: «Ahí, en donde puedes producir una divina humedad con delicados mimos, ahí en donde los labios con delicados lamidos pueden provocar los gemidos más sensuales y excitantes, el ascendente contoneo del cuerpo, que evoca vibraciones, sonidos, gritos, clímax y orgasmos.

Eres el cuerpo, el alma y la inteligencia; eres el ser, la mujer y el ángel; eres la sensualidad, el erotismo y la profanidad; eres la perdición de la sensatez, la seducción de los sentidos, eres el amor más intenso y puro».

—¡Wow!!! Debí esperar a que me mandaras esa carta, es hermosa, me genera todas las emociones posibles y existentes, es impresionante. Por supuesto que jamás imaginé que me escribirías, tampoco que tenías la intención de mandarme esa carta, me siento... ni siquiera sé cómo llamar a lo que siento.

—Llámalo amor, eso es lo que sentí cuando te escribí.

—Me fascina, por favor sigue.

—Ye terminé.

—Ahí tienes más texto.

—Deja de ser chismosa —rio—.

—¿Chismosa? —Riendo—.

—¿Cómo sabes que es para ti?

—Porque lo siento.

—Está bien, te escribí una canción.

—¿Una canción? Cántala por favor.

—Bueno, es la letra de una canción, aún me falta la música, la puedo leer.

—Siiiii, hazlo por favor.

—Se llama: «Y si fusionamos.

¡Y si fusionamos...
Tu cuerpo con mis manos.
Tus labios con mis sueños.
Tu alma con mis brazos.
Y así nos creamos...
En una bella caricia.
En lo profundo de un beso.
En un inmenso abrazo.

(Coro)
Y si fusionamos... y así nos creamos alquimia.

Y si fusionamos...
Tu belleza con mis sueños.
Tu sensualidad con mis besos.
Tu cadencia con mi entrega.
Y así nos creamos...
En una amorosa ilusión.
En una honda pasión.
En un refugio de amantes.

(Coro)
Y si fusionamos... y así nos creamos alquimia.

Y si fusionamos...
Tu sexo con mi boca.
Tus labios con mis dedos.
Tu templo con mi ser.
Y así nos creamos...

En un intenso placer.
En una tibia humedad.
En una armonía de sollozos.

(Coro)
Y si fusionamos... y así nos creamos alquimia.

Y si fusionamos...
Tu calor con mis embates.
Tu cadera con mis ganas.
Tu pecho con mi gusto.
Y así nos creamos...
En un acto de amor.
En un eterno momento.
En un infinito deleite.

(Coro)
Y si fusionamos... y así nos creamos alquimia.

Y si fusionamos...
Tu pasado con mi presente.
Tus heridas con mis curas.
Tu vida con la mía.
Y así nos creamos...
En este aquí y este ahora.
En este mágico sueño.
En una alquimia de amor.
En una alquimia de amor.

Y así fusionarnos en una alquimia de amor».

—Amor es muy hermosa esa canción. Estás seguro de que sientes lo que dices en la carta y la canción.

—Por supuesto que lo siento.

—¿Eso en qué se traduce Aldo?.

—Sigo pensando en ello...

Capítulo 18
Aldo y Carím visitan
al Maestro Luis Antonio

Aldo y Carím llegaron a casa del Maestro Luis Antonio en la colonia Jardín Balbuena de la Ciudad de México, tocaron el timbre del gran portón negro y esperaron, sin que nadie preguntara desde dentro, la puerta se abrió, era el Maestro que vestía una camisa de cuello Mao, con un bordado con hilo de oro de un dragón, una figura impresionante.

—Querido Maestro. ¿Cómo estás? —Dijo Aldo—.

—Muy bien Aldo, feliz y agradecido.

Se dieron un abrazo.

—Maestro te presento a un Hermano de vida, Carím.

—Mucho gusto Carím. ¿Qué significa tu nombre?

—Es un placer conocerlo Maestro, Aldo me ha platicado muchas cosas de usted. Jamás he buscado el significado de mi nombre.

—Aldo y yo habíamos prometido que lo nuestro quedaría entre nosotros, me doy cuenta de que incumplió su palabra.

Carím se quedó mudo y perplejo al escuchar ese comentario. El Maestro Luis Antonio y Aldo rieron hasta carcajearse, después rio Carím

—Mi Maestro tiene un gran sentido del humor, así que toma esto como una advertencia.

—La vida es un cóctel de amor, humor y placer. ¿Estás de acuerdo?

—Wow, es interesante. ¿Qué hay de la responsabilidad o el compromiso?

—Puedes meterlos en tu cóctel, vaya manera de echarme a perder la mañana.

Nuevamente, el Maestro Luis Antonio y Aldo rieron mucho. Carím estaba desconcertado.

—¿Qué los trae por aquí Aldo?.

—Maestro, traje algunos testimonios de algunas diosas que han recibido masajes taoístas.

—Excelente. ¿Crees que los testimonios son poderosos como para crear un protocolo?

—Si, aunque un testimonio es una interpretación subjetiva, creo que debemos pensar en la forma de acompañar estos expedientes con algún examen médico, que permita demostrar el cambio en los niveles de neurotransmisores o de hormonas.

—Por supuesto, creo que el testimonio, para estos casos, es tan válido como un examen, siempre y cuando esté firmado y se adjunten sus datos personales.

—Las diosas estuvieron de acuerdo en compartir su información, siempre que se manejara de manera confidencial y que jamás se compartiera con el público en general.

—Por supuesto, sólo es por si alguno de los investigadores quisiera corroborar la información.

—Antes de revisarlos. ¿Les puedo ofrecer algo de tomar?

—Café Maestro —Dijo Aldo—.

—¿Carím, gustas tomar algo?.

—Café Maestro, muchas gracias.

Regresó con 3 tazas de café, los sirvió en unas tasas chinas que tenían tapa; Aldo y el Maestro dejaron sus tazas en la mesa en la que estaban sentados, Carím por su parte se quedó viendo detenidamente la taza, pensó si debía quitar la tapa y usarla como plato, jamás había visto que las tazas tuvieran tapa, tanto el Maestro como Aldo, se dieron cuenta de que Carím tenía una crisis existencial por desconocer qué debía hacer con la tapa, así que el Maestro provocó que Carím tomará café.

—¿Cómo me quedó el café Carím?.

—Estoy por probarlo.

El Maestro y Aldo, una vez más rieron a carcajadas, al ver que Carím, estaba intrigado, al ignorar cómo beber el café.

—Carím, sólo quita la tapa, bebe y al terminar vuelves a tapar la taza, es para mantener la bebida caliente.

—Estuve a punto de hacer eso.

Rieron.

—Todas las visitas, un servidor incluido, usamos la tapa como plato, es una tapa que siempre debe usarse como tapa. Es otra de las bromas de mi Maestro.

—Maestro, se toma muy en serio lo de su cóctel.

—¿Tomar muy en serio? Eso también se lo puedes poner al tuyo, deja de echar a perder mi receta.

El Maestro y Aldo, siguieron riendo.

—Hermano, relájate, fluye y disfruta.

—Creo que estoy muy tenso, trataré de calmarme.

—¿Qué te contó Aldo que estás así?

—Nada, tal vez mi mente me está jugando una mala pasada, sigan por favor.

—Repite en tu mente: Todo está bien y yo lo sé. —Dijo el Maestro Luis Antonio a Carím— Bien Aldo, por favor puedes leer los testimonios y analicemos cada uno.

—Con gusto.

—El primer testimonio es de Pepita, así me pidió que la llamara, es breve.

—De acuerdo.

—Dice: «Me sentía ansiosa, nerviosa, impaciente, con mucha energía, era como si mi cuerpo se quemara por dentro, era una sensación que jamás había sentido.

Acudí con una terapeuta para contarle mi situación, con base en las preguntas que me hizo, logré darme cuenta de que el origen de estas sensaciones era sexual, mi cuerpo me estaba diciendo, me hablaba y me pedía intimidad, entonces me hablaron de Aldo y una amiga me recomendó con él y así fue como llegué.

En la entrevista le conté cómo me sentía, me hizo unas preguntas y de inmediato su diagnóstico fue exacto, le pedí que me diera el masaje y aceptó, lo cual le agradezco mucho.

En el hotel me trató como una dama, me sentí segura, confiada, tranquila y cuando empezó a tocarme, fue mágico, sus manos recorrían mi cuerpo y me hacían vibrar, sobre todo cuando llegó a mis piernas, a mis entrepiernas y luego a mi vulva, ya olvidé si fue después del segundo o tercer orgasmo que Aldo dijo que estaba impresionado por la cantidad de humedad que estaba generando, agregó que seguramente había eyaculado, lo cual ignoraba que pudiera hacerlo una mujer, cuando terminó, me sentía tan caliente que le pedí que me penetrara; sin embargo, ya me había mencionado la única regla del masaje, que estaba prohibido, porque el placer era para mí y sólo para mí, en ese momento me hubiera hecho sentir plena, era justo lo que mi cuerpo, mi ser, mi alma pedían, al terminar agregó que mi energía sexual era tan fuerte que era importante que me auto erotizara frecuentemente, ya fuera con mis manos o que de plano, me comprara un dildo, sólo que prefiero hacerlo yo sola.

Jamás se me hubiera ocurrido pensar que todo el malestar que sentí era por la necesidad de tener sexo, bueno de hacer el amor, como Aldo me dijo y que era importante atender lo que mi cuerpo pedía a gritos para evitar que pudieran detonarse enfermedades crónico—degenerativas. Muchas gracias».

—Interesante testimonio Aldo.

—Si Maestro, porque nuestro cuerpo nos manda señales de lo que ocurre en su interior, mensajes que en muchas ocasiones ignoramos.

—¿Cuántas mujeres recibirán el llamado de su cuerpo para hacer el amor? Debe ser un número muy alto.

—Lo preocupante es el número de mujeres que reciben el mensaje de su cuerpo y que por paradigmas y creencias limitantes, lo ignoran.

—Por eso este testimonio es importante, para enseñar o mostrar que el cuerpo pide lo que requiere para restaurar su equilibrio y cómo la falta de algo, o el otro extremo, el abuso de algo pueden detonar enfermedades, las cuales será imposible vincular a la sexualidad.

Otro dato importante es que esta mujer tiene una energía sexual impresionante, requiere mucha atención, darse permiso de vivir el placer, porque así satisface el llamado de su cuerpo y por otro lado, el estímulo de su energía sexual le ayudará a mantenerse sana, vital y le traerá mucha prosperidad.

—Maravilloso, lo celebro mucho, debemos confiar en que los esfuerzos que hacemos por divulgar y promover la sexualidad sagrada taoísta rendirán frutos.

—El siguiente es de Natalia, dice: «El masaje me ayudó a conocerme, a dar rienda suelta a mis sensaciones y confrontar sentimientos profundos, tal vez atrapados sin que pudieran salir, hasta ese momento. Ver de frente mis restricciones y limitaciones autoimpuestas. Responsabilizarme por mi propio placer tanto sexual como al vivir. No es que lo sanara en ese momento, pero vi lo que antes no pude.

Es un espacio sin prisa, en el que se vale pedir o parar, en el que me sentí segura, respetada y honrada, me permitió sentir más allá de lo físico y lo físico también. Una experiencia que me encantó y repetí, solamente cuatro veces, jijiji».

—Que buena retroalimentación, al inicio aparece el primer objetivo cuando dice «el masaje me ayudó a conocerme», excelente, me encanta que se dio permiso de sentir, de dar rienda suelta a sus sensaciones.

—Atrapó mi atención cuando dice: «Ver de frente mis restricciones y limitaciones autoimpuestas». Cómo el contacto, las caricias pueden representar una manera de confrontarse; interpreto que además de verlas, de darse cuenta, las supero, precisamente porque hizo conciencia.

—Si Maestro, es cierto.

—Después dice que asume la responsabilidad de vivir el placer, eso es hermoso, que poderosos son los masajes y agrega que fue el estímulo que inició un proceso de sanación.

—Adelante reconoce algo en lo que hiciste mucho énfasis Maestro, cuando nos enseñabas los masajes: olvídense del tiempo, la vida está en las manos y ese cuerpo.

—Ese remate es muy valioso, se sintió segura, libre de pedir lo que quisiera, agrega, respetada, honrada y sintió, que es otro de los objetivos. Muchas felicidades Aldo, hiciste un extraordinario trabajo aquí.

—Si es que a eso se le puede llamar trabajo —Dijo Carím—.

—Carím, dime. ¿Podrías darle un masaje a una mujer hermosa, desnuda, excitada y evitar tener una erección?

—Imposible.

—Ese es el trabajo, la erección implica el uso de una energía que en ese momento debe estar completamente enfocado en ellas.

—Retiro lo dicho, definitivamente es un trabajo.

—Por supuesto que se disfruta y mucho Carím, ese placer tiene un límite, para optimizar la energía y canalizarla a la diosa que tienes frente a ti.

—Mis respetos, ya entendí porque esto implica tantos años de estudio y dedicación.

—Así es Carím. Podemos prepararte cuando gustes.

—De hecho Maestro, ya empezamos.

—Muchas felicidades a ambos. Sigamos.

—Este es de Frida: «Me encantaría volverlos a tener, definitivamente fue un parteaguas en mi vida porque me conectaron, me hicieron disfrutar sin tener que dar nada a cambio, sin tener que estar tensa.

La mayoría de las veces en las que he tenido interacción sexual, caricias, sexo oral o coito, siempre pienso en lo que debo hacer yo, en lo que debo dar, en terminar rápido para que yo le dé, porque creía que no podía nada más estar recibiendo, porque yo no soy egoísta.

Fíjate que he escuchado comentarios de hombres que se molestan, por ejemplo dar sexo oral, porque es una posición bastante difícil, incómoda, donde se afectan el cuello, entonces eso se me ha quedado y me ha marcado y siempre tengo un sentido de urgencia y me preocupo de que mi pareja esté cómoda cuando me está dando, entonces me trato de concentrar para terminar y corresponder.

Entonces fue un parteaguas porque me olvidé del tiempo, me sentí libre de sentir, de recibir, por otro lado logré conectar sensaciones corporales, aprendí a recibir, me ayudaste a recibir, porque siempre estaba en el lado de dar, fue algo muy lindo de repente yo recibir, me sentí muy afortunada cuando empecé a recibir, a soltarme y simplemente disfrutar, sin estar pensando en nada más, porque de eso se trata.

Antes sólo estaba conectada con el pensamiento, ya pasó mucho tiempo, tal vez ya se cansó, por acá si siento, acá me falta sentir.

En el masaje, simplemente me relajé y lo que hicieras, has de cuanta que me estaba tocando un ángel, que sabe perfecto por dónde ir, qué exactamente tocar, sentía magia, en verdad, algo muy mágico, en donde mi cuerpo se empezó a abrir, empezó a recibir, empezó a quitar los pensamientos y fue algo maravilloso que realmente me abrió al placer, me dio permiso de tener placer y cuando uno se abre con el clítoris, sí siento que uno se abre al coito, la vagina se expande, se lubrica, entonces se puede recibir al pene de una manera maravillosa, gozosa, con un placer impresionante y para llegar a eso, hay que estimular el clítoris, porque así como los hombres con la edad duran un poco más en el coito, eso es un hecho, pueden mantener un poco más su eyaculación, también las mujeres con la edad, requerimos más estimulación y tardamos un poco más, a lo mejor las jovencitas con menos estimulación, están más prendidas y tienen mejor respuesta, las mujeres maduras necesitamos que nos atiendan, que nos estimulen, que nos lleven, que nos abran para poder sentir el placer.

Fueron momentos de una impresionante compatibilidad, de gran empatía, mi vida cambió con los masajes. Muchas gracias».

—Una vez más se cumple otro de los objetivos, dijo que se conectó.

—Esa conexión se convirtió en la propiedad emergente que desencadenó transformaciones muy profundas.

—Así es, dejó de pensar en la urgencia y en que tenía que «pagar» por lo que recibía, también quitó de sus paradigmas el término «egoísta».

—Maestro, el estado emocional de una persona durante el acto amatorio, si bien puede empoderar a la pareja, también la retroalimentación puede colocar a ambos o al menos a uno, en un estado de vulnerabilidad y lo que escuchó de sus parejas sexuales, la reprogramaron.

—Aldo. ¿Te das cuenta del poder del masaje? Las caricias trabajan en el ámbito de la materia, esos estímulos convierten la energía sexual fría, en energía sexual caliente, esa gran cantidad de energía es la que empieza a sobre escribir nueva información, así se sepultan las huellas y heridas de abuso, incluso tengo la hipótesis de que el masaje también puede sanar las huellas y heridas de la infancia.

—Si Maestro, incluso mencionó que este proceso fue un parteaguas, porque se olvidó del tiempo, nació un sentimiento de libertad que le permitió gozar mucho más, porque conectó sus sensaciones corporales y esto le permitió aprender a recibir.

—Se nota que es una mujer con una amplia experiencia sexual y cuando dice que fue un ángel quien la tocó, eso es un impresionante halago.

—En verdad hubo magia, porque percibí como poco a poco, se entregaba al placer, su cuerpo respondía se humedecía con mucha facilidad y lograba experimentar una gran cantidad de orgasmos, fue impresionante.

—Excelente trabajo Aldo, muchas felicidades, esto me llena de confianza en estos procesos y su capacidad sanadora.

—Jamás imaginé que un masaje tuviera ese poder transformador —Dijo Carím—.

—Es por eso por lo que estamos documentando los hallazgos, queremos crear protocolos de atención para resolver los efectos de las heridas de abuso, aunque parece que el alcance de este proceso es mucho más grande de lo que pensamos en un inicio. —Dijo el Maestro—.

—El siguiente testimonio es de Valeria: «Puedo compartir que pude experimentarme como una mujer muy dichosa, aprendí que había mucho que explorar e integrar en mí, esta información no llegó en el pasado, en ningún ámbito de mi vida, aún en mi edad adulta, no sabía que lo desconocía, me permitió romper con muchísimas creencias y juicios, replantear, mirarme, escuchar a mi cuerpo para tomar conciencia. ¿Conozco mi cuerpo? ¿Sabía que era el placer femenino? ¿De qué manera me he tratado?

Descubrí que el placer es una sensación muy agradable que quiero integrar en mí, que no estaba en mi radar, ya que reconocía el valor de ayudar o complacer a otros, el valor de otros estados como lo son la serenidad, la paz, la felicidad, la alegría; a través de esta terapia cargué mi interior, con un nuevo impulso y el efecto fue sonreír a la vida, así como es, hoy regresar a la vida diaria sintiéndome ligera, con menos drama, para vivir más contenta y orgullosa de quién soy, me conduzco como yo lo decido, con lo que es bueno para mí, en la que el placer es bienvenido, integrado y disfrutando de la posibilidad de compartirlo en cualquier otra área de la vida comprobando que puedo extenderlo a mi alrededor

Un espacio en donde me permití reformularme, soltar y buscar mi propia mirada, comprender lo que pasa conmigo, con lo que yo doy y con lo que recibo, desde ahora buscando el equilibrio, integrado a cada célula de mi cuerpo este mensaje de armonía para funcionar sintiendo más con el corazón».

—Alcanzó un estado del ser que jamás había sentido, eso es fascinante, reconoce que había cosas que desconocía, a pesar de que menciona que es una mujer adulta, que gran descubrimiento.

—Así es Maestro, se cumplieron los objetivos del autoconocimiento, como la ruptura de creencias y paradigmas, así como el de conectarse con su cuerpo, aprender a escucharlo.

—Mi parte favorita es: «Descubrí que el placer es una sensación muy agradable que quiero integrar en mí, que no estaba en mi radar». Esto es glorioso, aceptar al placer y si supiera que además es una medicina, que el placer cura, su energía se convierte en el sustento de la resiliencia, que gran hallazgo tuvo Valeria, paréntesis, me gusta mucho el significado de su nombre.

—Si Maestro, fuerte y valerosa.

—Regresando al testimonio, nos permite darnos cuenta del paradigma de muchas mujeres, que prevalece en nuestra sociedad: el papel de la mujer como la responsable de dar placer, afortunadamente lo rompió y logró integrar y dice que le va a sonreír a la vida, que se siente más ligera, contenta y orgullosa, ese es un gran alcance.

—Hay algo que quiero destacar, dijo que se dio cuenta de que cambió su percepción de la vida, que empezó a observarla sin dramas, creo que además del placer y su enorme voluntad por renovarse, la energía sexual que se transformó fue el ingrediente que permitió esto.

—Esta mujer se empoderó, ahora asumirá el rumbo de su vida, integrará el placer en todos sus ámbitos, además de que quiere vivir en el Tao, como sinónimo equilibrio y sintiendo con el corazón. Muchas felicidades Aldo, otro gran trabajo.

—Definitivamente ellas son el factor crítico de éxito, la decisión de estar mejor, de entregarse, de disfrutar, de experimentar el placer, todo eso es clave.

—Aldo, por cada tres mujeres que se atreven, siete se quedan en la zona de confort.

—Maestro, me atrevo a pensar que el problema es que ignoran que hay opciones.

—Si, es muy probable.

—El último testimonio es de Adriana, dice: «Me maravilló la estructura del masaje, primero contactar con la parte materna y paterna, eso me generó tranquilidad y seguridad. Es el único masaje que he visto que es tan restaurador, tan espiritual, la forma en la que logra reconstruir tus diferentes cuerpos, físico, mental, emocional, y energético. Me sorprendió el vínculo que se establece entre la persona que recibe con la que brinda el masaje, porque va más allá del cuerpo y sus manos.

Después una segunda etapa en la que se identifican las huellas de abuso, incluso logré reconocer a las personas que abusaron y si bien es muy doloroso, también es muy sanador, en ese momento la capacidad, conocimiento y preparación de la persona que brinda el masaje es muy importante, la clave es el amor incondicional y el acompañamiento, en ese momento de crisis, me permitió conocer cosas, aprender, fue muy bonito.

Cuando sentí y se identificaron o aparecieron los abusos de mi mamá y mi papá, la guía es crucial porque es la que te ayuda a sanar, aunque lloré muchísimo, porque se convirtió en un momento muy especial, intenso e íntimo; aparecieron en mi mente recuerdos de todo tipo de abusos, de jefes, compañeros, de personas, mi expareja, abusos mentales, emocionales, psicológicos e intelectuales.

Después la última parte la disfruté mucho, muchísimo, me sorprendió darme cuenta que el placer sana, que transforma las emociones, que se experimenta una alquimia y poco a poco surge un impresionante bienestar, porque están integradas las partes: emocional, física y mental, también se alcanza un equilibrio y una armonía entre las energías espiritual, erótica—sensual, hasta llegar a la sexual, eso fue maravilloso, fue mágico y una de las cosas que después percibí es que quería aprender, es decir, quiero aprender, ayudar, servir para que otras personas también logren transformarse; creo que los resultados se convierten en el principal motivador para querer aprender, ahí me percaté que el objetivo se había alcanzado, además de que sentí que me amé, me disfruté y que entré en un estado de coherencia y congruencia; anhelo aprender para regresar este beneficio por medio del servicio a otras personas. Es una labor sublime, llena de sensualidad, de amor, de la compasión de Dios, en donde puedes crecer, desarrollarte, ayudarte y ayudar. Aldo fuiste un excelente facilitador y maestro, te agradezco muchísimo, permitiste que se abriera el entendimiento, mi consciencia».

—Muchas gracias, Aldo. ¿Es una mujer muy racional?, su testimonio lo empieza hablando de la estructura del masaje.

—Es maestra y creo que sigue ciertos patrones de pensamiento; sin embargo, siento que es más emocional.

—Destaca el poder sanador y restaurador del masaje y como logra integrarlo en todo su ser, eso es muy positivo.

—Además de que le sorprendió el vínculo porque es el que permite los hallazgos.

—Creo que se trata más de compromiso, empatía y sensibilidad que permiten una lectura más efectiva.

—Eso me convence más. Cuando se reconocieron los abusos fue muy doloroso.

—Tan doloroso como sanador, me atrevería a pensar que son directamente proporcionales una con la otra.

—Sin duda, fue una gran transformación.

—Es lo que logra el amor incondicional, además de que es el camino más directo al despertar de la consciencia.

—Reconoce autodescubrimientos y por lo tanto autoconocimientos.

—Así como conexión, tanto con ella, como con el facilitador en ese momento.

—Esta conexión se fortaleció con el placer, con el erotismo y sensualidad, le costó alcanzar sus orgasmos, creo que de repente se distraía o pensaba en el tiempo.

—Ese sentido de urgencia que tanto afecta, cobró conciencia de que el placer sana. Aldo, sin duda el éxito en este proceso se hace patente con su interés por aprender y brindar masajes.

—Si eso fue hermoso, me encantó que quiera hacerlo.

—Muchas felicidades Aldo, estás alcanzando una maestría en estos procesos.

—Gracias Maestro, su guía y enseñanzas son la razón, es un trabajo en equipo.

Sonrieron.

—Maestro. ¿Puedo preguntarle algo? —Dijo Carím.

—Por favor, adelante.

—Ese cuadro de una bruja volando. ¿Qué significa?

—Para la sexualidad sagrada taoísta, todas las mujeres son brujas, tienen la capacidad de volar, su energía sexual les puede permitir trascender el plano físico, ya sea física, mental o energéticamente, por eso decimos que se desarrolla la espiritualidad, porque en esos vuelos pueden encontrarse con Dios; sin embargo, se requiere de la energía sexual caliente, la que se estimula con los orgasmos, los primeros tres son genitales, del cuarto al sexto son de corazón y del séptimo en adelante, esa energía alcanza la cabeza y pueden volar; la escoba representa el pene.

—Wow, que fascinante.

—Sin embargo, —Dijo Aldo— el hombre sólo puede volar con una bruja, la energía sexual caliente del hombre carece de ese poder para trascender.

—Otra diferencia a favor de las mujeres.

—Fueron creadas para el amor y para amar.

Capítulo 19
María de la Luz

Habían pasado algunos días desde que Lizbeth había regresado a Zacatecas y Aldo seguía esperando noticias de ella. Ahora revisaba sus correos dos veces diariamente, se sentía intranquilo, ansioso, nervioso, a pesar de seguir haciendo sus rutinas, sentía que el efecto era nulo, los sentimientos que lo embargaban eran muy poderosos, está frente a la computadora viendo sin ver, sin saber qué hacer, en ese momento, actualizó su bandeja de correos y recibió uno de María de la Luz, la periodista que lo había entrevistado, inmediatamente pensó que volvería a invitarlo para una segunda entrevista, como lo habían platicado.

Se resistió a leerlo, consideró que en ese momento su mente estaba en otro lado, así que mejor optó por hacer la meditación de poner su mente en blanco, para tratar de centrarse, de recuperarse y poder seguir con su vida, al menos mientras llegaba alguna respuesta o noticia de Lizbeth. La meditación: «No hacer nada» de ZhiNeng QiGong, siempre lo ayudaba a centrarse, así que tomó un tapete para yoga, se sentó en el piso, se concentró en su respiración.

Al terminar, se sentía un poco más tranquilo, así que abrió su bandeja de correos, por supuesto que primero revisó si tenía alguno de Lizbeth y después abrió el correo de María de la Luz, el cual le sorprendió mucho, porque decía: «Hola querido Aldo, espero que te encuentres muy bien, me siento muy feliz, una persona que sigue mi programa me compartió una recomendación para poder verte, ella se llama Norma, así que, a pesar de mis nervios en este momento, definitivamente te digo, que me siento muy ilusionada por estar contigo, lo antes posible, tengo mucho que aprender, quiero vivir, quiero experimentar el inmenso placer, que cada una de las diosas que ha podido estar contigo, ha sentido, estaré impaciente de recibir la fecha en que nos veremos. Muchas gracias, Bendiciones».

Era el primer correo que regresaba a Aldo a la realidad, que le recordaba su misión de servir, era la primera vez que se sentía incapaz de poder hacerlo, empezó a experimentar sentimientos encontrados, por un lado, cumplir con su vocación y por el otro, los sentimientos hacia Lizbeth. Sin pensarlo mucho, buscó el correo electrónico de Norma, para validar que estaba recomendando a María de la Luz, al mismo tiempo, respondió a María de la Luz que la podía ver al día siguiente, le mandó la dirección del lugar y dos propuestas de horario. Más tarde llegaron dos correos, uno de Norma, en el cual le confirmaba que desde el día de la entrevista le había escrito a María de la Luz, así que le sorprendió que hasta ahora utilizara su recomendación, se sentía feliz por ella, porque estaba segura que también podía cambiarle la vida, como había ocurrido con ella. El segundo correo era de María de la Luz, le confirmaba que a las 6 de la tarde llegaría al hotel, y le agradecía mucho su rápida respuesta.

Aldo llegó media hora antes de la cita para limpiar el lugar, estaba por terminar cuando tocaron la puerta, se trataba de María de la Luz.

—Hola Aldo, llegué hace como hora y media, me fui a tomar un café, decidí venir a ver si ya habías llegado, lo siento, estoy muy nerviosa.

—Hola Luz, bienvenida, es un placer verte. ¿Te puedo ofrecer algo de tomar?

—Sí, me vendría bien. ¿Qué tienes?

—Vino, tequila, refresco y agua.

—¿Vas a tomar algo Aldo?

—Sí, disfruto mucho el «Charro Negro» es tequila con refresco de cola.

—Tomaré lo mismo, muchas gracias.

Aldo se dispuso a preparar las bebidas.

—¿Qué música te gusta? Jamás te lo pregunté.

—Romántica en inglés.

—Excelente, tengo una muy buena playlist de esa música. ¿Puedo preguntarte algo?

—Por favor, dime.

—Norma me contó —María de la Luz, interrumpió—.

—Ya sé que me vas a preguntar, por qué tardé tanto tiempo en usar mi recomendación. ¿Verdad?

—Sí. ¿Te molesta contarme por qué?

—Lo pensé mucho, desde que te conocí, al escuchar todo lo que platicaste en la entrevista, nació el deseo de estar aquí, creo que mis creencias me lo impidieron todo este tiempo, afortunadamente mis ganas de vivir me motivaron a escribirte y aquí estoy.

—Lo celebro mucho, aunque para serte honesto, me cuesta trabajo creer que una mujer como tú, una diosa como tú, le haya costado escribirme, porque la percepción que me generé de tí, es que eres muy asertiva.

—Lo soy, la mayoría del tiempo.

—Brindo por eso. ¡Salud!!!

—Salud Aldo.

—Bailemos.

Se escuchaban baladas románticas en inglés, todas interpretadas por diosas.

—¿Sabes? Tenía el presentimiento de que en inglés o en español, escucharíamos a intérpretes mujeres.

—Me estoy volviendo muy predecible.

—En absoluto, me parece un detalle de mucha sensibilidad y siento que para hacer lo que haces, se requiere ser muy sensible.

—Muchas gracias, admiro mucho tu inteligencia, además de que eres una mujer muy hermosa.

—Gracias Aldo.

En ese momento, la abrazó un poco más fuerte, sus cuerpos estaban completamente pegados. Aldo pegó su mejilla izquierda a la derecha de María de la Luz.

—Luz...

En lugar de responder, María de la Luz beso a Aldo, siguieron bailando, sólo que ahora, él acariciaba su espalda. Las baladas y los besos continuaban, ambos se empezaron a sentir más cómodos, ella llevó sus manos a la parte delantera de la camisa de Aldo, para desabrocharla, cuando terminó le quitó la camisa, entonces ella se retiró el saco, vestía traje sastre, color beige, muy elegante, después él le ayudó a quitar su blusa, la abrazó y retomó los besos, que ahora además daba en su cuello, con su mano izquierda, la que siempre usaba para desabrochar el brasier, lo hizo con destreza y muy lentamente lo resbaló, María de la Luz abrazó a Aldo, para cubrir sus desnudos pechos, siguieron los besos, sólo que cada vez más intensos, más profundos.

Aldo desabrochó su cinturón y su pantalón, al hacerlo cayó al piso, abrazó a María de la Luz, para bajar el cierre de su falda, se hincó para descender su prenda, poco le sorprendió darse cuenta que había vestido sin bragas.

—Te hice caso, quería sentir la conexión con la Madre Tierra.

—Me da mucho gusto, celebro que lo hayas hecho.

—Ahora déjenme a mí.

Ella se hincó, tomó el bóxer de Aldo y lo bajó lentamente, él ya tenía una erección, así que cuando terminó de quitar su ropa, tomó el pene, lo acarició y después lo besó, abrió su boca, paseó sus labios y lengua por todo el pene, cuando lo hizo en la parte posterior, se percató que ese estímulo cautivó a su pareja, así que siguió haciéndolo. Después Aldo, tomó sus manos que estaban en sus nalgas.

—Ven Amor, levántate por favor.

Así lo hizo, la tomó de la mano y la encaminó a la cama, suavemente la recostó, empezó a besar su cuello, sus hombros, cuando llegó a sus pechos, los besó y los lamió, sin tocar los pezones, a pesar de ello, logró que se erectaran, entonces su lengua los acarició, María de la Luz se estremeció, tomó el cabello de Aldo.

—Así, eso me encanta.

Con la punta de la lengua, ligeramente tocaba sus pezones, sentía como ella contoneaba su cuerpo, escuchaba sus gemidos y aprovechó para que su mano derecha bajara hasta la pierna izquierda de ella, así empezó a conquistar la parte baja de su cuerpo, aprovechó que lo tenía tomado de su cabeza, con un poco de fuerza lo empujó hacia abajo, él reconoció su intención y siguió su camino hacia el sur, besaba cada parte, le abrió las piernas y se recostó entre ellas, besó la entrepierna izquierda, después la derecha, cada vez se acercaba más al centro, muy sutilmente con la lengua recorrió la vulva desde abajo hasta arriba, después se concentró en la puerta de la Cueva de Jade, el introito y ahí la introdujo y lamió esa zona, ella estaba gimiendo mucho, colmada de placer.

—Sí, sigue, me voy a venir.

Siguió penetrándola con su lengua, entonces se vino, alcanzó su clímax.

—Que delicia, es maravilloso.

Sus manos seguían sobre la cabeza de Aldo, así que con su lengua empezó a estimular su clítoris que estaba erecto.

—¡Wow!!! Aldo...

Movía su lengua lentamente para arriba y abajo del clítoris, ella gemía con mucha fuerza, después lo estimulaba con círculos, lado a lado, más tarde sólo con el labio inferior de su boca, muy suavemente, ella celebraba cada cambio de forma, con un poco más de presión y fuerza, recargó la lengua en su clítoris, ella estaba a punto de estallar, sus gemidos se convirtieron en gritos, asió el cabello de Aldo y él se percató que estaba al borde de un segundo orgasmo.

—Así, así, sigue...

Gritó cuando tuvo su orgasmo, detuvo su lengua, sin dejar de tocar el clítoris, después la llenó de besos en la vulva y las entrepiernas, subió para abrazarla y besarla, mientras lo hacía, se colocó un condón, al terminar la tomó de las piernas y la jaló a la orilla de la cama, estaba a punto de penetrarla cuando le habló.

—Luz, por favor mírame, quiero ver tu mirada, mientras te penetro.

María de la Luz, entreabrió los ojos y miró a Aldo, entonces la empezó a penetrar, mientras se miraban, hasta el punto en que el placer la obligó a cerrar sus ojos, la tomó de sus piernas a la altura de sus tobillos con sus manos y movió sus caderas para empezar los embates suavemente, después cambió el ritmo, lo aceleró e imprimió más fuerza, María de la Luz disfrutaba cada embate, con un gemido celebraba cuando Aldo la penetraba profundamente, alternaba la velocidad y la fuerza, ella se sentía extasiada, jamás había tenido más de un orgasmo, ni estando con un hombre, ni estimulándose ella misma, que lo hacía casi todas las noches.

Aldo puso las pantorrillas de ella, sobre sus hombros se inclinó y en esta postura, la penetración fue más profunda, seguía alternando la velocidad y profundidad, la penetraba suave, después unos embates eran duros y profundos, otros suaves sin penetrarla hasta el fondo, los pezones de ella estaban completamente erectos, su rostro ruborizado, estaba cerca, plena, más que gemidos eran gritos, estaba de fiesta, estaba sintiendo, disfrutaba cada instante, cada sensación, cada penetración, Aldo sabía que estaba por terminar, así que la penetró duro, con fuerza, aceleró el ritmo y ella con sus gritos, anunció su orgasmo.

—Si Aldo, así, sigue un poco más, aaaah, siii. Delicioso. Gracias, muchas gracias, jamás había sentido tanto placer.

—Es un deleite estar con una mujer como tú, inteligente, sensible y hermosa. Gracias, gracias, gracias.

Aldo se salió de ella, se recostó a su lado, la tomó de la mano, estaba a punto de acercarse para abrazarla; sin embargo, lo detuvo y empezó a llorar, él se volvió a recostar, la dejó sentir, la dejó vivir.

Capítulo 20
La confesión

—Hola Hermano, gracias por venir, pasa estás en casa.

—Es un placer Aldo, te percibí preocupado. ¿Qué te pasa?

—¿Gustas tomar algo, tienes hambre?

—Regálame un café Hermano.

—Ven, vamos a la cocina.

Aldo preparó dos cafés.

—Estevia ¿Cierto?.

—Sí Hermano, por favor.

Se sentaron en la mesa.

—Muchas gracias por venir Hermano, quiero contarte cosas que sólo a tí te puedo contar.

—¿Es algo de lo que deba preocuparme?

—En absoluto.

—Bien entonces, tienes toda mi atención.

—Estuve con una diosa, tuve una cita personal, se llama Liz.

—Por lo que entiendo, eso representa haber roto una regla.

—Así es Hermano, rompí una regla.

—¿Qué razón tuviste para hacerlo?

—Definitivamente, ninguna razón, fue un tema de emoción, de las sensaciones que experimenté con ella durante la sesión.

—Vaya, eso me sorprende. Para que una mujer te cautive, debe ser alguien muy especial.

—Sin duda lo es, sentí una conexión muy especial, una alquimia muy poderosa.

—Es decir, algo más fuerte que la química que se siente entre dos personas.

—Definitivamente.

—Aldo. ¿Estás enamorado de Liz?

—Creo que sí.

—¿Crees?

—Desde que la vi hace casi un mes, todo el tiempo reviso mi teléfono y mis correos, estoy esperando que se comunique conmigo.

—¿Ya le dijiste a tu Maestro?

—Lo sigo considerando.

—Haber hecho esto. ¿Puede considerarse una falta?.

—Podría ser un problema ético, porque incumplí una norma personal.

—Siempre supiste que algo así podía pasar.

—Era una posibilidad, después de un tiempo, pensé que jamás pasaría.

—Lo que esta mujer me hace sentir, es impresionante.

—¿Ella que te dijo?.

—Que la hago vibrar, me confirmó que es la primera vez que siente algo así, su experiencia es limitada, siento que su instinto le dice que tenemos algo único.

—¿Tienes una idea de por qué cortó la comunicación?

—Le escribí una carta y una canción, en ambas de decía que la amaba y cuando me preguntó, qué significaba eso, le dije que lo estaba pensando.

—¿Cómo? Si le escribiste una carta de amor y una canción, es obvio que eso significa que estás enamorado, pudiste decirle eso.

—Tienes razón, pensé que ya se lo había dicho con lo que le escribí.

—Tal vez, tú me dijiste que para tener una buena comunicación, jamás debes dar por hecho nada.

—Creo que me quedé paralizado, tal vez fue miedo, incertidumbre, por un momento, pensé que pudiera ser el principio de una vida que jamás pensé tener.

—Bien, esos son los hechos, estás enamorado de ella, es recíproco, por lo que me comentas, tal vez ella también está esperando que tú le llames.

—Lo sé Hermano, tengo muchas dudas acerca de lo que me gustaría decirle, o proponerle.

—Te estás adelantando, sólo comunícate con ella, escúchala, así sabrás qué es lo que quiere, podría ayudarte a definir, qué es lo que quieres. Por lo que me dijiste, tu negocio está donde estás tú, así que puedes cambiar de lugar de residencia.

—Hermano, ese es un punto, me gusta vivir aquí, de ninguna manera cambiaría de residencia.

—Está bien, tal vez ella esté dispuesta.

—¿Te das cuenta que vivir con ella, implica dejar de dar el servicio que le brindo a las mujeres?

—Algún día tenía que pasar Hermano.

—Jamás pensé en ello, la energía sexual que se transforma en cada sesión forma parte del alimento que me nutre. ¿Cómo renunciar a ello? Sabes que la energía sexual contribuye con la prosperidad.

—Te estás resistiendo Hermano, con esa actitud, siempre me dirás muchas razones por las que debes evitar un proyecto de vida con Liz.

—Es cierto, estoy enamoradamente confundido.

—Sí estás enamorado, al parecer puedes vivir con ese sentimiento, sin vivir con Liz.

—Hay momentos en los que he pensado en que sería hermoso vivir con ella, formar una familia, el resto del tiempo pienso en ella a la distancia, imagino que nos vemos eventualmente, reconozco que es una postura egoísta, porque sé que ella quiere formar una familia.

—Jamás pensaste que te podías enamorar.

—Te repito que llegó un momento en el que, di por hecho que jamás pasaría; ahora ya pasó, estoy enamorado, me gustaría verla eventualmente, creo que quiero seguir haciendo lo que hago.

—¿Estás de acuerdo que para iniciar un proyecto de vida con ella, tendrías que renunciar a ser subrogado?

—Sí, tendría que renunciar.

—Tienes mucha más experiencia que yo en estos temas, simplemente siento que deberías llamarla y escucharla, saber qué piensa, qué siente, sin establecer ningún acuerdo, sólo retomar la comunicación.

—Tienes razón Hermano, de cualquier manera hablar contigo me está ayudando.

—Me da gusto, tal vez te sientes mejor, todo sigue igual.

—Ese me cayó como un balde de agua fría.

—Al menos, ya identificaste algunas cosas.

—Aldo, percibo que a pesar de estar enamorado, veo muy difícil que puedas o quieras iniciar un proyecto de vida con Liz; eso va a ser muy doloroso para ella y para ti.

—Tienes razón, aunque la amo, mi proyecto de vida actual, también es muy importante, e incompatible con una vida de pareja, aún si fuera en esta ciudad.

—Hermano, tal vez y repito, tal vez, un hombre pueda vivir enamorado, y evitar pensar en hacer un proyecto de vida con la mujer que ama. Porque al escucharte, tengo la percepción de que Liz es la amante perfecta, su perfección es insuficiente para que pienses vivir con ella.

—¡Wow!!! Es una mujer encantadora, hermosa, inteligente, si en algún momento quisiera vivir con alguien, sería con ella.

—Si en algún momento, sólo que éste es otro momento y prefieres seguir con tu proyecto de subrogado.

—Hermano, tócate el corazón cuando me hables.

—¿Para qué? Me pediste que viniera, te escuchara, y te dijera exactamente lo que estás escuchando, por doloroso que fuera, además te estás enfocando en ti, en esta ecuación hay otra persona y me atrevo a pensar que podría estar sufriendo.

—Te convertiste en sabio en el momento menos oportuno para mí.

—Sabes, tu me estás ayudando a cambiar mi vida, dejó de ser lo que era, dejé de ser el que era, gracias a todo lo que me has enseñado, si algo de lo que te digo te puede servir, Definitivamente es gracias a ti.

—Te agradezco tus palabras, eres muy amable, sólo creo que había llegado tu momento y lo tomaste.

—¿Ya tomaste una decisión, sabes qué es lo que vas a hacer?

—Sí, le voy a llamar más tarde, cuando salga de su oficina. Acompáñame a ver unas cosas, comemos y regresamos pronto.

Después de comer regresaron a la casa de Aldo.

—La llamaré en este momento.

—¿Gustas que salga y regrese en un rato?

—Puedes quedarte, ya sabes toda la historia.

Aldo marcó el número de teléfono de Lizbeth.

—Hola.

—Hola Liz. ¿Cómo estás?

—Más o menos, pensé que jamás me volverías a llamar, ya pasaron semanas.

—Mi cabeza era un enjambre de ideas, y tenía dudas acerca de si querías hablar conmigo. ¿Por qué estás más o menos? ¿Qué te pasa?.

—Aldo, estoy embarazada.

—¡Wow!!! Esa es una gran sorpresa, tal vez se rompió alguno de los condones que usé, también me sorprende porque dijiste que una semana después de que estuvimos juntos llegaría tu luna roja. Liz, esto es... emocionante, reconozco que cambia absolutamente todo —Lizbeth interrumpió—.

—Aldo, estuve con otra persona.

—¡Wow!!! Esa es otra gran sorpresa.

Carím, también se sorprendió de lo que dijo Lizbeth, tomó su café y salió del comedor, para que Aldo pudiera hablar libremente.

—Ahora entiendo por qué evitaste llamarme.

—Me enteré esta mañana, ahora la que tiene un enjambre en su cabeza, soy yo.

—Cuando dijiste que estabas embarazada, por primera vez en mi vida, apareció en mi mente, la palabra familia, entiendo que entre nosotros todo quedó sin definición, a pesar de ello, saber que estuviste con otra persona es...

—Te entiendo, sabes lo siento mucho, salí con un grupo de amigos, bailamos, cantamos y bebimos más de la cuenta, ya era tarde y un amigo se ofreció a llevarme a mi casa, sólo me pidió que pasáramos primero a la suya, me invitó a pasar y... una cosa llevó a la otra.

—Está bien, como te dije, esa noche que te llevé al aeropuerto, las palabras quedaron atrapadas y nuestra relación, sin definición, entiendo que esto lo supiste hace unas horas. ¿Ya hablaste con él?

—Sí, me dijo que está absolutamente convencido de que... el papá es otra persona.

—¿Por qué te dijo eso? Quiere evadir su responsabilidad. ¿Cierto?

—Lo siento mucho Aldo.

—¿Por qué lo sientes?

—Tenía muchas ilusiones, la carta y la canción generaron muchos sueños, nació la idea de un «nosotros».

—Liz, también lo siento mucho, te llamé porque... bueno ahora es irrelevante.

—Creo que saber lo que me pensabas decir, me hará sentir mucho peor, sólo quiero decirte que te amo, que soñé con formar una familia contigo, aunque pienso que jamás hubieras querido vivir aquí, empezaba ha digerir la idea de cambiar mi residencia.

—Vamos de sorpresa en sorpresa, me dijiste que nunca saldrías de Zacatecas.

—Por un proyecto de vida contigo y para formar una familia, creo que sí, ahora todo cambió.

—¿Piensas obligarlo a que asuma su responsabilidad, o que al menos acepte registrar a ese hijo como suyo?

—Eso es algo que de ninguna manera puede forzarse. Sabes, me siento terrible.

Lizbeth empezó a llorar, Aldo tenía sentimientos encontrados, tristeza, enojo, frustración. En el instante en que le mencionó que estaba embarazada, estuvo dispuesto a renunciar a su proyecto de vida profesional, pensó en que sería hermoso formar una familia con la diosa, la sacerdotisa que lo hacía sentir pleno, sólo que ahora, tendría un bebé de otra persona y nada era seguro, muchas cosas podían pasar. Por un instante pensó en ofrecerle ser el padre de ese hijo, formar una familia, sólo que sus sentimientos evitaban que pudiera pensar con claridad.

—Liz, hermosa puedes enfocarte en lo positivo de esta historia, tu sueño más grande era tener un hijo, y ahora ese sueño, será una realidad.

—Mi sueño era tener un hijo, junto con una familia, es decir, con una pareja para mí y un papá para mi hijo, y tal vez, la historia de muchas mujeres en mi familia, la experiencia de ser madre soltera, se presenta como una gran posibilidad. —dijo esto sollozando—.

—Lamento lo que el papá de tu hijo te dijo, es muy pronto, tal vez lo tomó por sorpresa y te dijo lo primero que le vino a la mente, podría reconsiderarlo.

—Me arrepiento de haber estado con él, debí tomar mejores decisiones esa noche, ya qué.

—Lo siento Liz, quisiera tener las palabras que te dieran consuelo, que te hicieran sentir mejor en este momento.

—Aldo muchas gracias, sabes mejor te dejo, tengo que... resolver mi vida —llorando—.

—De acuerdo Liz, bendiciones.

Lizbeth cortó la llamada, Carím, regresó al comedor, llegó con Aldo, se dieron un fuerte abrazo, a pesar del silencio, se estaba diciendo todo lo que se podía decirse.

—Sabes Hermano, cuando dijo que estaba embarazada, sin dudarlo, pensé en que estaba dispuesto a formar una familia con Liz.

—Me di cuenta Hermano, me sorprendió y me agradó que estuvieras dispuesto a dejarlo todo por esa familia, me desconcertó que...

—Lo sé, yo le dije que la amaba y a pesar de eso, ella estuvo con otra persona; reconozco que éramos libres, que la dejé ir sin que definiéramos nuestra situación, así que ella podía hacer lo que quisiera.

—Lo siento mucho, la situación hizo que conectaras con tu corazón.

—De qué sirvió.

—De mucho, porque cobraste conciencia de lo que puedes estar dispuesto a hacer por amor, antes dijiste que jamás renunciarías a ser subrogado, el amor es más poderoso y eso es maravilloso.

—Seguro tienes razón, sólo que en este momento, carece de importancia. Tengo una revolución de sentimientos.

—Ella está igual, tal vez sea más fácil para ti resolverlo, su vida cambiará para siempre y debe tratar de asimilar eso, y te aseguro que es muy complejo.

—¿Qué debo hacer?

—Estás mucho más capacitado que yo para saberlo, sólo que tu estado emocional te lo impide, en este momento debes gestionar tus sentimientos, sólo eso, cuando lo hagas, sabrás qué hacer; te propongo que hagamos sonidos curativos, de la sexualidad sagrada taoísta, así empezarás a sacar la energía perversa de los sentimientos que tienes.

—Excelente idea, gracias, Hermano. ¿Puedes guiar la práctica?

—Los movimientos aún me falta dominarlos, con decir, con mencionar la práctica y el poder de la intención, servirá.

—Seguro que sí.

—Empecemos; siéntate en el borde de una silla, vamos a hacer tres inhalaciones profundas y lentas.

Sonido curativo de los pulmones e intestino grueso. Siente tus pulmones, en ellos se puede quedar bloqueada la energía de: tristeza, depresión, aflicción, pesar, en un color gris obscuro, con la intención de empezar a remover esta energía, vamos a mover nuestros ojos, de manera pendular 9 veces, en el interior de los pulmones y acompañamos este movimiento con nuestras manos, sobre los pulmones.

Primer sonido curativo de pulmones, sonido subvocal SSSSSSS.

Ponemos nuestras manos sobre las rodillas y decimos: Perdono, olvido y dejo ir, tristeza, depresión, aflicción, pesar en un color gris obscuro.

La Madre Tierra absorbe, transforma y nos brinda: salud, bienestar y juventud.

Segundo sonido curativo de pulmones, sonido subvocal SSSSSSS.

Ponemos nuestras manos sobre las rodillas y decimos: Perdono, olvido y dejo ir, tristeza, depresión, aflicción, pesar en un color gris obscuro.

La Madre Tierra absorbe, transforma y nos brinda: salud, bienestar y juventud.

Tercer sonido curativo de pulmones, sonido subvocal SSSSSSS.

Ponemos nuestras manos sobre las rodillas y decimos: Perdono, olvido y dejo ir, tristeza, depresión, aflicción, pesar en un color gris obscuro.

La Madre Tierra absorbe, transforma y nos brinda: salud, bienestar y juventud.

Ahora vamos a transformar la energía sanadora, damos 9 ligeros golpes en el timo, con la intención de estimular la energía de amor incondicional.

Llevamos nuestras manos a los pulmones y giramos 9 veces en sentido de las manecillas del reloj, para llenarlos de amor incondicional.

Dejamos las manos frente a los pulmones y proyectamos la energía de las virtudes de: rectitud, abandono a la voluntad divina, sensibilidad, un estado de vacío y el coraje guerrero del tigre blanco.

Inhalamos por la boca y al hacerlo emitimos el sonido subvocal SSSSSSS, 3 veces con la intención de nutrir los pulmones, giramos nuestras manos 3 veces en sentido de las manecillas del reloj.

Sonido curativo de riñones y vegija. Siente tus riñones, en ellos se puede quedar bloqueda la energía de: miedo, fobias, traumas, en un color negro, con la intención de empezar a remover esta energía, vamos a mover nuestros ojos, de manera pendular 9 veces, en el interior de los riñones y acompañamos este movimiento con nuestras manos, sobre los riñones.

Primer sonido curativo de riñones, sonido subvocal CHUUOOO.

Ponemos nuestras manos sobre las rodillas y decimos: Perdono, olvido y dejo ir, miedo, fobias, traumas, en un color negro.

La Madre Tierra absorbe, transforma y nos brinda: salud, bienestar y juventud.

Segundo sonido curativo de riñones, sonido subvocal CHUUOOO.

Ponemos nuestras manos sobre las rodillas y decimos: Perdono, olvido y dejo ir, miedo, fobias, traumas, en un color negro.

La Madre Tierra absorbe, transforma y nos brinda: salud, bienestar y juventud.

Tercer sonido curativo de riñones, sonido subvocal CHUUOOO.

Ponemos nuestras manos sobre las rodillas y decimos: Perdono, olvido y dejo ir, miedo, fobias, traumas, en un color negro.

La Madre Tierra absorbe, transforma y nos brinda: salud, bienestar y juventud.

Ahora vamos a transformar la energía sanadora, damos 9 ligeros golpes en el timo, con la intención de estimular la energía de amor incondicional.

Llevamos nuestras manos a los riñones y giramos 9 veces en sentido de las manecillas del reloj, para llenarlos de amor incondicional.

Dejamos las manos frente a los riñones y proyectamos la energía de las virtudes de: suavidad, quietud, estado de alerta, voluntad, invoco la sabiduría de la tortuga negra.

Inhalamos por la boca y al hacerlo emitimos el sonido subvocal CHUUOOO, 3 veces con la intención de nutrir los riñones, y giramos nuestras manos 3 veces en sentido de las manecillas del reloj.

Sonido curativo de hígado y vesícula. Siente tu hígado, en él se puede quedar bloqueda la energía de: enojo, ira, agresividad, rencor, celos, frustración, deseo de control, en un color verde obscuro, con la intención de empezar a remover esta energía, vamos a mover nuestros ojos, de manera pendular 9 veces, en el interior del hígado y acompañamos este movimiento con nuestras manos, sobre el hígado.

Primer sonido curativo de hígado, sonido subvocal SHHHHHH.

Ponemos nuestras manos sobre las rodillas y decimos: Perdono, olvido y dejo ir, enojo, ira, agresividad, rencor, celos, frustración, deseo de control, en un color verde obscuro.

La Madre Tierra absorbe, transforma y nos brinda: salud, bienestar y juventud.

Segundo sonido curativo de hígado, sonido subvocal SHHHHHH.

Ponemos nuestras manos sobre las rodillas y decimos: Perdono, olvido y dejo ir, enojo, ira, agresividad, rencor, celos, frustración, deseo de control, en un color verde obscuro.

La Madre Tierra absorbe, transforma y nos brinda: salud, bienestar y juventud.

Tercer sonido curativo de hígado, sonido subvocal SHHHHHH.

Ponemos nuestras manos sobre las rodillas y decimos: Perdono, olvido y dejo ir, enojo, ira, agresividad, rencor, celos, frustración, deseo de control, en un color verde obscuro.

La Madre Tierra absorbe, transforma y nos brinda: salud, bienestar y juventud.

Ahora vamos a transformar la energía sanadora, damos 9 ligeros golpes en el timo, con la intención de estimular la energía de amor incondicional.

Llevamos nuestras manos al hígado y giramos 9 veces en sentido de las manecillas del reloj, para llenarlos de amor incondicional.

Dejamos las manos frente al hígado y proyectamos la energía de las virtudes de: amabilidad, respeto, generosidad, invoco la sabiduría del dragón verde.

Inhalamos por la boca y al hacerlo emitimos el sonido subvocal SHHHHHH, 3 veces con la intención de nutrir el hígado y giramos nuestras manos 3 veces en sentido de las manecillas del reloj.

Sonido curativo del corazón e intestino delgado. Siente tu corazón, en él se puede quedar bloqueda la energía de: ansiedad, crueldad, arrogancia, prepotencia, impaciencia, en un color rojo obscuro, con la intención de empezar a remover esta energía, vamos a mover nuestros ojos, de manera pendular 9 veces, en el interior del corazón y acompañamos este movimiento con nuestras manos, sobre el corazón.

Primer sonido curativo del corazón, sonido subvocal HAAAUUU.

Ponemos nuestras manos sobre las rodillas y decimos: Perdono, olvido y dejo ir, ansiedad, crueldad, arrogancia, prepotencia, impaciencia, en un color rojo obscuro.

La Madre Tierra absorbe, transforma y nos brinda: salud, bienestar y juventud.

Segundo sonido curativo del corazón, sonido subvocal HAAAUUU.

Ponemos nuestras manos sobre las rodillas y decimos: Perdono, olvido y dejo ir, ansiedad, crueldad, arrogancia, prepotencia, impaciencia, en un color rojo obscuro.

La Madre Tierra absorbe, transforma y nos brinda: salud, bienestar y juventud.

Tercer sonido curativo del corazón, sonido subvocal HAAAUUU.

Ponemos nuestras manos sobre las rodillas y decimos: Perdono, olvido y dejo ir, ansiedad, crueldad, arrogancia, prepotencia, impaciencia, en un color rojo obscuro.

La Madre Tierra absorbe, transforma y nos brinda: salud, bienestar y juventud.

Ahora vamos a transformar la energía sanadora, damos 9 ligeros golpes en el timo, con la intención de estimular la energía de amor incondicional.

Llevamos nuestras manos al corazón y giramos 9 veces en sentido de las manecillas del reloj, para llenarlos de amor incondicional.

Dejamos las manos frente al corazón y proyectamos la energía de las virtudes de: amor, honor, alegría de vivir, honestidad, invoco la sabiduría del faisán rojo.

Inhalamos por la boca y al hacerlo emitimos el sonido subvocal HAAAUUU, 3 veces con la intención de nutrir el corazón y giramos nuestras manos 3 veces en sentido de las manecillas del reloj.

Sonido curativo del bazo, estómago y páncreas. Siente tu bazo, en él se puede quedar bloqueda la energía de: preocupación, sufrimiento, pesar, en un color café obscuro, con la intención de empezar a remover esta energía, vamos a mover nuestros ojos, de manera pendular 9 veces, en el interior del bazo y acompañamos este movimiento con nuestras manos, sobre el bazo.

Primer sonido curativo del bazo, sonido subvocal HUUUUUU.

Ponemos nuestras manos sobre las rodillas y decimos: Perdono, olvido y dejo ir, preocupación, sufrimiento, pesar, en un color café obscuro.

La Madre Tierra absorbe, transforma y nos brinda: salud, bienestar y juventud.

Segundo sonido curativo del bazo, sonido subvocal HUUUUUU.

Ponemos nuestras manos sobre las rodillas y decimos: Perdono, olvido y dejo ir, preocupación, sufrimiento, pesar, en un color café obscuro.

La Madre Tierra absorbe, transforma y nos brinda: salud, bienestar y juventud.

Tercer sonido curativo del bazo, sonido subvocal HUUUUUU.

Ponemos nuestras manos sobre las rodillas y decimos: Perdono, olvido y dejo ir, preocupación, sufrimiento, pesar, en un color café obscuro.

La Madre Tierra absorbe, transforma y nos brinda: salud, bienestar y juventud.

Ahora vamos a transformar la energía sanadora, damos 9 ligeros golpes en el timo, con la intención de estimular la energía de amor incondicional.

Llevamos nuestras manos al bazo y giramos 9 veces en sentido de las manecillas del reloj, para llenarlos de amor incondicional.

Dejamos las manos frente al bazo y proyectamos la energía de las virtudes de: dulzura, compasión, sentido musical y de la armonía, justicia, capacidad para concentrarse, invoco la sabiduría del fénix dorado.

Inhalamos por la boca y al hacerlo emitimos el sonido subvocal HUUUUUU, 3 veces con la intención de nutrir el bazo y giramos nuestras manos 3 veces en sentido de las manecillas del reloj.

Para el sonido curativo de triple calentador, nos acostamos.

Tanto Aldo como Carím se acostaron, cada uno en un sillón.

—Vamos a llevar nuestras manos a la altura de la cabeza y bajarlas hasta pasar los genitales, con la intención de llevar la energía caliente de la cabeza y el corazón a los órganos sexuales y riñones. Lo hacemos tres veces.

Después con las manos a la altura de los genitales, las subimos hacia la cabeza, con la intención de subir la energía fría de los órganos sexuales a la cabeza y al corazón.

Con las dos manos, vamos a girar desde la cabeza hasta debajo de los genitales, 9 veces, en sentido de las manecillas del reloj, con la intención de equilibrar la energía en los tres calentadores.

Primer sonido de triple calentador, vamos a llevar nuestras manos a la altura de la cabeza y bajarlas todo lo que podamos, visualizamos como si un rodillo recorriera nuestro cuerpo, desde la cabeza hasta los pies, al exprimir el cuerpo, hacemos tensión por paquetes musculares, primero desde los hombros, brazos y abdomen, después vientre y genitales, por último piernas y pies. Hacemos esto con el sonido subvocal HIIIIIII.

Sale por los pies y la Madre Tierra absorbe, transforma y nos brinda: salud, bienestar y juventud.

Inhalamos millones de pequeños soles, que recorren nuestro cuerpo con la intención de nutrir el cuerpo de chi, al exhalar reparto esta energía en el cuerpo hueco, transparente y que flota.

Segundo sonido de triple calentador, vamos a llevar nuestras manos a la altura de la cabeza y bajarlas todo lo que podamos, visualizamos como si un rodillo recorriera nuestro cuerpo, desde la cabeza hasta los pies, al exprimir el cuerpo, hacemos tensión por paquetes musculares, primero desde los hombros, brazos y abdomen, después vientre y genitales, por último piernas y pies. Hacemos esto con el sonido subvocal HIIIIIII.

Sale por los pies y la Madre Tierra absorbe, transforma y nos brinda: salud, bienestar y juventud.

Inhalamos millones de pequeños soles, que recorren nuestro cuerpo con la intención de nutrir el cuerpo de chi, al exhalar reparto esta energía en el cuerpo hueco, transparente y que flota.

Tercer sonido de triple calentador, vamos a llevar nuestras manos a la altura de la cabeza y bajarlas todo lo que podamos, visualizamos como si un rodillo recorriera nuestro cuerpo, desde la cabeza hasta los pies, al exprimir el cuerpo, hacemos tensión por paquetes musculares, primero desde los hombros, brazos y abdomen, después vientre y genitales, por último piernas y pies. Hacemos esto con el sonido subvocal HIIIIIII.

Sale por los pies y la Madre Tierra absorbe, transforma y nos brinda: salud, bienestar y juventud.

Inhalamos millones de pequeños soles, que recorren nuestro cuerpo con la intención de nutrir el cuerpo de chi, al exhalar reparto esta energía en el cuerpo hueco, transparente y que flota.

Cubro el ombligo con los centros de las palmas de las manos.

La atención energiza, la intención manifiesta... Haolá.

Cuando terminó la práctica de los sonidos curativos, Aldo se había quedado dormido, Carím fue por una manta, se la puso encima a Aldo y salió de su casa.

Capítulo 21
El correo

Aldo terminó de dar una presentación de su negocio, habían pasado 2 días desde que habló con Lizbeth, pensó que era conveniente darse un espacio para que, tanto ella como él, definieran lo que querían hacer. Así que aprovechando que estaba en su computadora, abrió su aplicación de correos electrónicos, al pretender empezar, una ola de recuerdos lo arrastró.

Revivió la sesión que tuvo con Lizbeth, la sonrisa que le regaló, una vez que le compartió que su nombre significa «Juramento de Dios» en hebreo, que unos minutos después surgiría el primer beso, fue en la habitación de un hotel en Zacatecas, aunque en realidad, el primer beso se lo habían dado con las miradas en el loby; lentamente se acercaron, se dieron un beso muy suave, después de ese y otros muchos más, llegaron los besos largos, profundos, en donde la lengua de Aldo, conquistó la boca de Lizbeth, empezó la danza, las caricias de sus lenguas, se abrazaron y acariciaron, sutilmente, esa fue la primera vez que ella penetró la boca de Aldo con su lengua, fue tan excitante para él, se prendió mucho y ella jamás olvidaría como estimular su libido.

Evocó la forma en que Lizbeth se entregó, una vez que mutuamente se quitaron la ropa, la llevó de la mano hasta la cama y le indicó como recostarse, le pidió que lo hiciera boca abajo, con su mano izquierda, él desplazó su larga cabellera, para empezar a besarla por el cuello, los hombros, y así con mucha calma, recorrió toda su espalda, a veces con pequeños besos, otras con besos húmedos, incluso también en el centro de su espalda, con su lengua, regresaba al cuello, ligeramente paseaba sus labios por sus oídos, y su reacción mostraba su gran agrado, entonces regresó a la espalda.

Después de una eternidad, de disfrutar su espalda, suspendió sus besos y los retomó en sus torneadas pantorrillas, nuevamente aplicó la misma receta, pequeños besos, otros húmedos y después con su lengua recorría toda esa geografía, de sur a norte, de arriba abajo, en ambas piernas, antes de iniciar su aventura por la parte posterior de los muslos, abrió sus piernas, primero la tomó de uno de sus tobillos y como si se tratara de una pieza muy delicada, lentamente la desplazó, para recostarse entre el espacio que se creó entre ellas, para conquistarlas a besos.

Besó, chupó y lamió las entrepiernas, sus hermosas nalgas atrajeron su boca y se entregó a ellas, las colmó de besos húmedos, deslizaba su lengua por ese hermoso trasero, su redondez era exquisita, extendía la lengua lo más que podía para estimular el extremo de su vulva, fue entonces que ella le preguntó si la pensaba comer, le respondió que si, se giró porque le dijo que estaba muy caliente.

Lizbeth, tomó a su pareja de la cabeza y con mucha ansiedad, la apróximo a su vulva, él empezó a besar y lamer, sólo los extremos, sin tocar los labios de la vulva, para prenderla aún más; gemía acompañando cada movimiento, cada caricia que recibía, Aldo con toda la extensión de su lengua, recorrió la vulva en toda su dimensión, los pezones de Lizbeth se erectaron, su reacción fue múltiple, contoneó su cuerpo y elevó el volumen de sus gemidos, después sólo con la punta estimuló la Cueva de Jade, el introito, cada vez se humedecía más, prensó de los cabellos a Aldo, lo jaló ligeramente, para que se concentrara en su clítoris, estaba ardiendo de placer, de gozo y quería venirse.

Él entendió, concentró los movimientos de su lengua, con ritmos diferentes, alternando también las oscilaciones, de lado a lado, de arriba para abajo, en círculos, uno sólo sobre el clítoris, primero sin presión, luego recargaba su cabeza y con más fuerza la estimulaba, transformó los gemidos en gritos y tubo su primer orgasmo; le pidió que siguiera, suave y lentamente, seguía en su clímax, se contoneaba.

Su lengua sólo acariciaba el clítoris, con muy poca presión, con un sólo movimiento, para arriba y para abajo, Lizbeth estaba tan excitada, que había he empezado a hilvanar una cadena de orgasmos, empezó a gemir cada vez más, esa fue la señal para que la lengua, se moviera más rápido y con un poco de presión, conforme los gemidos se hacían más grandes, aumentaba la tensión, entonces gritó.

Quería que el estímulo siguiera, muy sutilmente, sus pezones deliciosos y erectos, el rubor en su rostro, eran parte de las manifestaciones de ese intenso placer, en ese momento le pidió que se la cogiera porque se quería venir con él, dentro.

Aldo tomó un condón y se lo puso lo más rápido que pudo, la tomó de sus pantorrillas, la jaló a la orilla de la cama y la penetró despacio, primero le metió el glande, y estimulaba su zona g, eso era suficiente para que ella retomara los gemidos, con poca fuerza, con pequeñas penetraciones, estaba logrando que ella estuviera en el reino del placer, nuevamente aumentó el volumen de los gemidos, estaba cerca, más cerca de lo que pensó... y se vino. Dejó de gemir para gritar, para honrar el placer, para exaltar su orgasmo, cuando terminó, le pidió a Aldo que se acostara junto a ella.

Entonces ella lo montó, tomó el pene con su mano derecha, lo dirigió a su vulva, lo dejó ahí y su vagina se hizo cargo, se lo comió, recargó sus manos en el pecho de Aldo, empezó a mover su fina cintura, cuando la movía para atrás, el pene casi salía, y al hacerla para adelante, la penetraba profundamente, ese movimiento ya había logrado cautivar Aldo, alteró la velocidad, ahora era más rápido, sus gemidos más altos, hasta que nuevamente empezó a gritar.

De haber seguido con esos embates, con ese ritmo, Aldo hubiera sucumbido, sin lugar a dudas hubiera eyaculado, gracias a que se detuvo, disfrutó un par de orgasmos inyaculatorios; Lizbeth, sin salirse, abrazó y besó a su hombre. Cesaron los embates, toda la acción estaba concentrada en sus bocas, lo ligero de su saliva era otra muestra del alto grado de excitación que ambos tenían; unos besos eran tiernos, suaves, otros llenos de pasión, de fuerza.

Lizbeth le dijo que jamás había sentido eso, que jamás había sentido tanto; se quedó recostada, los besos se volvieron eternos, ella mantenía el pene dentro, cuando sentía que estaba por perder la erección, movía ligeramente su cadera para estimularlo, así logró mantenerlo firme y fuerte; después de unos minutos, sintió que el pene perdía fuerza, tomó a Aldo de sus mejillas y empezó a darle un gran beso, penetró con su lengua su boca, Aldo respondió con gemidos, esto lo prendía mucho, ella lo confirmó porque una vez más, el pene había recuperado su poder.

Ella se incorporó y la magia de sus caderas regresó, alternaba sus movimientos, además de hacerlo para adelante y para atrás, subía y bajaba, él se sintió vulnerable, notó que la estrecha vagina, y esos embates terminarían por hacerlo eyacular, quería conservar su energía, pues estaba ante una diosa que ya había demostrado que quería mucho placer, por muy largo rato, así que le pidió que cambiaran de posición, se resistió, le dijo que ella lo llevaría.

La imagen era deliciosa, ella transpiraba por todo su cuerpo, donde él pusiera sus manos, ya fueran sus muslos, nalgas, pechos, se sentía su sudor, con mucha fuerza, con gran condición, seguía moviendo sus caderas, empezó a gemir más fuerte, Aldo también, de ella dependía que él eyaculara, estaba dominado, a su merced, empezó a respirar por nariz y boca, todo su cuerpo estaba muy sensible, todo le excitaba, los gemidos, los movimientos, el sudor, los gritos que empezaron porque ella estaba teniendo un orgasmo muy intenso, seguía moviendo sus caderas, entonces él se vino, ella se dio cuenta y se alegró mucho, como si hubiera ganado una batalla, tal vez lo había hecho.

El gemido de ambos era muy intenso, él la tomó de la cintura y de las nalgas para acelerar su movimiento, y terminar, venirse, mojarla. Ambos seguían gritando de placer; cuando ella se detuvo, volvió a abrazar a Aldo, se sentía incómoda por su transpiración, después se percató que la sábana también estaba muy mojada, había sido épico, glorioso, una fiesta de orgasmos y de placer.

Sonó el celular de Aldo, que inevitablemente lo trajo al presente, era Carím

—Hola Hermano. ¿Cómo estás?

—Muy bien, gracias, dime. ¿Cómo te sientes? Te quedaste dormido en el sonido del triple calentador y preferí dejarte así.

—Muchas gracias Hermano, justamente siento que los sonidos curativos me están ayudando.

—¿Qué sabes de Liz?.

—Estaba por escribirle un correo, sólo que empecé a tener recuerdos de la sesión que tuvimos y me perdí en ellos.

—¿Ya sabes qué le dirás?

—Mi plan es evitar un plan, quiero escucharla, saber cómo está, qué ha pensado, si tomó alguna decisión.

—Es una muy buena idea, fluye, sin expectativas y te deseo lo mejor.

—Gracias Hermano, ya te comentaré lo que me diga.

—Va, un abrazo.

—Uno de regreso.

Empezó a redactar el correo para Lizbeth, primero escribió: «Amada Liz», lo borró y puso «Amor», nuevamente lo borró y se quedó pensando cómo empezar el correo, cómo dirigirse a Lizbeth, lo más importante, es que se dio cuenta de que esas dudas, eran parte de una incertidumbre mayor, a pesar de que le dijo a Carím que fluiría, todo era diferente una vez que estaba frente al teclado, su corazón pensaba en la idea de formar una familia con Lizbeth y su hijo, una alternativa eminentemente emocional, dejando de lado el resto de su vida.

Sabía que entre más pensara, la razón se apoderaría del mensaje y terminaría por simplemente decir: «Mucho éxito». Lo más conveniente era dejar salir las palabras, con su gran dosis de emoción y darle a la razón un pequeño espacio, así que empezó a escribir:

«Liz.

Te amo.

Estoy convencido de que el placer es la mejor medicina que el ser humano puede tomar todos los días, también el placer enamora y contigo me sentí pleno, inmensamente feliz, tus besos, caricias, expresiones y movimientos son perfectos, también sé que igualmente te sentiste muy plena conmigo, por eso sentimos lo que sentimos, pensé que tendríamos tiempo para conocernos, para que sepas quién soy yo, así como yo sepa quién eres tú; sólo que ahora todo cambió y me gustaría saber que haz pensado».

Mandó el correo y salió a comprar unas cosas, unos minutos después de haber regresado, recibió un mensaje en el celular, era de Lizbeth, le preguntaba si podían hablar, inmediatamente Aldo, le llamó.

—Bueno.

—Hola... A... Liz. ¿Cómo estás?

—Muy bien. ¿Y tú?

—Bien, gracias. Dime, estoy a tus órdenes.

—Gracias Aldo. ¿Sabes? He pensado mucho, esta es la decisión más importante de mi vida, quiero estar segura de lo que voy a hacer; en este momento sólo te puedo decir que... quiero intentar formar una familia con el papá de mi hijo.

Aldo sintió que el mundo se derrumbaba, cada vez que hablaba con ella, sólo quería estar con ella; sin embargo, sus planes eran diferentes.

—¿Puedo saber que influyó para que decidas eso?.

—Sí, es algo que quiero decirte, antes quiero agradecer tu correo, las dos ocasiones en que nos vimos, hicimos el amor, definitivamente nos falta conocernos, estoy convencida que jamás volveré a sentir lo que sentí contigo, a pesar de lo poco que te conozco, estoy enamorada de ti y te amo.

—También te amo Amor. ¿Por qué quieres intentar formar una pareja con él?

—Porque me di cuenta que en mí, hay dos visiones, la visión como mujer y la visión como madre; en cuanto me enteré que sería madre, sabes que ese era mi sueño más grande, entendí que mis decisiones de vida, estarían determinadas por mi visión como madre, que si esto era opuesto a mi visión como mujer, tendrían que subordinarse a mi papel como madre, eso significa, como mujer te prefiero a ti, sin dudarlo, sería toda una aventura estar con alguien que conozco poco, que me hizo vibrar y sentirme la mujer más amada y plena del universo, sólo que te reitero, en este momento, quien decide es la posición de madre, así que haré todo lo posible para formar una familia con el papá de mi hijo, porque también estoy convencida de que es muy importante, que crezca al lado de su padre, si por alguna razón, él se niega, entonces buscaré alguien que me acepte con mi hijo, que quiera ser su padre, aquí en Zacatecas, sin importar si ese hombre me llene como mujer.

—Te entiendo, sobre todo la primera parte, buscar al papá para formar una familia, te deseo mucho éxito, espero de todo corazón que logres realizar tu sueño. ¿Puedo ser tu plan B?

—Tú y yo nos parecemos en algo, sentimos mucho arraigo, como tú siempre dices, por nuestra patria, aquí está toda mi familia, aquí quiero que crezca mi hijo, sería muy egoísta pedirte que renuncies a la ciudad que amas tanto, por eso al considerar esto que te comento, es que definí que el plan B, tendría que ser y hacerse en Zacatecas, lo siento mucho, te juro que esta decisión ha sido la más difícil de mi vida.

—Agradezco mucho que hayas sido empática, que pensaras en lo mucho que me importa vivir en este lugar, te propongo algo, inicia tu plan A, esperemos que funcione, en caso contrario, antes de que emprendas el plan B, nuevamente hablemos, por favor, dame la oportunidad de que mi corazón sienta y me indique mi camino.

—Aldo, honestamente. ¿Te vendrías a vivir a Zacatecas?.

—Quiero que me hagas esa pregunta, cuando esa pregunta tenga sustento, si es que el plan A, llegara a fracasar.

—Aún así, te agradezco infinitamente que quieras estar presente en mi vida, pase lo que pase, jamás te olvidaré, lo que viví contigo, será lo más especial y mágico que haya vivido, porque algo así, sólo se puede vivir una vez en la vida.

—Te amo Liz.

—Te amo Aldo.

Ella colgó, lo último que se escuchó es que había empezado a llorar y los ojos de él también se llenaron de lágrimas, en ese momento, su corazón le dijo que difícilmente volverían a estar juntos.

Tres semanas después.

Todos los días, Aldo vivía una lucha consigo mismo para evitar comunicarse con Lizbeth, siempre pensaba que un día sería más fácil dejar de pensar en ella, sólo que tal vez faltaban muchos días para que llegara «ese día».

Abrió su bandeja de correos y se dispuso a revisarlos, se impactó cuando vio que había un correo de Lizbeth, lo abrió directamente, decía:

«Hola Aldo, espero que te encuentres muy bien, te platico que mi hijo tuvo un pequeño problema de salud, ya se encuentra bien, fuera de peligro, le hicieron unos estudios y dentro de los hallazgos, encontraron una discrepancia en las semanas de gestación, en un principio se calculó que había nacido en la semana 32, estos estudios indican que fue en la semana 36. ¿Sabes qué pasó en la semana 36? Tú y yo estuvimos juntos.

MEDIOS DE CONTACTO

Te honro y te agradezco por llegar hasta aquí, te comparto opciones de comunicación de acuerdo con tu interés.

Comentarios acerca de la novela:
solucion@elsubrogado.com

Información acerca de cursos, pláticas, conferencias sobre sexualidad sagrada taoísta:
sexualidadsagradataoista1@gmail.com

Información acerca del ecosistema ultron—mavie:
raymundoec@icloud.com

Enlace para registrarse en el ecosistema
ultron—mavie:

Sexualidad
Sagrada Taoísta

(Facebook)

SOBRE EL AUTOR

 Raymundo Enríquez Cuevas, nació un 27 de diciembre, en la Ciudad de México, sus años maravillosos los vivió en la Unidad Copilco Universidad, se graduó con mención honorífica de la carrera de Ciencias de la Comunicación en la Universidad Nacional Autónoma de México.

Empresario y emprendedor con más de 22 años de experiencia, 10 años más, como servidor público, se desempeñó como director en la Presidencia de la República. Coach ontológico (Certificado por el ITESM) y capacitador, en este ámbito ha capacitado y facilitado la transformación de más de 60,000 personas, con su modelo de Aprendizaje Cuántico.

Ha cursado diferentes estudios del conocimiento del ser y el despertar de la conciencia como: Diplomado en Sexualidad Consciente (Sexualidad Sagrada Taoísta), Masaje Taoísta, Diplomado en Sexualidad Sagrada Taoísta. (Evento de verano 2020 en línea, desde Tao Garden, Gran Master Mantak Chia, 100 horas).

√ Alquimia interior suprema I: Sonrisa interior, Seis sonidos curativos, Órbita microcósmica y Qi Qong primordial cósmico.
√ Semana 2: Alquimia Interior Suprema II: Amor Sanador que Cura, Camisa de Hierro, Tao Yin y Multiorgásmico.

√ Semana 3: Fusión I: Tan Tien Chi Kung y Tao Yin.
√ Semana 4: Sanación Cósmica y Palma de Buda.
√ Semana 5: Masaje de órganos internos CNT I (certificación) y microcorriente.

Reiki, primeras tres formas, ZhiNeng QiGong, Tai Chi Chi Kung, Theta Healing ADN Básico, Avanzado y Abundancia y varios cursos y talleres sobre Chamanismo Tolteca, Mexica e Inca.

En el último año, se convirtió en socio del ecosistema ultron—mavie, cuya capitalización supera los 550 millones de dólares, en este proyecto y por primera vez en su carrera, se está profesionalizando como networker.

Dos puntos de quiebre lo impulsaron a transformarse: el primero, cuando se desempeñaba como Jefe de Departamento en Pronósticos para la Asistencia Pública, un cambio de administración, provocó que le pidieran su renuncia, eso le detonó una fobia a los perros, fue un tiempo muy difícil, sin trabajo y con un terrible miedo de salir a la calle, «por casualidad» se enteró de un máster en Programación Neurolingüística (PNL), que le permitó entender la importancia de amarse, porque el miedo es ausencia de amor propio y cuidar sus pensamientos.

El segundo fue su divorcio, después de vivir su duelo, retomó sus estudios en sexualidad sagrada taoísta y los empezó a practicar, a cultivar su energía y estimularla para contribuir con su salud, creatividad y prosperidad.

Para graduarse del máster de PNL, tuvo que dar un pequeño curso, al terminar, sintió en su corazón que servir de esa manera era su vocación de vida, así que la PNL, el coaching y la sexualidad sagrada taoísta son las bases que sustentan su misión, aunque por supuesto, todos los conocimientos, experiencia y trayectoria, suman, incluso su emprendimiento como networker tiene un gran sentido de servicio.

Made in the USA
Columbia, SC
24 February 2024

31920804R00190